KB187544

불가리아 출신
율리안 모데스트의 에스페란토 원작 추리소설

사랑과 증오

사랑과 증오

인   쇄 : 2021년 2월 15일 초판 1쇄
발   행 : 2022년 5월 18일 초판 3쇄
지은이 : 율리안 모데스트(Julian Modest)
옮긴이 : 오태영(Mateno)
펴낸이 : 오태영
출판사 : 진달래
신고 번호 : 제25100-2020-000085호
신고 일자 : 2020.10.29
주   소 : 서울시 구로구 부일로 985, 101호
전   화 : 02-2688-1561
팩   스 : 0504-200-1561
이메일 : 5morning@naver.com
인쇄소 : TECH D & P(마포구)
값 : 15,000원
ISBN : 979-11-972924-5-3

불가리아 출신
율리안 모데스트의 에스페란토 원작 추리소설

사랑과 증오

율리안 모데스트 지음
오태영 옮김

진달래 출판사

JULIAN MODEST

AMO KAJ MALAMO

Krimromano, originale verkita en Esperanto
2019
Titolo Amo kaj malamo
Aŭtoro Julian Modest
Provlegis Yves Nevelsteen kaj Lode Van de Velde
Eldonjaro 2019
ISBN 978-0-244-77242-0

율리안 모데스트

사랑과 증오

에스페란토 원작 추리소설
2019
제목 : 사랑과 증오
저자 : 율리안 모데스트
교정 : 이베스 네벨스틴, 로데 반 벨데
출판년도 : 2019
ISBN 978-0-244-77242-0

NOVA ROMANO DE JULIAN MODEST

Esperanta eldonejo "Libera", Antverpeno, eldonis novan romanon de la konata Esperanto verkisto Julian Modest "Amo kaj malamo".

La romano havas allogan intrigon. La ĉefheroo, Plamen Filov, riĉulo, kies familio loĝas en "Lazuro", la plej eleganta kvartalo de mara urbo Burgo, okaze de sia kvardekjariĝo organizas grandan feston, invitante multajn gastojn. Meznokte, kiam la gastoj foriras, Plamen Filov trovas en la korto de la domo minacan anoniman leteron. Post semajno iu murdas lin. Komisaro Kalojan Safirov, kiun la legantoj jam bone konas el la romano "Serenaj matenoj" de Julian Modest, komencas espori kaj serĉi la murdiston.

La demandoj estas pluraj: kiu kaj kial murdis Plamen Filov? "Amo kaj malamo" estas por ĉiuj, kiuj deziras pasigi agrablajn horojn, ĝuante la bonegan Esperantan stilon de Julian Modest kaj perfektigi siajn lingvokonojn.

La romano estas mendebla ĉe: Lode Van Velde, Belgio, retadreso: lodchjo@yahoo.com

율리안 모데스트의 새 소설

앤트워프[1]에 있는 에스페란토 출판사 '리베라'에서 저명한 에스페란토 작가 율리안 모데스트의 『사랑과 증오』라는 소설을 출판했다.

소설에는 매력적인 음모가 들어있다.

주인공 플라멘 필로브는 부유한 사람으로 바닷가 도시 부르고의 가장 아름다운 '라주로'지역에서 가족들과 함께 살고 있는데 40살 생일을 맞아 멋진 축하 잔치를 크게 열고 많은 손님을 초대했다.

손님이 다 돌아간 자정 무렵에 플라멘은 집 안뜰에서 이름이 적혀있지 않은 위협 편지를 발견했다.

일주일뒤 누군가가 필라멘을 살해했다.

율리안 모데스트의 소설 『조용한 아침』을 읽은 독자들이 잘 알고 있는 칼로얀 사피로브 수사관이 살인사건을 조사하고 범인을 찾아낸다.

궁금한 점은 '누가 왜 플라멘 필로브를 죽였는가?'이다.

『사랑과 증오』는 율리안 모데스트의 아주 훌륭한 에스페란토 스타일을 즐기면서 언어에 대한 지식을 완성하고 즐거운 시간 보내기를 원하는 사람을 위한 작품이다.

소설은 벨기에의 '로데 반 벨데'에게 주문할 수 있다.
이메일은 다음과 같다. lodchjo@yahoo.com

---

[1] 벨기에에서 두 번째로 큰 도시이자 대서양에 인접한 항구 도시

Ne nur detektiva novelo sed ankaŭ ⋯ (El MONATO)

(LEE Jungkee el Koreio)
Direktoro de Seula Esperanto-Kultura Centro
La ĉefrolulo de la novelo 'Amo kaj malamo' s-ro
Plamen Filov estas riĉulo kun du grandaj vendejoj,
vinfabriko kaj hoteloj, sed lia riĉaĵo ne estis gajnita
laŭ normal vojo sed fare de politika intrigo.

Li havis feston memore al sia kvardekjariĝo, post la
festo ĉe la pordo troviĝas papereto sur kiu estas
notita jene: Redonu tion, kion vi akaparis aŭ donu al
ni 100,000eŭrojn. Ni telefonos al vi kie kaj kiel vi
donos al ni la monon. Ne informu la policon! Ne
forgesu-vi havas infanojn! De tiam lia vivo fariĝas
maltrakvila kaj finfine li estas mortpafita de iu⋯ Kiu
pafis lin? Pro kio li estis pafita?

Kia estas stilo de Julian Modest? Lia novelo estas
facile legebla eĉ por azianoj. Honeste dirite ĝenerale
literaturaĵoj el Eŭropo estas malfacile komprenebla por
aziaj komencantoj ĉu pro la diferenco de kultura fono
aŭ ĉu pro komplika esprimmaniero de eŭropanoj. Sed
la stilo de Julian estas facile akceptebla sen ia
malfacilo eĉ por tiuj, kiuj finis bazan kurson de
Esperanto laŭ mia sperto.

추리소설일 뿐만 아니라 (잡지 '모나토'에서)

소설 『사랑과 증오』의 주인공 플라멘 필로브는 두 개의 큰 상점과 양조장과 호텔을 가지고 있는 부자입니다. 하지만 정상적인 방식이 아닌 정치적 음모에 의해 얻은 부(富)였습니다.

플라멘은 40세 생일을 기념하여 축하잔치를 열었습니다. 행사가 끝나고 문 옆에서 다음과 같이 쓴 작은 편지를 찾아냈습니다.

'당신이 취한 것을 돌려주거나 우리에게 100,000유로를 내시오. 당신이 돈을 어디에서 어떻게 우리에게 줄 것인지 전화할 것이오. 경찰에 알리지 마시오! 잊지 마시오. 당신은 자녀가 있소!'

그 이후로 필라멘의 삶은 불안해지더니 마침내 누군가의 총에 맞아 죽었습니다.

누가 쐈을까? 왜 총에 맞았을까?

율리안 모데스트의 문체는 어떠합니까?

그의 소설은 아시아인조차도 쉽게 읽을 수 있습니다.

일반적으로 솔직히 말해 유럽 문학은 아시아의 초보자에게 문화적 깊이의 차이 또는 유럽인의 복잡한 표현 방식 때문인지 이해하기 어렵습니다.

하지만 율리안의 스타일은 쉬워 제 경험상 에스페란토의 기본 과정을 끝낸 사람들조차 어떤 어려움 없이 읽을 수 있습니다.

Mi ne diras ke liaj noveloj estas simplaj kaj monotonaj sed male la liaj igas legantojn pensi profunde kaj ĝiaj aromo kaj sento restas longe ĉe la koro de legantoj. Iam Julian diris, ke 'La verkistoj rakontas okazintaĵojn, kiuj emociis lin kaj igi lin mediti pri la plej gravaj problemoj de la homa vivo: la amo, la amikeco, la strebo al la bono kaj justo, la deziro vivi kaj venki la malfacilaĵojn en la ĉiutaga vivo'. Kiel lia mencio, la temoj de liaj noveloj ne estas fore de ĝenerala vivo sed troviĝas ĉirkaŭ nia ordinara vivo.

Mi rekomendas tiun ĉi novelon al jenaj esperantistoj;

Unue, tiuj, kiuj ŝatas legi originalan novelon en Esperanto, aparte la esperantistoj, kiuj sufiĉe bone komprenas bazan gramatikon de Esperanto, povos legi tiun ĉi novelon konsultante vortaron. Ankaŭ por tiuj, kiuj serĉas detektivan novelon, mi rekomendas tiun ĉi novelon. Due, mi konsilas al Esperanto-instruisto tiel, ke vi rekomendu tiun ĉi novelon al viaj kursanoj por tiri atenton de ili al Esperanto-literaturaĵo kiom Esperanto estas esprimriĉa kaj entenas vortjuvelojn en ĝia vortprovizo. Oni diras, ke literaturo estas floro de la lingvo. Kiel maniulo de la novelo de Julian mi sendas aplaŭdon je lia senpaŭza verkado por riĉigi Esperanto-kulturon. Mi atendadas lian novan novelon.

하지만 나는 율리안의 소설이 단순하고 단조롭다고 말하는 것이 아니라 오히려 독자들이 깊이 생각하도록 만들고, 그 향기와 느낌은 독자의 마음에 오래도록 남습니다. 언젠가 율리안은 '작가는 그를 감동시키고 인간 삶의 가장 중요한 문제인 사랑, 우정, 선과 정의 추구, 삶의 어려움을 극복하고 살기 위한 욕망을 깊이 생각하게 만든 사건을 이야기한다.'고 말했습니다.

율리안이 말한 것처럼 그가 쓴 소설의 주제는 일반 생활에서 멀리 떨어져 있는 것이 아니라 우리 평범한 인생 주변에 있습니다.

나는 이런 에스페란토사용자에게 이 소설을 추천합니다.

첫째, 에스페란토로 원작 소설 읽기를 좋아하는 사람들, 특히 에스페란토의 기본 문법을 충분히 잘 이해하는 사람들은 사전을 활용하면서 이 소설을 읽을 수 있습니다.

둘째, 에스페란토 교사가 학생에게 이 소설을 추천하여 에스페란토는 얼마나 표현이 풍부하고 얼마나 어휘에서 보석같은 단어가 많은지 에스페란토 문학에 대한 그들의 관심을 불러 일으키도록 만들라고 조언합니다.

문학은 언어의 꽃이라고 합니다.

율리안 소설의 열렬한 팬인 나는 에스페란토 문화를 풍성하도록 만드는 중단하지 않는 글쓰기에 박수를 보냅니다. 나는 새로운 소설을 계속 기다리고 있습니다.

(한국에서 이중기 서울에스페란토문화원장)

목 차

1. la 19-an de majo

La loĝkvartalo "Lazuro" estis la plej eleganta kvartalo en urbo Burgo. Ĝi troviĝis sude de la urbo, proksime al la mara bordo. Antaŭ dek jaroj ĉi tie estis pitoreska bosko, herbejoj kaj montetoj, sed la urba administracio permesis konstruon de domoj. La plej riĉaj civitanoj de Burgo aĉetis areojn kaj konstruis grandajn domojn. Dum dek jaroj estiĝis bela moderna kvartalo. Oni nomis ĝin "Lazuro" kaj nun, kiam oni veturas sude sur la ŝoseo ĉe la maro al Burgo, unue videblis "Lazuro" kun la blankaj domoj, similaj al cignoj inter verdaj arboj. Situanta je cent metroj de la mara bordo, "Lazuro" estas kiel alloga mara ripozejo. En ĝi oni malofte povas vidi fremdulojn kaj sur la stratoj renkontiĝas nur la personoj, kiuj loĝas ĉi tie.

En la hodiaŭa suna maja posttagmezo en la kvartalon komencis veni modernaj multekostaj aŭtoj, el kiuj eliris elegantaj sinjoroj kaj sinjorinoj, kiuj eniris la domon de Plamen Filov. Hodiaŭ li organizis imponan feston, okaze de sia kvardekjariĝo. Al la festo Plamen invitis multajn parencojn, amikojn kaj kunlaborantojn.

Plamen Filov estis unu el la riĉaj personoj en la urbo.

1장. 5월 19일

주거지 '**라주로**'지역은 **부르고** 시에서 가장 멋진 곳이다. 그곳은 도시의 남쪽에 있어 바다에 가깝다.

10년 전 이곳에 그림 같은 숲과 초원 그리고 언덕이 있었음에도 도시의 행정관청은 주택 건설을 허가해 주었다. 그러자 부르고 시의 부유한 시민들이 이 지역에 땅을 사고, 큰 집을 지으면서 이곳은 '라주로'지역이라고 불리는 아름답고 현대적인 장소가 되었다.

부르고 시를 향해 바닷길 남쪽을 달리던 차는 이내 푸른 나무 사이에서 백조처럼 하얀 집들이 모인 '라주로'지역을 처음 마주했다.

바다 해안에서 100m 떨어진 곳에 있는 '라주로'지역은 매력적인 해변 휴양지 같았다.

이곳에서는 낯선 사람을 거의 만날 수 없다.

거리에는 여기 사는 사람들만 오갈 뿐이다.

오늘같이 화창한 5월의 어느 오후에 현대식 값비싼 자동차가 이곳으로 들어오기 시작했다.

차에서 품위 있는 신사 숙녀들이 내려 **플라멘 필로브** 집으로 들어갔다.

오늘 플라멘은 40살 생일을 맞아 성대한 잔치를 마련했다. 축하 행사에 많은 친척, 친구, 지인을 초대했다.

플라멘 필로브는 이 도시에서 가장 부유한 사람 중 하나였다.

Li posedis du grandajn vendejojn, vinfabrikon kaj hotelojn en la ripozejo "Sapfira Golfo". Nun, vestita en somera silikkolora kostumo, li staris antaŭ la ŝtuparo de sia trietaĝa domo kaj renkontis la gastojn. Apud li estis lia edzino, Flora, kiu afable akceptis la salutojn de la alvenintoj.

Plamen, alta kun atleta korpo, aspektis vigla kaj energia. Lia nigra hararo ie-tie iomete jam griziĝis. Liaj ŝtalkoloraj okuloj brilis gaje kaj kontente. Videblis, ke li ĝojas, ke tiom da parencoj, amikoj kaj konatoj venis por lia kvardekjara naskiĝtaga festo.

Flora estis vestita en longa silka blukolora robo. La lastaj radioj de la subiranta suno tenere karesis ŝiajn alabastrajn ŝultrojn. Ŝi havis buklan nigran hararon kaj mildajn markolorajn okulojn.

-Bonan venon, bonan venon – salutis Plamen la gastojn kaj manpremis ilin.

En la vasta korto de la domo estis ordigitaj tabloj, kovritaj per blankaj tablotukoj kaj sur ili staris boteloj da vino, viskio kaj konjako. Ĉe la boteloj estis teleroj kun diversaj antaŭmanĝaĵoj, salatoj, frititaj kaj bakitaj viandaĵoj, maraj fiŝoj, fromaĝoj, dolĉaĵoj.

필라멘은 두 개의 대형 상점, 와이너리[2], 호텔을 사파이어만 휴양지에 가지고 있었다.

여름 실리카 옷을 입고 3층짜리 자기 집 계단 앞에 서서 손님을 맞이했다.

옆에는 친절한 아내 **플로라**가 서서 새로 온 사람들의 인사를 받았다.

몸이 건장한 플라멘은 활기차고 힘이 넘치게 보였다.

플라멘의 검은 머리카락 사이사이에 옅은 회색빛이 감돌았다.

강철빛 눈동자가 즐겁고 만족한 듯 빛났다.

마흔 살 생일 잔치에 많은 친척, 친구, 지인이 와서 기뻐하는 듯 보였다.

플로라는 긴 파란색 실크 드레스를 입고 있었다.

지는 해의 마지막 광선이 희게 드러난 어깨를 부드럽게 감싸는 듯했다.

플로라는 검은 곱슬머리에 부드러운 바다색 눈을 가졌다. "어서 오십시오, 환영합니다."라고 플라멘이 손님들에게 인사하며 악수했다.

집 안의 커다란 뜰에 놓인 탁자는 하얀 식탁보로 덮여 있었고 그 위에 포도주, 위스키와 브랜디 병이 놓여 있었다.

술병 옆에는 다양한 전채 요리, 샐러드, 튀긴 고기와 구운 고기, 바다 생선, 치즈, 과자가 있었다.

---

2) 포도주를 만드는 양조장

Super la tabloj, sur la arbobrançoj, estis alkroĉitaj lampoj, kiuj devis lumigi la tutan korton kaj kiuj aludis, ke la festo daŭros ĝis malfrua nokto.

De ie sonis mallaŭta agrabla muziko. Inter la tabloj videblis kelneroj, vestitaj en blankaj livreoj, kiuj ne ĉesis alporti glasojn, plenplenajn telerojn kaj aliajn manĝaĵojn. En la korto senteblis la festa etoso. La gastoj, kiuj jam estis ĉi tie, staris ĉirkaŭ la tabloj, konversaciis, babilis unu kun la alia kaj atendis la solenan komencon de la festo.

Plamen Filov ekstaris sur la marmora ŝtuparo antaŭ la domo, kiu estis kontraŭ la tabloj, kaj ekparolis:

–Karaj gastoj, parencoj, amikoj, kunlaborantoj, dankon, ke vi venis okaze de mia naskiĝtaga festo. Hodiaŭ mi iĝas kvardekjara, aĝo, kiu montras, ke mi estas je la mezo de mia vivovojo. Je tia aĝo la homo devas rigardi reen por vidi kion li faris en la vivo kaj ĉu li sukcesis realigi iujn el siaj revoj. Nun mi trankvile povus diri, ke mi sukcesis realigi iujn el miaj revoj. Tamen mi neniam forgesos, ke mi sukcesis dank' al vi, kiuj hodiaŭ estas ĉi tie. Vi ĉiuj subtenis min en malfacilaj momentoj, vi helpis min, vi kredis je mi. Al ĉiuj vi mi kore kaj sincere dankas.

탁자 위 나뭇가지에는 안뜰 전체를 비추는 전등이 부착되어 있어 잔치가 밤늦게까지 이어질 것을 암시했다.

어디선가 기분 좋은 부드러운 음악이 들렸다.

탁자 사이에서는 쉬지 않고 여러 음식과 음료를 나르는 하얀 정복을 입은 종업원들이 있었다.

잔치 분위기가 안뜰에서 느껴졌다.

이미 여기 온 손님들은 탁자 주위에 서서 대화를 나누고 수다를 떨면서 잔치의 엄숙한 시작을 기다렸다.

플라멘 필로브는 탁자의 반대편에 있는 집의 대리석 계단에 서서 말을 시작했다.

"사랑하는 손님, 친척, 친구, 지인 여러분, 제 40살 생일 파티에 와 주셔서 감사합니다.

오늘 저는 삶의 한 가운데 서 있음을 보여주는 나이 마흔 살이 되었습니다.

이 나이에 남자는 자신이 인생에서 무엇을 했는지 보기 위해, 자신의 꿈을 어느 정도 실현했는지를 알기 위해 뒤를 돌아보아야 합니다.

지금 저는 꿈 가운데 일부를 이루는 데 성공했다고 감히 말할 수 있습니다.

하지만 오늘 여기 계신 여러분 덕분에 성공했다는 걸 절대 잊지 않을 겁니다.

여러분들은 어려운 순간에 저를 지지해주었고 도와주었고 믿어주었습니다.

여러분 모두에게 진심으로 마음 다해 감사합니다.

Mi kore dankas al mia edzino Flora, kiu ĉiam estas ĉe mi kaj subtenas, kuraĝigas min en miaj plej riskaj entreprenoj. Vi scias, ke en la vivo estas riskoj, tamen ni ne devas timi ilin kaj mi dankas al Flora, kiu same ne timas la riskojn. Flora estas la patrino de niaj tri gefiloj. Ŝi naskis, zorgas pri ili kaj edukas ilin. Nun mi deziras al vi ĉiuj agrablan amuzon dum mia naskiĝtaga festo. Ĉiuj ĉeestantoj komencis aplaŭdi. Iu viro paŝis al la ŝtuparo kaj ekstaris ĉe Plamen. Li estis ĉirkaŭ kvardekjara, alta, blondharara kun helbluaj okuloj, vestita en verdkolora kostumo kun flava ĉemizo kaj griza karavato.

-Karaj Plamen kaj Flora, karaj gastoj. Mia nomo estas Eftim. Iuj el vi bone konas min, sed aliaj - ne. Mi estis samklasano de Plamen. Dum dek du jaroj ni kune lernis en la sama lernejo kaj ĉiam ni sidis kune sur la sama benko en la klasĉambroj. Certe mi plej bone konas Plamen. Unue mi deziras saluti lin kaj bondeziri al li sanon, viglecon kaj multajn novajn sukcesojn en la vivo. Li prosperis kaj jen li estas estimata kaj amata viro, edzo, patro. Li sukcesis krei multon.

Li certigis laboron al multaj homoj. Plamen estas malavara, li donacas monon al lernejoj, internulejoj, maljunulejoj···.

항상 저와 함께 있으며 지원하고 가장 위험한 사업에서 격려해준 제 아내 플로라에게 진심으로 감사합니다. 인생에 위험이 있다는 것을 여러분은 알고 계십니다. 그러나 우리는 그것들을 두려워하지 않았습니다. 또한, 무서워하지 않은 플로라에게 감사합니다. 플로라는 세 자녀의 어머니입니다. 자녀를 낳아 돌보고 교육했습니다. 이제 여러분 모두 제 생일잔치에서 흥겹게 즐기시길 바랍니다."

모든 참석자가 박수를 보내기 시작했다.

어떤 남자가 계단으로 걸어가 플라멘 옆에 섰다.

약 40세에 키가 크고 밝은 파란색 눈에 금발이었고, 녹색 정장에 노란색 셔츠와 회색 넥타이를 매고 있었다.

"친애하는 플라멘과 플로라, 사랑하는 손님 여러분. 제 이름은 **에프팀**입니다. 여러분 중 일부는 저를 잘 알고 있지만 다른 일부는 잘 모를 겁니다.

저는 플라멘의 급우였습니다. 12년 동안 우리는 같은 학교에서 함께 공부했고 교실에서 항상 같은 의자에 앉았습니다. 확실히 저는 플라멘을 가장 잘 압니다.

먼저 축하 인사하고 싶었고 인생에서 건강과 활력과 새로운 성공을 기원합니다. 사업은 번창했고 이곳에서 존경받고 사랑받는 남자, 남편, 아버지입니다. 많은 것을 이루는 데 성공했습니다. 많은 사람에게 고용을 보장했습니다. 자비심이 많아 학교, 기숙사, 양로원, 기타 여러 곳에 돈을 기부했습니다.

Li estu sana kaj daŭigu sian agadon.

Post Eftim aliaj ĉeestantoj alparolis, dezirantaj al Plamen sanon kaj longjaran vivon. Plamen levis glason da ĉampana vino kaj laŭte diris:

-Karaj gastoj, je via sano. Agrablan feston kaj bonan amuziĝon.

La gastoj ĥore respondis:

-Je via sano.

Plamen kaj Flora iris inter ili, haltis kaj kun ĉiuj interŝanĝis kelkajn vortojn. Ĉe unu el la tabloj sidis Stefan Lambov kun sia edzino. Plamen haltis ĉe ili, tintigis glason kun Stefan kaj kun lia edzino. Stefan estis ĉirkaŭ kvardekdu-, kvardektrijara, alta, iom dika kun nigraj okuloj, similaj al karboj kaj densaj lipharoj. Elegante vestita, li surhavis helbrunan kostumon kaj helflavan ĉemizon. Lia edzino, Fani, malalta, maldika, simila al birdeto, surhavis longan malhelruĝan robon. Ŝia blonda hararo estis en harnodo kaj tiel videblis ŝiaj tre multekostaj diamantaj orelringoj. La nigraj okuletoj de Fani estis kiel du brilaj ŝtonetoj.

-Mi ne kredas, ke vi jam estas kvardekjara – diris Stefan al Plamen. – Kvazaŭ hieraŭ ni komencis nian komunan agadon. Kiel rapide pasas la jaroj!

저는 플라멘이 앞으로도 건강히 이런 활동을 계속하길 바랍니다."

에프팀을 이어 다른 참석자들이 플라멘의 건강과 장수를 바라며 연설했다. 플라멘은 샴페인 포도주잔을 들어 올리며 큰 소리로 말했다.

"사랑하는 손님 여러분, 건강을 위하여! 멋진 잔치를 마음껏 즐기십시오."

모든 손님이 합창하듯 대답했다. "건강을 위하여!"

플라멘과 플로라가 그들 사이로 다니면서 모든 사람과 더불어 몇 마디씩 나눴다. 탁자 중 하나에 스테판 람보브가 아내와 함께 앉아 있었다.

플라멘은 그들에게 멈추어, **스테판** 부부의 잔을 부딪쳤다. 스테판은 마흔 두세 살로, 키가 크고 약간 뚱뚱하고 석탄 같은 검은 눈동자와 빽빽한 콧수염을 가지고 있다. 멋지게 차려입고, 밝은 갈색 정장과 밝은 노란색 셔츠를 입었다.

아내 **파니**는 작은 새처럼 마르고, 키는 작으며, 길고 진한 빨간색 드레스를 입었다. 금발 머리는 매듭을 짓고 있어 매우 비싼 다이아몬드 귀걸이가 보였다. 파니의 검고 작은 눈동자는 두 개의 빛나는 조약돌 같았다.

"나는 당신이 마흔 살이라고 생각하지 않아요."라고 스테판이 플라멘에게 말했다. "우리가 함께 사업을 시작한 지가 엊그제처럼 생각됩니다. 세월이 얼마나 빨리 흘러갔는지!"

–Jes – respondis Plamen. – Tre rapide. Tiam ni estis junaj, entuziasmaj, ambiciaj kaj ni deziris rapide prosperi.

Stefan ekridetis. Antaŭ dek du jaroj Plamen kaj Stefan estis najbaroj en kvinetaĝa domo. Iliaj loĝejoj troviĝis sur la tria etaĝo. Tiam Plamen laboris en fabriko pri senalkoholaj trinkaĵoj. Li estris unu el la filioj de la fabriko kaj Stefan estis ŝoforo de granda kamiono. Ili ofte gastis unu ĉe la alia, konversaciis.

–Ni laboras, sed niaj salajroj estas malgrandaj – plendis Stefan. – Ni devas ion entrepreni. Ni havas familiojn kaj bezonas pli da mono.

–Ni devas ion entrepreni – konsentis Plamen.

Ili decidis fari restoracion. En la centro de la urbo estis malnova drinkejo, kies posedanto deziris vendi ĝin. Plamen kaj Stefan aĉetis la drinkejon, renovigis ĝin kaj faris modernan allogan restoracion, kiun ili nomis "Mirakla Planedo". Rapide la restoracio iĝis tre fama. La kuiristoj estis bonaj, la manĝaĵoj bongustaj kaj multaj homoj venis tagmanĝi kaj vespermanĝi. En la ripoztagoj, dimanĉoj kaj sabatoj, en la restoracio okazis edziĝfestaj bankedoj, amikaj renkontiĝoj. Plamen kaj Stefan multe laboris kaj bone perlaboris.

"예"라고 플라멘이 대답했다.

"정말 빨라요. 그때 우리는 젊고 열정적이며 야심에 차서 빨리 번영하기를 원했죠." 스테판은 웃었다.

12년 전 플라멘과 스테판은 5층짜리 집의 이웃이었다. 그들의 거주지는 3층이었다.

그때 플라멘은 무알코올 음료수 공장에서 일했다.

공장의 한 지점을 이끌었고 스테판은 대형 트럭 운전사였다. 그들은 함께 지내면서 종종 이런 대화를 나누었다.

"우리는 일하고 있지만, 급여는 적어."라고 스테판은 불평했다.

"우리는 뭔가를 시작해야 해.

우리는 가족이 있고 더 많은 돈이 필요해."

"우리는 뭔가를 해야 합니다." 플라멘이 동의했다.

그들은 식당을 만들기로 했다.

도시의 중심가에 주인이 팔고 싶어 내놓은 오래된 술집이 있었다. 플라멘과 스테판은 술집을 사 실내장식을 새로 하여 현대식으로 '**기적의 행성**'이라고 부르는 매력적인 식당을 만들었다.

급속도로 식당은 매우 유명해졌다.

요리사는 훌륭했고, 음식은 맛있었고 많은 사람이 점심과 저녁에 몰려왔다.

공휴일, 일요일, 토요일에는 결혼식 연회, 각종 사교 모임이 식당에서 열렸다.

둘은 열심히 일했고 돈을 잘 벌었다.

Ili ambaŭ veturis por liveri al la restoracio produktojn, vagis tra la najbaraj vilaĝoj, aĉetis viandon, legomojn, fruktojn. Ofte ĝis malfrue vespere ili estis en la restoracio, laciĝis, sed kontentis, ĉar ilia celo havi pli da mono realiĝis. Ambaŭ ĝojis ne nur pro la perlaborita mono, sed ĉefe pro tio, ke al la homoj plaĉas la restoracio. Multaj urbanoj konis Plamen kaj Stefan kaj kiam oni renkontis ilin sur la stratoj, gratulis ilin pro la belega restoracio. Tio por ili estis la plej granda rekono.

Post tri jaroj Plamen decidis aĉeti nutraĵvendejon kaj transdonis la restoracion al Stefan. Tiel Stefan iĝis posedanto de "Mirakla Planedo". Post du jaroj Plamen aĉetis alian nutraĵvendejon kaj iom post iom li iĝis pli kaj pli riĉa.

Stefan kaj Plamen vendis siajn loĝejojn en la loĝkvartalo "Laboristo". Plamen konstruis tiun ĉi domon en kvartalo "Lazuro" kaj Stefan aĉetis grandan domon en kvartalo "Printempo".

De kelkaj jaroj Plamen kaj Stefan malofte renkontiĝis. Ili estis tre okupataj, iliaj loĝejoj estis malproksimaj unu de alia, sed por sia kvardekjara naskiĝtaga festo Plamen invitis Stefan kaj lian edzinon.

그들은 둘 다 식당의 식재료를 사들이기 위해 운전했다. 인근 마을을 돌아다니며 고기, 채소, 과일을 샀다.

자주 저녁 늦게까지 식당에서 일해 피곤하지만, 돈을 더 많이 벌 수 있다는 목적이 이루어져 만족스러웠다.

두 사람은 벌어들인 돈보다는 식당을 즐겨 찾는 사람들로 인해 더 기뻐했다.

많은 도시 주민들이 플라멘과 스테판을 알고 있었고 거리에서 그들을 만나면 아름다운 식당이라고 인정해 주었다. 그것이 그들에게는 더 큰 보람이었다.

3년 뒤 플라멘은 식료품점을 사기로 하고 식당을 스테판에게 넘겼다.

따라서 스테판은 '기적의 행성'의 소유자가 되었다.

2년 뒤 플라멘은 다른 식료품점을 사고 점점 더 부유해졌다.

둘은 '**근로자**'주거 지역에서 주택을 팔았다.

플라멘이 '라주로'지역에 이 집을 지었다.

스테판은 '**봄날**'지역에 큰 집을 샀다.

몇 년 동안 둘은 거의 만난 적이 없다.

그들은 매우 바**빴**고, 집은 서로 너무 멀었다.

하지만 40살 생일 잔치를 위해 플라멘이 스테판 부부를 초대했다.

-Estu sana kaj prosperu kiel ĝis nun - bondeziris Fani al Plamen.

-Koran dankon - diris Plamen.

-Okaze de via festo, mi preparis al vi malgrandan surprizon - diris Stefan. - Mi venis ĉi tien kun Mimi, la kantistino de la restoracio kaj nun ŝi kantos speciale por vi.

-Vi scias, ke mi atendas de vi alian surprizon - diris Plamen.

-Jes, mi scias - alrigardis lin Stefan.

Stefan turnis sin kaj gestis al junulino, kiu estis ĉe najbara tablo. Ŝi tuj proksimiĝis al Stefan kaj li diris al ŝi:

-Mimi, venis la momento kaj bonvolu kanti vian plej belan kanton, kiu estos donaco al sinjoro Plamen Filov, okaze de lia kvardekjara naskiĝtaga festo.

Mimi, dudekjara junulino, kun longaj blondaj haroj kaj ĉarmaj bluaj okuloj afable ekridetis kaj ekiris al la ŝtuparo de la domo, kie estis mikrofono. Post ŝi ekiris junulo kun gitaro. Mimi ekstaris antaŭ la mikrofono kaj diris:

-Karaj gastoj, sinjoro Stefan Lambov salutas Plamen Filov, okaze de lia kvardekjara naskiĝtaga festo per la kanto "Dum nokto silenta", teksto Eŭgeno Miĥalski.

"지금처럼 건강하고 번영하세요." 파니가 축복했다.

플라멘이 말했다. "정말 감사합니다."

"이 잔치를 위해 작지만 놀랄만한 것을 준비했어." 스테판이 말했다.

"나는 우리 식당의 가수 **미미**와 함께 여기에 왔어. 지금 너를 위해 특별히 노래해 줄거야."

"내가 색다른 무언가를 기대한다는 것을 알고 있군요." 플라멘이 말했다.

"물론, 잘 알아." 스테판이 플라멘을 바라보며 말했다.

스테판은 몸을 돌려 옆 탁자에 앉아 있는 젊은 여자에게 손짓했다.

여자는 즉시 스테판에게 다가갔고 스테판은 여자에게 말했다.

"미미, 때가 됐으니 40번째 생일잔치에 플라멘 필로브 씨에게 선물이 될 가장 아름다운 노래를 불러 줘요."

긴 금발 머리를 한 매력적인 파란 눈의 20살 아가씨 미미가 상냥하게 웃으며 마이크가 있는 집 계단으로 갔다.

미미를 뒤따라 기타를 든 청년이 갔다.

미미는 마이크 앞에 서서 말했다.

"친애하는 손님 여러분, 스테판 람보브 씨가 플라멘 필로브 씨의 40번째 생일잔치를 맞아 **오이겐 미칼스키**가 가사를 쓴 '고요한 밤 동안'이라는 노래로 인사합니다."

La gastoj komencis aplaŭdi. Mimi ekkantis:
Dum nokto silenta
mi aŭdis pacigan en kor' harmonion;
tra densaj nebuloj
mi vidis flagrantan de l' vero ekflamon;
en bruo torenta
mi aŭdis belegan de l' kor' simfonion;
en ŝiaj okuloj
mi vidis aŭroron de l' amo kaj amon.

La tenera voĉo de Mimi sonis en la korto de la domo. Ĉiuj gastoj atente aŭskultis, rigardantaj la belan kantistinon kaj ĝuantaj la kanton. Post la fino de la kanto denove estis aplaŭdoj kaj Plamen iris al la mikrofono por danki al Mimi kaj al Stefan.

La gastoj trinkis, manĝis, konversaciis. Sonis muziko kaj kelkaj el la gastoj dancis. Estis agrabla festo kaj ĉiuj certe bone fartis.

Je la noktomezo la gastoj komencis foriri. Ili adiaŭis la dommastron kaj dankis al li pro la invito. Iom post iom ĉiuj gastoj foriris kaj en la vasta korto ekregis silento. La nokto kvazaŭ per velura pelerino kovris la aleojn, la arbojn, la tablojn. La kelneroj rapidis kolekti la malplenajn telerojn, glasojn kaj foriris ankaŭ.

손님들은 박수를 보내기 시작했다.
미미는 다음과 같이 노래했다.

고요한 밤에 나는 마음속에서 평화의 하모니를 들었다.
짙은 안개 속에서 나는 타오르는 진실의 불꽃을 보았다.
격렬한 소음 속에서도
나는 마음속에서 아름다운 교향곡을 들었다.
여자의 눈에서 나는 사랑과 사랑의 새벽을 보았다.

집 안뜰에서 미미의 부드러운 목소리가 들렸다.
모든 손님이 열심히 들으며 아름다운 가수를 바라보며
노래를 즐기고 있다.
노래가 끝나고 다시 박수가 나왔고 플라멘은 마이크에
가서 미미와 스테판에게 감사했다.
손님들은 마시고, 먹고, 이야기했다.
음악이 나오고 일부 손님은 춤을 추었다.
멋진 잔치였고 모두가 잘 지냈다고 믿었다.
자정에 손님들은 하나둘 떠나기 시작했다.
그들은 집주인에게 작별 인사를 하며 초대에 감사했다.
점점 모든 손님은 떠났고, 넓은 안뜰은 무척 조용했다.
밤이 마치 우단 목도리처럼 길, 나무, 탁자를 덮었다.
종업원은 서둘러 빈 접시와 잔을 모아 역시 나갔다.

Kiam neniu restis en la korto, Plamen trarigardis ĉion kaj iris al la korta pordo por ŝlosi ĝin. Ekstarante ĉe la pordo, li rimarkis, ke ĉe ĝi, sur la tero, kuŝas io blanka, simila al koverto. En la unua momento Plamen opiniis, ke iu el la gastoj verŝajne perdis iun paperon. Li klinis sin, levis kaj alrigardis ĝin. Estis koverto kaj sur ĝi per presliteroj estis skribita lia nomo – Plamen Filov.

Plamen malfermis la koverton kaj ekstaris senmova. Tuj li ŝlosis la pordon, ankoraŭfoje alrigardis la korton kaj ekrapidis al la domo.

마당에 아무도 남지 않았을 때 플라멘은 모든 것을 살펴보고 바깥문을 잠그기 위해 안뜰 문으로 갔다.

문 앞에서 봉투처럼 보이는 흰색의 무언가가 땅에 있는 것을 보았다.

처음에 플라멘은 손님 중 한 명이 종이를 잃어버렸다고 생각했다.

몸을 구부리고 일어나서 그것을 보았다.

봉투가 있었고 그 위에는 인쇄체 글씨로 자기 이름 플라멘 필로브가 쓰여 있었다.

플라멘은 봉투를 열어보고 얼굴이 사색이 되었다.

즉시 문을 잠그고 안뜰을 다시 둘러보고 서둘러 집 안으로 들어갔다.

2.

Plamen eniris la ĉambron. Flora sidis antaŭ la spegulo ĉe la tualeta tableto.

-Kiu unue eniros la banejon, ĉu mi aŭ vi? – demandis ŝi, sed Plamen ne respondis.

Li staris malantaŭ ŝi kaj silentis. Flora turnis sin, alrigardis lin kaj mire demandis:

-Kio okazis? Kial vi estas pala?

Plamen montris al ŝi la koverton, kiun li tenis mane.

-Mi ricevis strangan leteron.

Flora tuj ekstaris, proksimiĝis al li kaj prenis la koverton el lia mano. Rapide ŝi eligis la paperon kaj komencis legi.

Redonu tion, kion vi akaparis aŭ donu al ni 100 000 eŭrojn. Ni telefonos al vi kie kaj kiel vi donos al ni la monon. Ne informu la policon! Ne forgesu – vi havas infanojn! Flora ektremis.

-Dio mia! Kio estas tio? – diris ŝi timigita. – Kio okazis?

Plamen rigardis ŝin senmova. -Kie vi trovis ĝin?

-Ĉe la pordo. Estis ĵetita en la korto – respondis li.

-Ĉu iu el la gastoj ĵetis ĝin? – demandis Flora kaj en ŝiaj markoloraj okuloj aperis larmoj.

2장. 협박 편지

플라멘이 방에 들어갔다.

플로라는 화장대 거울 앞에 앉아 있었다.

"누가 먼저 화장실에 들어갈까요, 당신 아니면 나?" 플로라가 물었다. 그러나 플라멘은 대답하지 않았다. 플로라 뒤에 서서 조용했다. 플로라가 돌아서 남편을 보고 놀라 물었다. "무슨 일이예요? 왜 창백하죠?" 플라멘은 손에 들고 있는 봉투를 부인에게 보여주었다.

"이상한 편지를 받았어."

플로라는 즉시 일어나 남편에게 다가가 손에서 봉투를 가져갔다. 재빨리 플로라는 종이를 꺼내 읽었다.

'당신이 취한 것을 돌려주거나 우리에게 100,000유로를 내시오. 당신이 돈을 어디에서 어떻게 우리에게 줄 것인지 전화할 것이오. 경찰에 알리지 마시오! 잊지 마시오. 당신은 자녀가 있소!'

플로라는 몸을 떨었다.

"세상에! 이게 뭐야?" 두려워서 플로라가 말했다.

"무슨 일이 생겼나요?"

플라멘은 움직이지 않고 부인을 쳐다만 보았다.

"어디서 찾았어요?"

"문에서. 누가 마당에 던졌어." 플라멘이 대답했다.

"손님 중 누가 던졌을까요?" 플로라가 물었다.

바다색 눈에 눈물이 가득 찼다.

–Mi ne scias – diris Plamen. – Eble iu de ekstere ĵetis la koverton en la korton.

–Tio estas terura! – tramurmuris Flora. – Ni tuj telefonu al la polico!

–Ne! – diris Plamen. - Mi deziras iom pripensi. Mi devas diveni kiu kaj kial skribis tiun ĉi leteron.

–Ja, vi tre bone vidas, ke ĝi ne estas skribita, nek kompostita. Tiu, kiu faris ĝin, tranĉis literojn el ĵurnalo aŭ el revuo kaj gluis ilin sur la paperon – rimarkis ŝi.

–Eble estas ŝerco? – provis trankviligi ŝin Plamen.

–Ne parolu stultaĵojn! – riproĉis lin Flora. – Kia ŝerco! Oni tre serioze minacas nin. Tuj ni devas entrepreni ion.

–Ne! – kontraŭstaris Plamen. - Mi ekscios kiu skribis la leteron.

–Vi konas multe da personoj – diris Flora. – Via agado jam estas tre vasta. Multaj scias, ke vi estas riĉa kaj oni opiniis, ke facile povas preni de vi monon. Ja, mi kelkfoje diris al vi, ke vi ne devas montri vian riĉecon. Vi ne devas fari mondonacojn kaj ne devas helpi malriĉulojn kaj malsanulojn. Eĉ mi avertis vin ne fari tian grandan feston, okaze de via kvardekjariĝo.

–Kial? – demandis Plamen. – Mi ne deziris fanfaroni. Mi invitis parencojn, konatojn, amikojn por danki ilin.

"모르겠어." 플라멘이 말했다.

"아마도 밖에서 누군가가 안뜰에 봉투를 던진 것 같아."

"끔찍해요!" 플로라가 중얼거렸다.

"우리 지금 당장 경찰에 전화해요!"

"아니!" 플라멘이 말했다. "조금 생각하고 싶어. 누가 그리고 왜 이 편지를 썼는지 짐작해야지."

"정말 손으로 쓰거나 인쇄를 한 것이 아님을 아주 잘 알잖아요. 그 일을 한 사람은 신문이나 잡지에서 글자를 오려 종이에 붙였어요." 플로라는 알아차렸다.

"농담이겠지?" 플라멘은 부인을 안심시키려고 노력했다.

"말도 안 돼요!" 플로라가 책망했다. "무슨 농담이요? 우리는 심각한 위협을 받고 있어요. 즉시 우리는 무언가를 해야 해요."

"아냐!" 플라멘이 반대했다.

"나는 누가 편지를 썼는지 알아낼 거야."

"당신은 많은 사람을 알고 있어요." 플로라가 말했다.

"당신의 활동은 이미 너무 광범위해요. 많은 사람이 당신이 부자라는 것을 알고 쉽게 돈을 **빼앗**을 수 있다고 생각하는 거예요. 나는 **때때로** 당신에게 부를 보여 줄 필요가 없다고 말했죠. 기부할 필요가 없어요. 가난하고 병든 사람을 돕지 말아야 해요. 나는 심지어 40번째 생일에 그렇게 큰 잔치를 하지 말라고 경고했죠."

"왜?" 플라멘이 물었다. "나는 자랑하고 싶었던 게 아니야. 친척, 지인, 친구에게 감사를 표현하려고 초대했지.

Vi tre bone scias, ke sen la helpo de miaj konatoj kaj amikoj, mi ne povus prosperi. Ili ĉiuj iamaniere helpis min.

–Jes. Nun vi vidas kiamaniere ili helpis vin – ironie ekridetis Flora. – Ili envias al vi kaj iel ili deziras domaĝi vin. Ĉu vi forgesis, ke homoj estas hipokrituloj? Ili flatas vin kaj malantaŭ siaj dorsoj ili tenas ponardon. –Ne ĉiuj – diris Plamen.

–Rapide ni decidu kion fari. Ni portu la leteron al la policejo! Ni havas infanojn⋯

Plamen silentis kaj sur lia frunto videblis ŝvitgutoj.

–Aŭ ĉu vi pretas doni centmil eŭrojn? – ekridetis sarkasme Flora.

–Ne eblas!

Flora nervoze vagis en la ĉambro tien kaj reen. Ŝi mordis lipojn kaj timeme rigardis Plamen. Nur antaŭ dudek minutoj ŝi estis feliĉa kaj kontenta. Dum la festo obsedis ŝin ia serena kvieto. Ja, ŝi havas ĉarmajn gefilojn, luksan domon. Nenio mankis kaj ŝia vivo estis trankvila. Flora estis apotekistino, havis privatan apotekon, ŝi ŝatis sian laboron, estis kontenta, sed jen subite ŝtormo atakis ŝin, minacis la vivon de la familio. Nun Flora streĉe meditis kion proponi por eliri el tiu ĉi situacio. Unue ŝi zorgu pri la infanoj.

지인과 친구들의 도움 없이는 번영할 수 없다는 것을 당신이 가장 잘 알잖아. 그들은 모두 어떤 식으로든 나를 도와주었어."

"예. 이제 그들이 어떻게 당신을 도왔는지 보았죠."

플로라는 비꼬듯이 웃었다.

"그들은 당신을 부러워하고 어떻게든 당신을 동정하고 싶어 해요. 사람들이 위선자라는 사실을 잊었나요? 그들은 당신에게 아첨하고 등 뒤에서 단검을 들고 있어요."

"모두는 아냐." 플라멘이 말했다.

"무엇을 할지 결정해요. 편지를 들고 경찰서로 가요! 우린 아이들이 있잖아요."

플라멘은 침묵했고 이마에 땀방울이 보였다.

"아니면 십만 유로를 줄 준비가 되셨나요?"

비꼬는 듯 플로라가 웃었다.

"불가능해!"

플로라는 긴장한 채 방을 왔다 갔다 했다. 입술을 깨물고 남편을 소심하게 바라보았다. 불과 20분 전만 해도 행복하고 만족했다. 잔치 동안 마음이 기쁘고 차분했다. 실제로 호화로운 집과 사랑스러운 아이들이 있다. 부족한 것이 없고 삶은 평안했다. 플로라는 약사로, 개인 약국이 있고 직업이 마음에 들어 만족했는데, 갑자기 폭풍이 공격했고 가족의 삶을 위협했다. 이제 플로라는 이상황에서 벗어나기 위해 무엇을 해야 할지 고민하고 있었다. 먼저 아이들을 돌봐야 한다.

Ili estas tute senhelpaj. Oni facile povus forkapti ilin. Tamen la infanoj ne devas ekscii pri tiu ĉi minaco. Ŝi kaj Plamen devas kaŝi de ili la ricevon de ĉi letero. La gefiloj ĉiutage frekventas la lernejon, veturas al la centro de la urbo, promenas tie, renkontiĝas kun samklasanoj kaj geamikoj. Dan, la plej aĝa filo, kiu estas deksepjara, jam havas amikinon kaj ofte estas kun ŝi en parkoj, en kafejoj. Oni povas postsekvi kaj forkapti lin. La filinoj Nina kaj Lina same estas en danĝero. Tre facile la krimuloj kaptos ilin. Nur pensi pri tio estas terure. Eĉ por sekundo Flora ne povas imagi, ke iu el la infanoj estos forkaptita, ke li aŭ ŝi suferos.

Plamen staris proksime al la fenestro de la ĉambro kaj same streĉe cerbumis kion entrepreni. Lia frunto estis sulkita kaj liaj ŝtalkoloraj okuloj strabis la fenestron, kvazaŭ li deziris penetri la eksteran mallumon por vidi ĉu iu kaŝas sin en la korto. Flora postsekvis lian streĉan rigardon kaj demandis:

–Ĉu vi bone ŝlosis la kortan pordon?

–Jes – respondis Plamen.

–Ĉu ĉiuj pordoj en la domo estas ŝlositaj?

–Jes!

그들은 완전히 도움을 받을 수 없어 쉽게 납치될 수 있다. 그러나 아이들은 이 위협에 대해 알아서는 안 된다.

우리는 그들에게 편지 받은 것을 숨겨야 한다.

아이들은 매일 학교에 가고 시내 중심지까지 놀러 가고 거기서 산책하며 급우와 친구를 만난다.

단은 장남에 열일곱 살이며, 이미 여자 친구가 있고 종종 공원이나 찻집에서 서로 만난다.

추적되고 납치될 수 있다.

딸 **니나**와 **리나**도 위험하다.

범죄자들은 아주 쉽게 유괴할 수 있을 것이다.

그것에 대해 생각하는 것만으로도 끔찍하다.

잠깐조차도 아이 중 누가 납치되어 고통받을 것을 상상할 수도 없다.

플라멘은 방의 창 근처에 서서 무엇을 해야 할지 신중하게 생각했다.

이마는 주름져 있고 강철빛 눈동자는 누군가가 안마당에 숨어있는지 확인하려 바깥 어둠을 뚫기라도 원하는 듯 창밖을 쳐다봤다.

플로라는 남편의 긴장된 시선을 따라가며 물었다.

"마당 문은 잘 잠갔나요?"

"응"이라고 플라멘이 대답했다.

"집의 모든 문이 잠겨 있죠?"

"응!"

–Unue – komencis Flora – ni devas dungi korpogardiston, kiu gardu la infanojn. La gardisto akompanos ilin al la lernejo kaj estos kun ili en la urbo.

–Mi ne kredas, ke tiuj, kiuj minacas min, havas kuraĝon forkapti iun el la infanoj. Verŝajne la krimuloj estas buboj, kiuj spektis krimfilmojn kaj imagas, ke estas facile akiri monon – meditis voĉe Plamen.

–Vi ne estu tiel certa – replikis lin Flora. – Jam plurfoje okazis similaj krimoj. Estas spertaj krimuloj, ne buboj. Ili detale pripensas ĉion kaj eĉ pretas murdi personon por plenumi siajn diablajn planojn.

–Morgaŭ matene mi dungos korpogardiston – decidis Plamen.

–Nun ni provu esti trankvilaj – diris Flora. – Ni ne montru al la infanoj, ke io malbona okazis.

–Jes – konsentis Plamen.

Flora iris al la banĉambro. Plamen restis ĉe la fenestro.

"우선" 플로라가 말을 시작했다.

"우리는 아이들을 돌볼 경호원을 고용해야 해요.
경호원이 학교에 동행하고 도시에서 그들과 함께 있어야 해요."

"날 협박하는 사람은 아이들을 납치할 용기가 있다고 믿지는 않아. 확실히 범죄자들은 범죄 영화를 보고 돈을 벌기 쉽다고 생각하는 멍청이들이야!"라고 말하며 플라멘은 생각했다.

"그렇게 믿지 마세요." 플로라가 대답했다.

"벌써 몇 번 비슷한 범죄가 발생했어요.
그들은 멍청이가 아니라 경험이 많은 범죄자예요.
모든 것을 세밀하게 고려하고 나쁜 계획을 이루기 위해 사람을 기꺼이 죽이려고 해요."

"내일 아침에 경호원을 고용할게." 플라멘이 결심했다.

"이제 안정을 찾도록 해봐요."라고 플로라가 말했다.

"우리는 아이들에게 무엇인가 나쁜 일이 일어났음을 알리지 말아요."

"응" 플라멘이 동의했다.

플로라는 화장실에 갔다.

플라멘은 창문 옆에 머물렀다.

3. la 20-an de majo

Stefan kaj Fani matenmanĝis. Sur la tablo estis kafo, sandviĉoj, lakto, fruktosuko, fruktoj. Stefan havis kapdoloron. Eble hieraŭ vespere mi iom pli drinkis, meditis li. Ja, dum la festo de Plamen estis diversaj alkoholaĵoj: viskio, konjako, vino··· Nun Stefan ne havis emon matenmanĝ kaj li trinkis nur fruktosukon. Kontraŭli, ĉ la tablo, Fani, la edzino, trinkis kafon. Ŝa vizaĝ aspektis laca. Hieraŭvespere ili malfrue enlitiĝs. Nun Fani surhavis verdan hejman robon, kiu estis tre vasta kaj tiel ŝi aspektis iom pli dika. Ŝia vizaĝo ne estis ŝminkita, la hararo – ne kombita, tamen ankaŭ nun ŝi estis bela kaj ĉarma. Ŝi alrigardis Stefan kaj diris: –Hieraŭ vespere la festo estis belega kaj ni iom laciĝis.

–Jes – tramurmuris Stefan.

–Kvardekjara jubileo! – daŭrigis Fani.

–Plamen prosperis. Nun li estas unu el la plej riĉaj en la urbo. Antaŭ nelonge li aĉetis parcelon ĉe la mara bordo kaj li konstruos tie hotelon. La parcelo estas proksime al la plaĝo, al la parko. Bonega loko! Li iĝos pli riĉa···

–Sperta kaj kapabla viro li estas – rimarkis Fani.

3장. 5월 20일 스테판 집

스테판과 파니는 아침을 먹었다.
탁자 위에 커피, 샌드위치, 우유, 과일 주스, 과일이 놓여 있다. 스테판은 머리가 아팠다.
어젯밤에 조금 많이 마셨다고 생각했다.
정말로 플라멘의 생일잔치에는 위스키, 브랜디, 포도주 따위의 여러 가지 술이 있었다. 이제 스테판은 아침을 먹고 싶지 않아 과일 주스만 마셨다. 탁자 반대편에 아내 파니가 커피를 마시며 앉아 있다. 얼굴은 피곤해 보였다. 어젯밤 잠자리에 늦게 들었다. 지금 파니는, 넓어서 조금 더 뚱뚱하게 보이는 초록빛 평상복을 입고 있었다. 얼굴은 화장도 안 하고 머리는 빗질하지 않았지만, 여전히 아름답고 매력적이었다. 스테판을 보고 말했다.
"어젯밤 잔치는 아름다웠지만 우리는 조금 피곤했어요."
"응" 스테판이 중얼거렸다.
"40살 생일!" 파니가 계속 말했다.
"플라멘 씨는 성공했어요. 이제 시에서 가장 부자 중 하나예요.
최근에 바닷가에 땅을 샀고 거기에 호텔을 지을 거예요. 땅은 모래사장과 공원에 가까워요. 좋은 곳이죠!
더 부자가 될 거예요."
파니는 "플라멘 씨는 경험 많고 능력 있는 사람이에요."라고 말했다.

−Li prosperas, sed ni dronas. Jam malmultaj homoj vizitas la restoracion. La profito ne estas bona kaj baldaŭ ni fiaskos – diris Stefan. – Ni devas vendi la restoracion.

−Vi devas esti pli entreprenema – diris Fani. – Necesas modernigi la restoracion. Vi bezonas novajn ideojn.

−Pli bone estos vendi ĝin.

−Kaj poste kion vi entreprenos?

−Mi havas ideojn.

−Vi ĉiam havas ideojn, sed via agado pli kaj pli malprosperas.

Tiuj ĉi vortoj ne plaĉis al Stefan.

Li ekstaris kaj iris el la ĉambro. Ja, Plamen rapide riĉiĝis, meditis li, sed Plamen konis homojn, kiuj helpis lin. Plamen estas ano de la Urba Konsilio, kiu decidas pri la vendo de urbaj parceloj. Tiamaniere li aĉetis la parcelon ĉe la mara bordo. Pri la aĉeto de la parcelo estis aŭkcio kaj certe aliaj personoj en la urbo same deziris aĉeti ĝin, sed estis klare, ke la parcelon aĉetis tiu, kiun konas la anoj de la Urba Konsilio. Povas esti, ke iamaniere Plamen subaĉetis ilin, supozis Stefan.

Li vestis sin kaj preparis sin foriri. Antaŭ la eliro li diris al Fani "ĝis revido" .

"플라멘은 번창하지만 우리는 망해가.
이미 소수의 사람만이 식당을 찾고 있어.
수익이 나지 않아 곧 실패할 거야." 스테판이 말했다.
"식당을 팔아야 해."
"당신은 더 진취적으로 되어야 해요." 파니가 말했다.
"식당을 현대화하는 것이 필요해요.
새로운 아이디어가 필요하고요."
"파는 편이 좋아."
"그럼 나중에 어떻게 하려고요?"
"나한테 생각이 있어."
"항상 생각은 있지만, 행동은 점점 더 실패하잖아요."
이 말은 스테판을 기분 나쁘게 했다.
일어나서 방을 나갔다. 정말로, 플라멘은 빨리 부자가 되었다고 생각했지만, 플라멘은 자기를 도와준 사람들을 알고 있었다.
플라멘은 도시의 땅 판매를 결정하는 시의회 의원이다.
이런 식으로 바닷가에 땅을 샀다.
경매가 있었고 확실히 사기를 원하는 다른 사람들이 있었지만, 시의원에게 잘 알려진 누군가가 토지를 산 것은 분명했다.
플라멘이 어떤 식으로든 뇌물을 주었을 수도 있다고 스테판은 생각했다.
옷을 입고 외출할 준비를 했다. 나가기 전에 파니에게 "갔다 올게."하고 말했다.

-Kien vi iras? - demandis ŝi.

-Al la restoracio - respondis Stefan.

-Estas tute superflue iri tien. Matene neniu eniras la restoracion.

-Mi bone scias - diris li iom kolere.

Stefan preferis ĉiam piediri al la restoracio. Ĉi maja mateno sunis kaj febla vento alportis freŝecon de la maro. La ĉielo similis al grandega silka tuko. La kvaretaĝa domo, en kiu loĝis Stefan, estis proksime al la mara bordo kaj ĉi tie oni ĉiam perceptis la salan fiŝan marodoron. Fruktaj arboj kaj multaj floroj estis en la vasta korto de la domo.

Onjo Olja, kiu loĝis sur la unua etaĝo, zorgis pri la floroj kaj la arboj. Sesdekjara, ŝi jam estis pensiulino. Antaŭe ŝi instruis en baza lernejo. Onjo Olja amis la infanojn, la florojn kaj ŝia plej granda plezuro estis okupiĝi pri la floroj kaj la fruktaj arboj en la korto, kie abundis tulipoj, rozoj, diantoj, violoj, hiacintoj··· Nun la siringoj floris kaj odoris.

Kiam Stefan iris el la domo, li vidis, ke onjo Olja denove estas en la korto kaj ion faras, eble ŝi plantis iun floron. Ŝiaj molaj blankaj haroj similis al kolomba flugilo kaj ŝiaj okuloj havis la bluan ĉielkoloron.

"어디 가세요?" 부인이 물었다.
"식당에" 스테판이 대답했다.
"갈 필요가 전혀 없어요.
아침에는 아무도 식당에 안 와요."
"알아." 조금 화가 나서 말했다.
스테판은 항상 식당으로 걸어가는 것을 좋아했다.
5월의 아침 해가 빛나고 가벼운 바람이 바다에서 신선함
을 가져 왔다.
하늘은 거대한 비단 천처럼 보였다.
4층짜리 집에서 스테판은 살았고 바닷가에 가까워 항상
짠 비린내 냄새를 느꼈다.
과일나무와 많은 꽃이 넓은 집 안뜰에 있었다.
1층에 사는 **올랴** 숙모가 꽃과 나무를 돌보았다.
60살인 숙모는 이미 연금 수급자였다.
전에 초등학교에서 학생들을 가르쳤다.
올랴 숙모는 아이들과 꽃을 사랑했다.
가장 큰 기쁨은 꽃과 과일나무를 돌보는 것인데, 마당에
는 튤립, 장미, 카네이션, 제비꽃, 히아신스가 가득했다.
이제 라일락이 피고 향기가 났다.
스테판이 집을 나올 때 올랴 숙모가 이 마당에 다시 와
서 뭔가를 하는 것을 보았다.
아마 꽃을 심었을 것이다.
부드러운 흰색 머리카락은 비둘기의 날개를 닮았다.
눈은 푸른 하늘색이었다.

La ĉefa urba strato "Blua Maro" plenplenis je homoj. Estis la deka horo matene kaj jam la vendejoj, la kafejoj, la klubejoj estis malfermitaj.

Sur la strato paŝis maljunuloj, junuloj, infanoj⋯

La maljunuloj gapis la vitrinojn de la grandaj vendejoj, la junuloj rapidis al iuj oficejoj, al renkontiĝejoj, la infanoj senzorge vagis tien kaj reen. Kiam sur la ĉfstrato estas multaj homoj, tio signifas, ke la urbo vivas. Ili rapidis plenumi siajn ĉiutagajn devojn kaj okupojn.

La pordoj de ĉiuj vendejoj kaj kafejoj estis larĝe malfermitaj kaj la vendistinoj kaj la kelneroj renkontis la homojn, kiuj eniris aĉeti ion aŭ trinki kafon kun amikoj kaj konatoj.

La restoracio "Mirakla Planedo" estis inter du vendejoj: por virinaj ŝuoj kaj infanaj ludiloj. Antaŭ la restoracio staris kelkaj tabloj sub buntaj sunombreloj. Tra la grandaj restoraciaj fenestroj eblis rigardi la straton kaj la homojn, kiuj pasis sur ĝi. Super la vitra pordo neone brilis la nomo "Mirakla Planedo".

Stefan demandis sin kial dum la lastaj monatoj malmultaj homoj venas en la restoracion. Ja, la manĝaĵoj estas bongustaj kaj variaj.

도시 중심가 '**푸른 바다**'는 사람들로 가득했다.

아침 10시였고 상점, 찻집, 클럽 하우스가 열려 있다.

노인, 젊은이, 아이가 길을 걷고 있다.

노인은 큰 창문을 쳐다보고, 젊은이는 사무실이나 회의로 달려가고, 아이는 재미난 듯 이리저리 뛰어다녔다.

대로변에 많은 사람이 있다는 것은 도시가 살아있다는 것을 의미한다.

그들은 서둘러 일상 업무와 작업을 수행한다.

모든 상점과 찻집의 문이 크게 열려, 친구나 지인과 함께 무언가를 사거나 커피를 마시러 들어오는 사람을 판매원과 종업원이 맞이한다.

식당 '기적의 행성'은 여성 신발과 어린이 장난감, 두 매장 사이에 있다.

식당 앞 다채로운 파라솔 아래에 몇 개의 탁자가 있다.

커다란 식당 창을 통해 거리와 지나가는 사람들을 볼 수 있다.

유리문 위에는 '기적의 행성'이라는 이름이 네온으로 빛났다.

스테판은 지난 몇 달 동안 왜 몇몇 사람만 식당에 들어왔는지 궁금했다.

음식은 정말 맛있었고 꽤 다양했다.

La ĉefkuiristo estis sperta, la kuiristoj – laboremaj, la kelneroj – junuloj, rapide priservis la gastojn. Io tamen ne estis en ordo, sed Stefan ne povis diveni kion kaj tio kolerigis lin. Proksime sur la ĉefa strato ne estis alia granda restoracio. Do, ne estis konkurenco. Kio tamen estas la kialo? Eble jam estas tempo vendi "Miraklan Planedon" kaj entrepreni ion pli sukcesan. Kiam li kaj Plamen aĉetis la restoracion, ili havis bonegajn ideojn kaj ili certis, ke "Mirakla Planedo" estos la plej alloga restoracio en la urbo. Ili imagis plenplenajn tablojn, multajn personojn ĉe la tabloj, muzikon, dancojn kaj gajan bonhumuron de ĉiuj ĉeestantoj. Ne hazarde li kaj Plamen decidis, ke la nomo de la restoracio estu "Mirakla Planedo" , ĉar tiam ili ne dubis, ke ĝi estos mirinda loko.

Dum la unuaj jaroj la restoracio bone prosperis. Preskaŭ ĉiam en ĝi estis multaj homoj, la kelneroj kuris de tablo al tablo por rapide priservis la gastojn. La etoso en la restoracio ĉiam estis festa kaj gaja, sed iom post iom la gastoj iĝis pli kaj pli malmultaj. Pro la manko de vizitantoj la enspezoj reduktiĝis. Stefan unue maldungis la anojn de la orkestro. Restis nur unu kantistino, Mimi, kaj unu gitaristo. Poste estis maldungitaj du kelneroj.

주방장은 경험이 많고 요리사는 열심히 일했다.

종업원은 젊고 재빠르게 손님을 돌보았다.

그러나 무언가 질서가 없었는데, 그것이 무엇인지 생각나지 않아 화가 났다.

큰길 가까이에는 다른 큰 식당이 없다.

그래서 경쟁이 필요 없다. 그러면 그 이유는 무엇일까?

아마도 이미 '기적의 행성'을 팔고 더 성공적인 무언가를 할 때인 듯하다.

스테판과 플라멘이 식당을 샀을 때 그들은 훌륭한 생각을 하고 있었고 '기적의 행성'이 마을에서 가장 매력적인 식당이 될 것으로 믿었다. 그들은 가득 찬 탁자에 둘러앉은 많은 사람, 음악, 춤, 즐거운 유머를 상상했다.

둘이 식당 이름을 '기적의 행성'이어야 한다고 결정한 것은 우연이 아니다.

왜냐하면, 그때 그들은 그곳이 멋진 장소가 될 것이라는 데 의심의 여지가 없었기 때문이다.

초기에는 식당이 크게 번성했다.

거의 항상 많은 손님이 있었고, 종업원은 손님에게 서비스를 빠르게 제공하기 위해 탁자 사이를 빠르게 오갔다.

항상 식당의 분위기는 축제같이 즐거웠지만 조금씩 손님이 줄어들었다.

손님이 줄어들자 소득이 감소했다. 스테판은 먼저 오케스트라 단원을 해고했다. 남은 건 하나뿐인 가수 미미와 기타리스트 1명이었다. 나중에 종업원 두 명을 해고했다.

Tiam Stefan esperis, ke baldaŭ li denove dungos kelnerojn kaj muzikantojn, sed bedaŭrinde la tempo pasis kaj la enspezoj ne plimultiĝis.

Stefan eniris la restoracion. Nur ĉe tri tabloj sidis kelkaj maljunaj viroj, kiuj trinkis kafon kaj babilis. La restoracio jam pli similas al kafejo, meditis Stefan kolere. Nepre mi devas entrepreni ion, diris li al si mem, sed li ankoraŭ ne sciis kion. Al Fani hodiaŭ matene li diris, ke li havas ideon, tamen la vero estis, ke li tute ne havas ideon kiel agi.

그때 스테판은 종업원과 오케스트라 단원을 다시 고용하기를 바랐지만, 불행히도 시간이 흘러갔고 수입은 증가하지 않았다.

스테판이 식당에 들어갔다.

세 개 탁자에서만 커피를 마시고 수다를 떠는 노인 몇 명이 앉아 있다.

이미 식당은 찻집에 가깝게 되었다고 생각하며 스테판은 화가 났다.

나는 확실히 무언가를 해야지 하고 자신에게 말했지만, 여전히 무엇을 해야 할지 알지 못했다.

오늘 아침 아내에게 생각이 있다고 말했지만, 사실은 어떻게 행동해야 할지 전혀 대안이 없다.

4. la 20-an de majo

En la domo de Plamen ĉe la granda tablo, en la vasta salono, sidis Plamen, Flora kaj iliaj gefiloj: Dan, Nina kaj Lina. Antaŭ ili sidis la korpogardisto, kiun hodiaŭ Plamen dungis. Juna, ĉirkaŭ dudekkvarjara, alta, li aspektis forta kiel luktisto. Brunokula, nigrahara kun iom bronzkolora haŭto la gardisto similis al greko. Lia nomo estis greka – Stavris kaj Plamen preskaŭ certis, ke liaj gepatroj estas grekdevenaj.

Sur la tablo estis glasoj da limonado kaj biskvitoj. Plamen ekstaris kaj ekparolis:

–Hodiaŭ mi dungis gardiston por vi – li alrigardis la infanojn kaj montris Stavris. – Matene li akompanos vin al la lernejo, posttagmeze li veturigos vin de la lernejo al la hejmo. Stavris estos ĉiam kun vi kaj zorge gardos vin. Se vi devas iri ien, nepre diru al Stavris kaj li venos kun vi.

Dan, Nina kaj Lina mire rigardis Plamen. Ili tute ne komprenis kial ili devas havi gardiston. Ja, ĝis nun ili libere, trankvile iris al la lernejo, revenis, promenadis en la urbo, iris en kinejojn, en kafejojn, de tempo al tempo vespere estis en dancklubejoj kaj neniu gardis ilin, neniu zorgis pri ilia sekureco.

4장. 5월 20일 플라멘 집

플라멘 집, 넓은 거실 안 커다란 탁자에 플라멘 부부와 자녀 단, 니나, 리나가 앉아 있다. 그들 앞에는 플라멘이 오늘 고용한 경호원이 앉아 있다.

약 24살의 젊고 키가 크고 레슬링 선수처럼 강해 보였다. 갈색 눈, 검은 머리에 약간 청동색 피부를 가진 경호원은 그리스인을 닮았다. 이름은 그리스어로 **스타브리스**이고 플라멘은 그의 부모가 그리스 혈통이라고 거의 확신했다.

탁자 위에는 레모네이드 잔과 과자가 있었다.

플라멘은 일어서서 말하기 시작했다.

"나는 오늘 너희들을 위해 경호원을 고용했어." 아이들을 쳐다보고 스타브리스를 소개했다.

"아침에 너희들과 함께 학교에 가고 오후에는 학교에서 집으로 데려다줄 거야. 스타브리스는 항상 너희들과 함께할 것이며 조심스럽게 보호할 거야. 어딘가로 간다면 반드시 스타브리스에게 말해라, 너희들과 함께할 거다."

단, 니나, 리나는 놀라서 플라멘을 바라보았다. 그들은 왜 경호원이 있어야 하는지 전혀 이해하지 못했다.

사실 지금까지 자유롭고 편하게 학교에 갔다 돌아왔고, 도시를 걷고, 영화관이나 찻집에 갔다. 때때로 저녁에 춤추는 클럽에 있어도 아무도 보호하지 않았고, 아무도 안전을 신경 쓰지 않았다.

Tiu ĉi decido de la patro ne nur estis nekomprenebla, sed ĝi tre forte surprizis ilin.

Dan, la plej aĝa, ironie ridetis kaj iom orgojle rigardis Stavris. En la malhelverdaj okuloj de Dan videblis ruzaj briletoj.

−Ĉu kiam ni iros al la necesejo, ni devas informi Stavris kaj li venos kun ni? − demandis Dan ridante.

−Tio estis tre sprite! − diris Plamen kolere. − Mi ripetos: Stavris estos ĉiam kun vi kaj zorgos pri via sekureco! De hodiaŭ li respondecas pri via vivo. Tio estas ordono, kaj vi, kaj Stavris devas strikte sekvi ĝin. Neniu rajtas malrespekti tiun ĉi ordonon!

−Mi ne bezonas gardiston − denove ekparolis Dan. − Mi mem povas zorgi pri mi. Ja, mi ne estas bebo.

−Ĝuste vi plej bezonas gardiston, ĉar vi estas malobeema kaj memfida − diris Flora. − Kaj kiam via patro parolas, ne interrompu lin!

−Ĉu vi havas pistolon? − Dan demandis Stavris kaj ŝajnigis, ke li tute ne aŭdis la vortojn de la patrino.

Stavris alrigardis Dan kaj post du aŭ tri sekundoj malrapide, sed klare diris:

−Jes, mi havas pistolon kaj mi tre precize pafas.

−Tio eksonis ege serioze kaj timige − konkludis ironie Dan kaj denove orgojle ekridetis.

아버지의 이 결정은 이해할 수 없을 뿐만 아니라 매우 놀라웠다. 첫째 단은 비꼬듯이 웃으며 스타브리스를 조금 우습게 보았다. 단의 짙은 녹색 눈은 교활하게 반짝인 듯 보였다.

"화장실에 갈 때도 스타브리스에게 '우리 함께 갈까요?'라고 알려야 하냐"고 단이 웃으며 물었다.

"매우 유머가 있구나!" 플라멘은 화가 나서 말했다.

"되풀이하는데 스타브리스는 항상 너희와 함께하고 안전을 돌볼 거야! 오늘부터 너희 삶을 책임질 거야. 그것은 명령이고 너희들과 스타브리스는 이를 엄격히 따라야해. 아무도 이 명령을 무시할 권리가 없어!"

"전 경호원이 필요 없어요." 단이 다시 말했다.

"저 자신이 저를 돌볼 수 있어요. 정말, 저는 아기가 아니에요."

"불순종하고 자신감이 넘치니 반드시 경호원이 필요해."라고 플로라가 말했다.

"그리고 아버지가 말씀하실 때 끼어들지 마라!"

"총은 있어요?" 단이 스타브리스에게 물었고 어머니의 말을 전혀 듣지 않는 척했다.

스타브리스는 단을 바라보고 2~3초 뒤에 천천히 그러나 명확하게 말했다.

"응, 권총이 있고 아주 정확하게 쏜단다."

"매우 심각하고 무섭게 들려요." 단은 역설적으로 결론을 내렸다. 다시 자랑스럽게 작게 웃었다.

-Vi bone komprenis min, ĉu ne? – ripetis Plamen. – Morgaŭmatene Stavris estos ĉi tie je la sepa horo kaj veturigos vin aŭte al la lernejo.

-Jes – respondis Nina, Lina, Dan. Ili ekstaris kaj eliris. Plamen, Flora kaj Stavris restis en la salono.

-Mi petas vin, estu tre atentema al Dan – diris Flora al Stavris.

– Li estas petolema, malobeema.

-Rilatu al li pli rigore – aldonis Plamen.

– Dan devas plenumi ĉiujn viajn postulojn. Se Dan ne obeas al vi, bonvolu tuj sciigi min – petis Plamen.

-Ĉio estos en ordo – diris Stavris kaj serioze alrigardis Floran kaj Plamen.

Evidente Stavris ne estis tre parolema, preferis silenti kaj kiam li devis diri ion, liaj frazoj estis mallongaj kaj pli ofte li respondis nur per unu aŭ du vortoj. Tio plaĉis al Plamen, ĉar laŭ li pli gravis, ke gardisto agu kaj ne parolu.

-En la agentejo por korpogardistoj oni diris al mi, ke vi tre spertas – ekparolis Plamen.

– Kiom da jaroj jam vi estas korpogardisto? – demandis li.

-Tri – respondis Stavris.

-Antaŭe kion vi laboris? – demandis Flora.

"잘 알아들었지?" 플라멘이 되풀이했다.

"내일 아침 스타브리스는 7시에 여기에 와서 학교에 너희들을 차로 데려다줄 거야."

"예" 니나, 리나, 단이 대답하고 일어나서 나갔다.

플라멘, 플로라, 스타브리스는 거실에 남았다.

"단에게 매우 주의를 기울이시기 바라요." 플로라가 스타브리스에게 말했다.

"장난스럽고 불순종해요."

"더 엄격하게 대하시오."라고 플라멘은 덧붙였다.

"단은 당신의 모든 요구 사항을 따라야 해요. 단이 당신에게 복종하지 않는다면 즉시 알려주시오."라고 플라멘이 말했다.

"모든 것이 괜찮을 겁니다." 스타브리스가 말하며 심각하게 플로라와 플라멘을 보았다.

분명히 스타브리스는 말이 많지 않았고 침묵을 유지하는 것을 좋아했다. 그리고 뭔가를 말해야 할 때 문장은 짧고 대개 한두 단어로 대답했다. 플라멘은 그것을 좋아했다. 플라멘에게 경호원은 말보다 행동이 앞서는 것이 더 중요했다.

"경호 기관에서 당신이 매우 경험이 풍부하다고 들었소." 플라멘이 말했다.

"당신은 몇 년이나 경호원을 했죠?" 플라멘이 물었다.

"3년입니다." 스타브리스가 대답했다.

"전에는 무슨 일을 했나요?" 플로라가 물었다.

–Mi estis dungita soldato.

–Verŝajne en specialaj trupoj? – scivolis Plamen.

–Tio estas sekreto – respondis Stavris.

–Mi komprenas. Kiun vi gardis? – daŭrigis Plamen.

–Politikiston.

–Mi ne demandos kiun, certe ankaŭ tio estas sekreto – iom ironie aldonis Plamen.

–Jes – denove respondis Stavris.

–Kio okazis al la politikisto?

–Oni pafmortigis lin – respondis Stavris kaj tio konsternigis Plamen kaj Flora.

Ili ambaŭ maltrankvile alrigardis Stavris. Plamen verŝajne deziris diri ion, sed Stavris ekparolis:

–Mi ne estas Dio. Mi strikte plenumos mian laboron, sed mi ne povas esti dudek kvar horojn kun viaj infanoj.

–Mi komprenas. Tamen mi bone pagos al vi kaj mi esperas, ke kiam vi estos kun la infanoj, vi nepre estos tre atentema – emfazis Plamen.

–Mi jam diris. Mi strikte plenumos mian laboron – ripetis Stavris.

–Ĉu vi havas familion, infanojn? – demandis Flora.

–Ne. Mi ankoraŭ ne estas edziĝinta.

"저는 직업 군인이었습니다."

"아마 특수 부대에서?" 플라멘은 궁금했다.

"그것은 비밀입니다." 스타브리스가 대답했다.

"알았어요. 누구를 경호했죠?" 플라멘이 계속했다.

"정치가입니다."

"누군지 묻지 않을게요, 물론 그것도 비밀이죠?" 플라멘이 약간 비꼬듯이 덧붙였다.

"예"라고 스타브리스가 다시 대답했다.

"정치인은 어떻게 되었나요?"

"총에 맞아 죽었어요."라고 스타브리스가 대답했다.

그것이 플라멘과 플로라를 당황하게 했다.

둘 다 스타브리스를 걱정스럽게 바라보았다.

플라멘이 아마도 뭔가를 말하고 싶었는데, 스타브리스가 먼저 말하기 시작했다.

"저는 신이 아닙니다. 저는 제 일을 엄격히 할 겁니다. 그러나 저는 24시간 동안 사장님의 아이들과 함께 있을 수 없습니다."

"알았어요. 하지만 나는 당신에게 꽤 괜찮은 보수를 지급할게요. 당신이 아이들과 함께 있을 때, 당신은 확실히 세심하기를 바라요." 플라멘이 강조했다.

"벌써 말씀드렸습니다. 저는 제 일을 엄격히 할 겁니다." 스타브리스가 되풀이했다.

"당신은 가족이 있나요? 아이들은?" 플로라가 물었다.

"없습니다. 저는 아직 결혼하지 않았습니다."

Tio ne tre plaĉis al Flora kaj Plamen, ĉar ambaŭ opiniis, ke homo, kiu havas familion estas pli respondeca kaj pli zorgema.

–Kie vi loĝas en Burgo? – denove demandis Plamen. Li deziris ĉion scii pri la vivo, pri la familio de la gardisto. Ja, de hodiaŭ la sorto de la infanoj estas en liaj manoj.

–Mi loĝas en la okcidenta kvartalo de Burgo, ĉe la malnova stacidomo.

Stavris verŝajne ne deziris paroli pri si kaj pri sia vivo, sed Plamen ne ĉesis demandi.

–Mia patro estis lokomotivestro kaj mia patrino – kudristino – diris Stavris. – Mi loĝas kun ili.

Tiu ĉi lasta frazo kontentigis Plamen. Li komprenis, ke Stavris devenas de ordinara familio, kiu certe delonge loĝas en Burgo kaj sendube en la kvartalo oni bone konas lian familion. Plamen sciis, ke multaj el la loĝantoj en tiu ĉi kvartalo estas grekdevenaj. Post la Unua Mondmilito iliaj praavoj fuĝis el la nordaj regionoj de Greklando. La komunumo en Burgo donis al ili areojn, sur kiuj la fuĝintoj konstruis etajn domojn. Plamen konis tiun ĉi malriĉan kaj mizeran kvartalon. Lia gepatra domo estis proksime al ĝi, ĉe la urba bazarplaco.

이것은 플로라와 플라멘의 마음에 들지 않았다.

가족이 있는 사람이 더 책임감 있고 더 잘 돌본다고 둘은 생각하기 때문이다.

"부르고 시의 어디에 사나요?" 플라멘이 다시 물었다.

경호원의 가족과 삶에 대해 모든 것을 알고 싶었다.

정말로 오늘부터 아이들의 운명은 경호원의 손에 달려 있다. "저는 부르고 시의 서부, 오래된 역 근처에 살고 있습니다."

스타브리스는 아마도 자신과 자신의 삶에 관해 이야기하고 싶지 않았을 텐데 플라멘은 묻기를 멈추지 않았다.

"아버지는 기관차 운전사였고 어머니는 재봉사였습니다." 스타브리스가 말했다.

"저는 부모님과 함께 삽니다."

이 마지막 문장은 플라멘을 만족시켰다. 스타브리스가 확실히 오랫동안 부르고 시에 살았던 평범한 가정 출신임을 알았다.

물론 이 지역에서 그들 가족은 잘 알려져 있다.

플라멘은 이 지역의 많은 주민이 그리스 출신임을 안다.

제1차 세계 대전 후 그들의 조상들은 그리스 북부 지역에서 도망쳐 나왔다.

부르고 공동체는 그들에게 어느 지역을 주었고 도망자들은 그곳에 작은 집들을 지었다.

플라멘은 가난하고 비참한 지역을 알고 있었다.

플라멘의 부모 집은 마을 시장 광장 근처에 있었다.

Kiam Plamen estis infano, li havis samklasanojn, kiuj loĝis en la okcidenta kvartalo. Tiam oni nomis ĝin greka kvartalo. La gepatroj de liaj samklasanoj, ĉefe grekoj, estis malriĉaj. La patroj fiŝkaptadis aŭ havis etajn butikojn, en kiuj ili vendis cigaredojn, alumetojn aŭ ĵurnalojn. Tiam Plamen ofte ludis kun siaj amikoj el la greka kvartalo kaj li bone memoris iliajn malgrandajn kadukajn domojn en etaj kortoj kun figarboj, kies odoro de maturaj figoj tre plaĉis al li.

-Dankon Stavris. – diris Plamen.

-Mi dankas, ke vi konsentis gardi niajn infanojn – aldonis Flora.

-Tio estas mia laboro – lakone respondis Stavris.

-Do, morgaŭ matene je la sepa horo ni atendos vin – ripetis Plamen.

-Jes, ĝis revido – diris Stavris kaj foriris.

-Ĉu nun ni povas esti pli trankvilaj? – demandis Flora post la eliro de Stavris.

-Mi ne scias – respondis Plamen hezite. – Li estas serioza kaj mi esperas, ke li bone gardos la infanojn.

-Tamen mi maltrankviliĝas kaj pri vi, kaj pri mi. Certe tiu ĉi minaco ne estas ŝerco – diris Flora kaj proksimiĝis al la vitra pordo de la salono, kiu gvidis al vasta teraso.

플라멘이 어렸을 때 서부 지역에 사는 동급생이 있었다. 그때 그곳을 그리스 지역이라고 불렀다.

동급생의 부모는 대부분 그리스인이었으며 가난했다.

아버지는 낚시하거나 담배, 성냥 또는 신문을 판매하는 작은 상점을 운영했다.

그때 플라멘은 자주 그리스 지역에서 온 친구와 놀았다. 그곳 작은 마당의 작고 낡은 집에 있던 잘 익은 무화과 나무에서 퍼지는 향기가 자신을 매우 기쁘게 하던 것이 떠올랐다.

"고마워요, 스타브리스."라고 플라멘이 말했다.

"우리 아이들 돌보기에 동의해 주어 감사해요." 플로라가 덧붙였다.

"그게 제 일입니다." 스타브리스가 짧게 대답했다.

"내일 아침 7시에 기다리고 있겠소." 플라멘이 되풀이했다.

"알겠습니다, 안녕히 계십시오." 스타브리스가 말했다.

"이제 좀 더 평안해질 수 있겠죠?" 스타브리스가 출발한 뒤 플로라가 물었다.

"모르겠어." 플라멘이 머뭇거리며 대답했다. "진지하게 아이들을 잘 돌봐주길 원해."

"하지만 당신과 내가 걱정돼요. 확실히 이 위협은 농담이 아니에요." 플로라가 말하고, 넓은 테라스로 이어지는 거실의 유리문으로 다가갔다.

Ŝi iom time trarigardis la korton, kvazaŭ ŝi supozis, ke iu kaŝas sin malantaŭ la fruktaj arboj.

Hieraŭ vespere en la korto tumultis homoj. Estis muziko, dancoj, ŝercoj, babilado kaj Flora tute ne pensis, ke hodiaŭ ŝi timos eniri la korton.

–Ne estas ŝerco! Kaj vi, kaj mi devas esti tre atentemaj – diris Plamen.

–Ĉu vi sukcesis diveni kial oni minacas nin kaj kial deziras de ni cent mil eŭrojn? – demandis Flora, kaj Plamen denove rimarkis la timon, kiu simile al sovaĝa besto gvatis de ŝiaj okuloj.

–Mi havas unu solan klarigon – respondis li malrapide..

–Ĉu?

–Temas pri la parcelo, kiun mi aĉetis antaŭ nelonge. Vi scias, ĝi estas ĉe la mara bordo, proksime al la plaĝo kaj al la parko. Kelkaj uloj deziris havi ĝin, tamen la komunumo avizis anoniman konkurson pri la vendo de la parcelo. La firmaoj konkursis. Iuj el ili eĉ ne estas en nia urbo. Verŝajne mi proponis la plej grandan sumon por aĉeti ĝin kaj mi gajnis. Nun iu el tiuj ĉi firmaoj deziras timigi min kaj igi min vendi la parcelon je pli malalta prezo, por ke ili aĉetu ĝin.

플로라는 조금 두려워하며 과일나무 뒤에 누군가 숨어 있다고 생각하는 듯 안뜰을 내려다보았다.

사람들은 어젯밤 안뜰에서 웃고 떠들며 음악에 맞춰 춤추고 즐겼다.

그다음 날인 오늘 플로라는 자신이 안뜰에 들어가는 것을 두려워 할 것이라고는 전혀 생각하지 못했다.

"농담이 아니야! 당신과 나는 모두 매우 조심해야 해." 플라멘이 말했다.

"우리가 위협받는 이유와 10만 유로를 원하는 이유를 짐작할 수 있나요?" 플로라가 물었다.

플라멘은 다시 한번 아내의 눈에서 파도처럼 출렁이는 두려움을 알아차렸다.

"설명할 거라고는 하나밖에 없어."라고 천천히 대답했다.

"무엇이죠?"

"최근에 산 땅에 관한 것이야.

당신이 알다시피 그것은 바닷가에 있고, 모래사장과 공원에 가까워.

어떤 사람들이 그것을 갖고 싶어 했지만, 시청에서는 땅의 판매에 관하여 익명 입찰을 통지했고, 회사들이 경쟁했어. 그들 중 일부는 우리 도시에도 없어.

아마 내가 그것을 사기 위해 가장 많은 금액을 제시했고 내가 이겼지.

지금 이 회사 중 하나가 그 땅을 사려고 나를 위협하고 내가 전보다 낮은 가격에 땅을 팔기 원해."

-Se vi opinias, ke tio estas la kialo, tuj aperigu anoncon en la urba ĵurnalo, ke vi vendas la parcelon - proponis Flora.

Plamen alrigardis ŝin kaj firme diris:

-Mi ne vendos ĝin! Ja, mi planas konstrui tie grandan hotelon, sed post tiu ĉi minaco, mi konstruos sur la parcelon templon, kiun mi donacos al la urbo. Se iu esperas timigi min, profunde eraras. Vi scias, ke mi ne estas timema. Al tiuj kanajloj mi montros, ke per ĉantaĝoj oni ne povas realigi siajn celojn.

-Ne estu obstina! - rigardis lin Flora. - Vi mem diris, ke tio ne estas ŝerco.

-Jes. Tamen se nun mi vendos al ili malmultekoste la parcelon, morgaŭ ili ekdeziros senpage aĉeti nian domon, la vendejojn, kiujn ni havas, la vinfabrikon kaj eĉ la hotelojn en la ripozejo "Sapfira Golfo". Mi ne cedos! Oni mortpafu min, sed mi ne genuiĝos antaŭ ili.

-Tamen pensu pri la infanoj! - insistis Flora.

-Vi vidas, ke mi zorgas pri ili. Ja, mi dungis gardiston por ili kaj la kanajloj ne kuraĝos forkapti iun el la infanoj.

La ĉambro de Nina kaj Lina estis sur la dua etaĝo de la domo.

"그게 이유라고 생각하시면 당신이 땅을 팔고 싶다고 마을 신문에 바로 광고를 올려주세요." 플로라가 제안했다.

플라멘은 아내를 보고 단호하게 말했다.

"팔지 않을 거요! 정말로, 거기에 큰 호텔을 지을 계획이야. 하지만 이 위협 때문에 생각이 바뀌어 그 땅 위에 사원을 지어 내가 도시에 기부할 거요.

누군가 나를 겁주고 싶어 한다면 크게 착각한 거지.

내가 두려워 안 한다는 거 당신은 알잖아.

그 악당들에게 협박으로 자신의 목적을 이루지 못함을 보여 줄 거야."

"고집하지 마세요!" 플로라는 남편을 바라보았다.

"당신은 이것은 농담이 아니라고 스스로 말했지요."

"응. 그러나 지금 내가 그 땅을 싸게 판다면, 내일 그들은 우리 집, 우리가 가진 상점, 포도주 양조장, 심지어 사파이어만 휴양지에 있는 호텔까지 무료로 사기를 원할 거야. 포기하지 않을 거요!

총에 맞을 거라고 해도 나는 그 사람들 앞에 무릎을 꿇지 않을 거요."

"하지만 아이들을 생각해 보세요!"

플로라가 고집을 부렸다.

"내가 아이들에게 관심이 있다는 것을 알고 있잖소. 정말로 아이들을 위해 경호원을 고용했어. 도적들은 감히 아이들을 납치하지 못할 거요."

니나와 리나의 방은 집 2층에 있다.

La fratinoj ŝatis rokmuzikon kaj sur la muroj estis afiŝoj kun grandaj koloraj fotoj de famaj rokmuzikistoj. Sur du skribotabloj en la ĉambro staris komputiloj kaj disĵetitaj lernolibroj, kajeroj, vortaroj. Sur la planko videblis ŝuoj, sur la litoj roboj kaj bluzoj.

Nina, la pli aĝa fratino, helharara kun brunaj okuloj kiel aveloj, sidis sur unu el la litoj, kaj Lina, la pli juna, nigrahara kun okuloj, similaj al du verdaj vitraj globetoj, sidis ĉe unu el la skribotabloj kaj gapis la ekranon de la komputilo.

–Mi tute ne komprenas kial paĉjo dungis por ni gardiston – diris Nina. – Ĝis nun ni ne havis gardiston kaj nenio malbona okazis al ni.

–Jes, ni trankvile iris kien ni deziris – aldonis Lina. – Somere – al la plaĝo, al la parko, vintre – al la dancklubejoj.

–Eĉ ni veturis solaj al najbaraj urboj,
al maraj ripozejoj···

–Eĉ kelkfoje eksterlanden – al Grekio kaj Turkio – memorigis ŝin Lina. – Nun eble ni ne veturos solaj ien. Ĉiam kiel paliso staros ĉe ni la gardisto. Tio tute ne estos agrable, eĉ mi dirus terure ĝene. Li spionos nin, kun kiu ni renkontiĝas, kun kiu ni konversacias.

자매들은 록 음악을 좋아했고 벽에 유명한 록 음악가들의 대형 컬러 사진이 있는 포스터가 붙어있었다.

방의 두 책상 위에는 컴퓨터, 흩어진 교과서, 노트, 사전이 있다.

바닥에는 신발이 눈에 보이고 침대 위에는 드레스와 블라우스가 놓여 있다.

언니 니나는 개암 열매 같은 갈색 눈동자에 밝은 머리카락이며 침대 중 하나에 앉았고 리나는 더 어리고 검은 머리카락에 두 개의 녹색 유리구슬을 닮은 눈으로 책상 중 하나에 앉아 컴퓨터 화면을 응시했다.

"아빠가 왜 우리를 위해 경호원을 고용했는지 전혀 이해가 안 돼." 니나가 말했다.

"지금까지 우리는 경호원이 없었고 우리에게 나쁜 일은 없었지."

"맞아, 우리는 원하는 곳에 자유롭게 갔지."라고 리나가 덧붙였다.

"여름에는 모래사장이나 공원, 겨울에는 춤추는 클럽에."

"우리는 혼자서도 이웃 도시, 바다 휴양지로 갔었잖아."

"때로는 해외에도."

"그리스와 터키로." 리나는 니나에게 상기시켰다.

"이제 우리는 어디에도 혼자 갈 수 없어. 항상 말뚝처럼 경호원이 우리와 함께 있을 거야. 그것은 전혀 좋지 않아. 나는 몹시 성가시게 말할 거야. 우리가 누구와 만나는지 누구와 대화하는지 우리를 감시할 거야."

-Al mi tamen li plaĉas. Kio estis lia nomo? - demandis Nina.

-Stavris, greka nomo. - respondis Lina.

-Jes, Stavris estas simpatia - alta, forta. Eble li ne estos tre severa. Certe oni konas lin en la dancklubejoj kaj ni iros kun li danci - diris Nina.

-Ho, ne fantaziu. Ĉiuj gardistoj estas rigidaj kiel sekaj arboj. Ili nur plenumas ordonojn kaj malpermesas ĉion. Mi certas, ke ĝis nun li neniam eniris dancklubejon - ridis Lina.

-Mi scias kiel malrigidigi lin - diris serioze Nina.

-Ho, ĉu vi enamiĝis en li? - demandis ruzete Lina. - Vi nur dum dek minutoj vidis lin kaj vi jam ekamis lin - kaj Lina komencis tinte ridi.

-Tute ne. Mi nur diris, ke li estas simpatia - ripetis Nina.

-Diru sincere - insistis Lina. - Se vi jam ekamis lin, mi certas, ke li same ekamos vin. Ja, ni multe da tempo estos kun li.

Nina nenion diris, ŝi nur ruĝiĝis.

-Morgaŭ li akompanos nin al la lernejo. - denove ekparolis Lina

"그래도 나는 그 사람이 마음에 들어. 이름이 무엇이었지?" 니나가 물었다.

"그리스 이름인 스타브리스야." 리나가 대답했다.

"맞아, 스타브리스는 사랑스럽고, 키가 크고 튼튼해. 어쩌면 그렇게 엄격하지는 않을 거야. 확실히 춤추는 클럽에서도 그 사람을 알 것이고 우리는 함께 춤을 추러 가자." 니나가 말했다.

"아니, 꿈꾸지 마. 모든 경호원은 마른 나무처럼 뻣뻣해. 단지 명령만 수행하고 그 외 모든 것을 절제하지. 전에 결코 춤추는 클럽에 가본 적이 없다고 믿어." 리나가 웃었다.

"부드럽게 만드는 방법을 나는 알고 있어." 니나가 진지하게 말했다.

"오, 사랑에 빠졌나?" 리나가 교활하게 물었다.

"언니는 10분 동안만 보았고 이미 사랑에 빠졌어." 그리고 리나가 큰 소리로 웃기 시작했다.

"전혀 아냐. 나는 동정심이 있다고만 말했지." 니나는 되풀이했다.

"정직하게 말해." 리나는 우겼다. "이미 사랑에 빠졌다면 나는 그 사람도 언니를 사랑할 것이라고 믿어. 정말로 우리는 많은 시간을 함께해야 해."

니나는 아무 말도 하지 않고 얼굴을 붉혔다.

"내일 우리와 함께 학교에 갈 거야."

다시 리나가 말했다.

– kaj post la fino de la lernohoroj ni petos lin, ke ni ne revenu tuj hejmen, sed kun li ni iru en kafejon kaj tie ni trankvile babilos kun li – proponis ŝi.

–La ideo estas bonega, sed verŝajne li ne konsentos. Paĉjo diris al li, ke post la lernohoroj, li tuj venigu nin hejmen.

–Mi facile konvinkos lin veni kun ni en kafejon – ekridetis ruzete Lina. – Tamen ni ne diros al paĉjo, ke ni estis kun Stavris en kafejo.

–Sufiĉe! Ni komencu prepari niajn lecionojn por morgaŭ – diris Nina.

–Jes. Mi havas hejman taskon pri matematiko. Terure. Tio estas mia plej malŝatata lernobjekto – ĝemis Lina.

–Kaj mi devas verki literaturan eseon. Ja, tio estas la plej agrabla hejma tasko por mi – diris Nina.

Nina ŝatis literaturon kaj ĉiam havis bonajn notojn. Kaŝe ŝi verkis poemojn kaj nun, kiam ŝi vidis Stavris, estis certa, ke baldaŭ ŝi verkos poemon, dediĉitan al li. La du fratinoj komencis trafoliumi la lernolibrojn por prepari la hejmajn taskojn por la morgaŭaj lernohoroj.

"그리고 방과 후 집에 바로 가지 말고 함께 찻집에 가서 조용히 대화를 나누자고 부탁해."라고 리나는 제안했다.
"좋은 생각이지만 아마도 동의하지 않을 거야.
아빠는 방과 후 바로 집으로 데려오라고 그 사람에게 말씀하셨어."
"찻집에 우리와 함께 가자고 자연스럽게 설득할게."
리나는 재치있게 웃었다.
"그러나 아빠에게 찻집에서 스타브리스와 함께 있었다고 말하지 마."
"당연하지! 내일 수업 준비를 시작하자." 니나가 말했다.
"응. 수학 숙제가 있어. 무서워.
이것이 내가 가장 싫어하는 과목이야."
리나가 한숨을 쉬었다.
"문학 수필을 써야 해.
사실 그것은 나에게 가장 즐거운 숙제야."
니나가 말했다.
니나는 문학을 좋아했고 항상 좋은 성적을 받았다.
비밀리에 시를 썼고 이제 스타브리스를 보았으니 곧 바치는 시를 확실히 쓸 것이다.
자매들은 내일 수업 숙제를 하러 교과서를 훑어보기 시작했다.

5. La 20-an de majo

En la restoracion "Mirakla Planedo" eniris junulo, verŝajne dudekdujara, kun ĝinzo kaj blua T-ĉemizo, altstatura kun longa nigra hararo, kiu falis sur la ŝultrojn kaj kun okuloj, nigraj kiel mirteloj. La junulo ĉirkaŭrigardis kaj proksimiĝis al unu el la kelneroj.
–Bonan tagon – diris la junulo. – Ĉu la posedanto de la restoracio estas ĉi tie?
–Jes – respondis la kelnero.
–Mi ŝatus paroli kun li.
–Tuj mi vokos lin – kaj la kelnero eniris la ĉambron, kiu estis dekstre de la salono.
Post minuto Stefan venis, alrigardis la junulon kaj demandis:
–Pri kio temas?
–Bonan tagon – salutis la junulo. – Mi estas Biser Konov, estro de la orkestro "Furoraj Ritmoj". Nun ni estas en via urbo kaj se vi konsentus, dum unu monato ni muzikludos en via restoracio. Nia muziko allogos multe da vizitantoj.
–Mi baldaŭ vendos la restoracion, sed dum unu monato vi povas muzikludi en ĝi – diris Stefan.
–Dankon – ekridetis la junulo.

5장. 5월 20일

식당 '기적의 행성'에 들어선 젊은이는 약 22살에, 청바지와 파란색 티셔츠를 입고, 키는 크고 어깨까지 늘어진 긴 검은 머리카락에 블루베리처럼 검은색 눈을 가졌다.
젊은이는 주위를 둘러보며 종업원 중 하나에 다가갔다.
"안녕하세요." 청년이 말했다.
"식당 사장님이 여기 계시나요?"
"예" 종업원이 대답했다.
"얘기하고 싶은데요."
"즉시 알릴게요."라고 종업원이 복도 오른쪽에 있는 방에 들어갔다.
잠시 후 스테판이 와서 청년을 바라보고 물었다.
"무슨 일이죠?"
"안녕하십니까." 청년이 말했다.
"저는 **비세르 코노브**입니다.
오케스트라 **"열광적 리듬"**의 **대표**입니다.
지금 우리는 이 도시에 머물고 있어요.
동의하시면 한 달 동안 이 식당에서 곡을 연주하겠습니다. 우리 음악은 많은 방문객을 끌어들일 것입니다."
"곧 식당을 팔 예정이라 한 달 동안만 여기서 곡을 연주할 수 있어요."라고 스테판이 말했다.
"감사합니다." 청년이 웃었다.

-Kian muzikon vi ludas?

-Nia repertuaro estas tre riĉa. Ni ludas rokmuzikon, modernan muzikon, klasikan muzikon. Laŭ la deziro de la ĉeestantoj ni ludos eĉ folkloran muzikon.

-Kiamaniere mi pagu al vi?

-Kvindek procentojn el la monata enspezo de la restoracio.

-Ĉu? - alrigardis lin Stefan.

-Estos tute normale. Ni allogos multe da homoj kaj vi bone gajnos. Nia muzikbando estas fama, la gejunuloj ŝatas nian muzikon - diris Biser.

-Kiam vi komencos? - demandis Stefan.

-Ĉi-vespere.

-Do, venu kaj preparu vin.

-Ni gluos afiŝojn en la urbo: "Furoraj Ritmoj ludos unu monaton en restoracio "Mirakla Planedo". Vi vidos, ke oni komencos amase viziti la restoracion.

-Ni vidos - diris Stefan.

Biser Konov foriris. Ja, Stefan iam aŭdis pri tiu ĉi muzikbando, sed ne certis, ke ĝi estas tiel fama kiel diris ĝia estro Biser Konov kaj iom li dubis ĉu ĝi allogos pli da homoj en la restoracion. Ne gravas, diris al si mem Stefan, mi daŭrigos per unu monato la ekziston de la restoracio.

"어떤 종류의 곡을 연주하죠?"

"우리 레퍼토리는 매우 풍부합니다. 우리는 록 음악, 현대 음악, 클래식 곡을 연주합니다. 손님의 희망에 따라 우리는 민속 음악도 연주할 것입니다."

"어떻게 돈을 내죠?"

"식당 월 소득의 50%입니다."

"그래요?" 스테판은 바라보았다.

"이것은 완전히 일반적입니다. 우리는 많은 사람을 끌 것입니다. 사장님은 잘 벌 것입니다. 우리 밴드는 유명해서 젊은이들이 우리 음악을 좋아해요." 비세르가 말했다.

"언제 시작할 건가요?" 스테판이 물었다.

"오늘 밤부터."

"그러면 와서 준비하세요."

"우리는 도시에 포스터를 붙일 것입니다 : 밴드 '열광적 리듬'이 식당 '기적의 행성'에서 한 달간 공연합니다. 사람들이 한꺼번에 식당을 방문하기 시작하는 것을 볼 겁니다."

"같이 봅시다." 스테판이 말했다.

비세르 코노브가 떠났다. 실제로 스테판은 이 음악 밴드에 대해 언젠가 들어 본 적이 있다. 그러나 대표 비세르 코노브가 말한 것처럼 유명하다고 믿지 않았다. 그것이 더 많은 사람을 끌어들일지 조금 의심했다. '중요하지 않아.' 스테판은 자신에게 말했다.

식당은 한 달 동안만 운영할 테니까.

Posttagmeze, kiam Stefan revenis hejmen, li diris al Fani pri "Furoraj Ritmoj".

–Bone, sed hodiaŭ telefonis Kiril Hinkov, kiu deziras aĉeti la restoracion.

–Post monato la restoracio estos lia – diris Stefan.

오후에 스테판이 집으로 돌아와 파니에게 밴드 '열광적 리듬'에 대해 말했다.

"좋아요, 하지만 오늘 식당을 사기 원하는 키릴 힌코브 씨가 전화했어요."

"한 달 뒤면 식당은 그 사람 소유가 되겠지."라고 스테판은 말했다.

6. la 21-an de majo

Kiril Hinkov estis ĉirkaŭ kvardekjara, malalta kun iom plata nazo kaj ruzaj okuletoj. Verŝajne de dek jaroj li loĝis en Burgo, sed neniu sciis de kie li devenas kaj kie li loĝis antaŭe.

Kiam li venis en la urbon, li aĉetis grandan domon en unu el la novaj orientaj kvartaloj. Hinkov ne estis edziĝinta, ne havis familion, sed ĉiam kun li estis belaj junulinoj. Same lia okupo ne estis tre klara. Kiam oni demandis lin, kio estas lia profesio, li iom nebule kaj lakone respondis, ke li estas komercisto. Kiril Hinkov havis firmaon, vendis luksajn aŭtojn kaj ofte veturis eksterlanden. Tamen multaj en Burgo opiniis, ke la vendado de aŭtoj ne estas lia ĉefa okupo. Certe li okupiĝis pri iu suspektinda negoco. Iuj diris, ke tio estas narkotaĵoj, aliaj supozis, ke li igas junulinojn sin prostitui.

Krom la belaj junulinoj, ĉirkaŭ li ĉiam estis kelkaj junuloj, korpogardistoj. Kiril promenis kun ili en la urbo, vespermanĝis kun ili en la plej bonaj restoracioj, tamen al li plej plaĉis "Mirakla Planedo" kaj dufoje aŭ trifoje semajne li venis tien.

6장. 5월 21일

키릴 힌코브는 40살 정도였고 납작한 코와 교활한 작은 눈에 키가 작았다.

아마 10년 전부터 부르고 시에서 살았을 것이다.

그러나 어디에서 왔고, 전에 어디에서 살았는지 아무도 몰랐다.

도시에 와서 새로운 동부 지역 어느 곳에 큰 집을 샀다.

힌코브는 결혼하지 않았고 가족도 없지만, 항상 아름다운 아가씨들이 함께 있었다.

또한, 직업은 그다지 명확하지 않았다.

직업이 무엇인지 물었을 때 자신이 무역이라고 모호하고 간결하게 대답했다.

키릴 힌코브는 회사가 있었고 고급 차를 팔았고 종종 외국으로 나갔다.

그러나 부르고 시의 많은 사람은 자동차 판매는 주요 직업이 아니라고 주장한다.

분명히 의심스러운 사업에 바빴다. 어떤 사람들은 그것이 마약이라고 말했고 다른 사람들은 젊은 여성들을 매춘하게 시킨다고 짐작했다.

예쁜 여자 외에 항상 주변에 몇 명 젊은 경호원이 있다. 키릴은 도시에서 그들과 함께 걸었다. 최고의 식당에서 그들과 저녁을 먹었다. 가장 좋아하는 식당은 '기적의 행성'이고 일주일에 두세 번 거기에 갔다.

Stefan ne tre certis kial Kiril Hinkov preferas "Miraklan Planedon", ĉu pro la bongusta manĝaĵo aŭ pro Mimi, la kantistino. Kiam foje Stefan demandis lin kial li ofte estas en la restoracio, Kiril diris:

–Ĉi tie oni kuiras tiel, kiel mia patrino iam. La manĝaĵoj de mia patrino estis la plej bongustaj en la mondo kaj mi ne povas forgesi ilin.

–Kie vi naskiĝis kaj kie vi loĝis? – demandis Stefan.

–Mi loĝis tre malproksime – komencis voĉe ridi Kiril, – sed mi tre ŝatas la maron kaj tial mi venis loĝi ĉi tie. Estas bone, ke en Burgo mi trovis "Miraklan Planedon", kies manĝaĵoj rememorigas min pri mia kara panjo.

Kiam Kiril Hinkov eksciis, ke Stefan planas vendi la restoracion, li tuj diris:

–Mi aĉetos ĝin. Al neniu alia diru, ke vi vendos la restoracion. Mi pagos al vi kiom da vi deziras kaj vi ne havos zorgojn.

Hodiaŭ Kiril venis por doni al Stefan antaŭpagon por la restoracio.

–Dum unu monato en la restoracio muzikludos la bando "Furoraj Ritmoj" – diris Stefan. – Do, post monato la restoracio estos via.

스테판은 키릴 힌코브가 왜 '기적의 행성'을 좋아하는지 맛있는 음식이나 가수 미미 때문인지 확실히 모른다.

가끔 스테판이 왜 자주 식당에 오는지 물었을 때, 키릴은 다음과 같이 말했다.

"여기서 사람들은 언젠가 우리 어머니처럼 요리합니다. 우리 어머니의 음식은 세계에서 가장 맛있었고 나는 그것을 잊을 수 없습니다."

"어디서 태어났고 어디서 살았나요?" 스테판이 물었다.

"멀리서 살았어요." 키릴이 큰 소리로 웃으며 말했다.

"하지만 바다가 아주 좋아서 여기에 살게 되었습니다. 부르고 시에서 사랑하는 엄마를 생각나게 하는 음식을 만드는 '기적의 행성' 식당을 발견한 것이 다행입니다."

키릴 힌코브는 스테판이 식당을 팔 계획이 있음을 알자 즉시 이렇게 말했다.

"내가 살게요. 다른 사람에게 식당을 팔 것이라고 말하지 마십시오.

나는 사장님이 원하는 만큼 지급할 것이니 걱정하지 마십시오."

오늘 키릴은 스테판에게 식당의 계약금을 주러 왔다.

"한 달 동안 '열광적 리듬' 밴드는 식당에서 곡을 연주합니다." 스테판이 말했다.

"그리고 한 달 뒤 식당은 사장님 것입니다."

-Mi atendos unu monaton – respondis Kiril. – Mi ne rapidas. Trankviligu la kuiristojn, ke mi ne maldungos ilin. Ja, ili estas tre spertaj. La kelneroj same daŭrigos labori. Mi certe dungos ankoraŭ kelkajn kelnerojn kaj plej grave – Mimi, la kantistino, kantos en la restoracio.

-Tre bone – diris Fani. – Ĉiuj estos ege dankemaj al vi.

-Ili ne nur restos labori en la restoracio, sed mi altigos iliajn salajrojn. Ja, mi havas tiun ĉi eblecon – kaj Kiril komencis tondre ridi.

-Tio stimulos ilin – rimarkis Stefan.

-Ne eblas labori sen stimulo. Ĉiu posedanto kaj estro de firmao, kiu deziras bone gajni, devas stimuli siajn laboristojn – filozofie konkludis Kiril. – Kaj kion vi faros post la vendo de la restoracio? – demandis li Stefan.

-Mi same okupiĝos pri komerco, sed ankoraŭ mi ne deziras diri kian komercon – respondis Stefan.

-Ho. Mi komprenas. Tio estas sekreto de la firmao. Antaŭe vi kaj Plamen Filov estis samkompanianoj, ĉu ne. Vi kune aĉetis "Miraklan Planedon" kaj dum kelkaj jaroj vi ambaŭ posedis ĝin.

"한 달을 기다릴 것입니다." 키릴이 대답했다.

"나는 서두르지 않습니다. 내가 해고하지 않겠다고 요리사들을 안심시키십시오.

정말로 그들은 매우 경험이 많습니다. 종업원도 계속 일합니다.

나는 확실히 종업원 몇 명을 더 고용할 테고 가장 중요한 것은 가수인 미미는 식당에서 계속 노래합니다."

"아주 좋습니다." 파니가 말했다.

"모두가 사장님께 매우 고마워할 것입니다."

"그들은 식당에서 일할 뿐만 아니라 임금도 올려줄 것입니다. 정말 그럴 가능성이 있습니다."

그리고 키릴은 우레처럼 웃기 시작했다.

"그것이 그들을 자극할 것입니다." 스테판이 말했다.

"자극 없이 작업할 수 없습니다.

모든 소유자와 잘 벌고 싶은 회사의 사장은 노동자를 자극해야 합니다." 철학적으로 키릴은 결론지었다.

"그리고 사장님은 식당을 판 뒤에 무엇을 할 것인가요?" 스테판에게 물었다.

"나도 상업에 관해 같은 일을 할 텐데 그래서 무슨 사업을 할 것인지 말하고 싶지 않아요." 스테판이 대답했다.

"오. 알았어요. 그것은 회사의 비밀이죠.

전에 사장님과 플라멘 필로브 씨는 동업자였죠, 그렇죠?
두 분은 함께 '기적의 행성'을 샀고 몇 년 동안 함께 그것을 소유했습니다.

Oni diras, ke tiam "Mirakla Planedo" estis la plej fama restoracio en Burgo.

-Jes - respondis Stefan ne tre volonte.

-Kio okazis? - daŭrigis demandi Kiril. - Ĉu vi kverelis kaj disiĝis?

-Ne. Plamen decidis havi memstaran firmaon kaj li vendis al mi sian parton de la restoracio.

-Jes, kaj poste li iĝis la plej riĉa ulo en Burgo. Nun li posedas vendejojn, vinfabrikon, hotelojn en la Sapfira Golfo··· - diris Kiril.

-Li tre multe laboras - rimarkis Fani.

Kiril ekridetis ironie.

-Mi scias kiel li laboras. Granda fripono li estas. Li aĉetis la parcelon ĉe la parko. Ankaŭ mi estis kandidat-aĉetanto por tiu ĉi parcelo, sed iu en la komunumo decidis doni ĝin al Plamen Filov.

-Eble li proponis la plej altan prezon - denove diris Fani.

-Mi scias kian prezon li proponis. Nun ĉio estas friponaĵo kaj Plamen Filov estas la plej sperta fripono.

-Kial tiel vi opinias pri li? - iom nervoze reagis Fani. - Plamen Filov estas honesta homo.

-Kiu nun estas honesta? - denove ridis Kiril. - Ĉiuj kiel sovaĝaj bestoj strebas al mono kaj al gajno.

당시 '기적의 행성'이 부르고 시에서 가장 유명한 식당이라고 말했습니다."

"예"라고 스테판이 그렇게 자발적은 아니지만 대답했다.

"어떻게 된 거예요?" 키릴은 계속 물었다.

"싸워서 헤어졌나요?"

"아니요. 플라멘은 독립 회사를 만들기로 했고 나에게 식당의 자기 몫을 팔았어요."

"네, 그리고 부르고 시에서 가장 부유한 사람이 되었죠. 이제 사파이어만 휴양지에 상점, 포도주 양조장, 호텔을 소유하고 있어요." 키릴이 말했다.

"플라멘 씨는 매우 열심히 일해요."라고 파니는 말했다.

키릴은 비꼬듯이 빙긋 웃었다.

"어떻게 일하는지 나는 알아요. 멋진 도둑이죠. 공원에서 땅을 샀어요. 나 역시 후보 구매자였어요. 하지만 공동체의 누군가가 플라멘 필로브에게 주기로 했죠."

"아마 가장 높은 가격을 제시했을 거예요." 파니가 다시 말했다.

"제안한 가격을 알고 있거든요. 지금 모든 것이 잘못되었고 플라멘 필로브는 가장 경험이 많은 도둑이예요."

"왜 그렇게 생각하세요?" 파니는 약간 초조하게 반응했다. "플라멘 필로브 씨는 정직한 사람이예요."

"지금 누가 정직해요?" 키릴은 다시 웃었다.

"모두 야생 동물처럼 돈과 이익을 위해 힘을 써요.

Ĉiuj estas nesatigeblaj. Tamen mi tre bone scias kiel satigi Plamen Filov. Mi tre ŝatas personojn kiel li, kiuj opinias pri si mem, ke ili estas la plej saĝaj, la plej spertaj kaj povas facile trompi la aliajn. Tamen Plamen Filov vidos kiu mi estas. Baldaŭ li ekscios kiu estas Kiril Hinkov!

Kiril eksilentis, rigardis la ĉambron kaj post minuto diris:

–Belan loĝejon, en bela kvartalo vi havas. Vi certe same bone gajnis.

Stefan kaj Fani nenion diris kaj ŝajnigis, ke ili ne aŭdis tion.

–Jen mi donas al vi la antaŭpagon por la restoracio kaj post monato ni faros la oficialan kontrakton pri la vendo-aĉeto – kaj Kiril donis al Stefan dikan faskon da monbiletoj.

–Mi daŭrigos veni en "Mirakla Planedo". Bone mi konas "Furoraj Ritmoj" kaj certe ili allogos la gejunulojn de Burgo. Ĝis revido kaj ĉion bonan – adiaŭis ilin Kiril.

Li malrapide staris de la seĝo kaj ekiris al la pordo.

–Ĝis revido – diris Stefan kaj Fani.

모두 만족할 줄 몰라요.

그러나 나는 플라멘 필로브를 만족시키는 방법을 아주 잘 알고 있어요.

자신을 현명하고 경험이 많으며 쉽게 남을 속일 수 있다고 생각하는 플라멘과 같은 사람을 정말 좋아해요.

그러나 플라멘 필로브는 내가 누구인지 볼 거예요.

곧 키릴 힌코브가 누군지 알겠죠!”

키릴은 침묵하고 방을 바라보았다. 몇 분 뒤 말했다.

“좋은 지역에 좋은 아파트를 사장님은 가지고 있어요. 확실히 잘 벌었어요.”

스테판과 파니는 아무런 말도 하지 않고 듣지 않은 척했다.

“여기 내가 식당 계약금을 드리고 한 달 뒤에 공식적인 매매 계약을 체결할게요.”

그리고 키릴은 스테판에게 두꺼운 지폐 묶음을 주었다.

“식당 ‘기적의 행성’에 계속 올게요.

‘열광적 리듬’을 잘 알고 있으며, 그들은 부르고 시의 많은 남녀 젊은이들을 끌어당길 테죠.

안녕히 계세요.

그리고 모든 일이 잘 되기를 바랄게요.”

키릴이 그들에게 작별 인사를 했다.

천천히 의자에서 일어나 문으로 향했다.

“안녕히 가세요.” 스테판 부부가 말했다.

7. la 22-an de majo, matene

Jam de du tagoj Plamen estis maltrankvila. Tage li sidis en la kabineto de sia oficejo kaj provis percepti eĉ la plej etan bruon aŭ la plej molajn paŝojn en la koridoro. Senĉese ŝajnis al li, ke iu proksimiĝas al lia kabineto, malgraŭ ke li bonege sciis, ke sur la teretaĝo estas pordisto kaj neniu povas eniri la oficejon sen lia permeso. Krom tio en la najbara ĉambro estis lia sekretariino, kiu same ne permesos al iu vizitanto tuj eniri la kabineton. Tamen Plamen estis maltrankvila kaj streĉita. Ofte-oftege li rigardis sian poŝtelefonon, atendante, ke subite ĝi eksonoros. La blanka telefonaparato minace silente kuŝis antaŭ li sur la granda skribotablo.

Plamen avertis Paulinan, la sekretariinon, ke ŝi tre atente konversaciu telefone, kiam iu deziras paroli kun li kaj tre detale ŝi pridemandu ĉiun, kiu ŝatus persone renkontiĝi kun li.

Al Flora kaj al la infanoj Plamen ne deziris montri sian timon. Ja, la letero, kiun li ricevis, ne estas ŝerco. Jam plurfoje okazis, ke oni mortpafis konatajn politikistojn, riĉajn komercistojn kaj entreprenistojn.

7장. 5월 22일 아침

벌써 이틀 전부터 플라멘은 불안했다.

낮에도 계속 자기 사무실에서 자리를 지켰다.

아주 작은 소음이나 복도에서 나는 매우 부드러운 발소리조차 알아채려고 애썼다.

1층에 경비원이 있어 아무도 허락 없이 사무실에 들어갈 수 없다는 것을 잘 알고 있지만, 끊임없이 누군가 자신의 사무실에 접근하고 있는 것처럼 느꼈다.

게다가 방문자가 즉시 들어오는 것을 막을 비서도 옆방에 있었다.

그러나 플라멘은 불안하고 긴장했다.

언제라도 소리가 울리기를 기다리면서 자주 핸드폰을 쳐다보았다.

하얀 전화기가 앞의 큰 책상 위에 조용히 놓여 있다.

플라멘은 비서인 폴리나에게 누군가가 자기와 이야기하고 싶을 때 아주 자세하게 전화로 말하고, 직접 만나고 싶어 하는 사람에게는 특히 더욱 자세히 물어봐야 한다고 당부했다.

아내와 아이들에게 두려움을 보이고 싶지 않다.

사실 받은 편지는 농담이 아니다.

이미 여러 번 유명한 정치인, 부유한 상인, 기업가가 총에 맞아 죽었다.

Nur antaŭ monato en la ĉefurbo oni pafmortigis Ivan Penev, riĉulon, kiu havis kelkajn fabrikojn kaj viglan komercon kun eksterlando. Tiam en la televido la ĵurnalistoj informis, ke Ivan Penev iun matenon per la aŭto iris al sia oficejo, haltigis la aŭton, eliris el ĝi kaj iu de la tria etaĝo de la oficejo mortpafis lin. La murdisto pafis per aŭtomata pafilo kaj precize trafis la koron de Penev. Ĉio okazis ene de nur kelkaj sekundoj. La korpogardisto de Penev nur vidis lin fali sur la trotuaron, provis helpi Penev kaj dum tiu ĉi momento la murdisto forkuris tra malantaŭa elirejo de la konstruaĵo.

Mi tre vastigis miajn propraĵojn, meditis Plamen. Ja, mi havas vendejojn, hotelojn, vinfabrikon. Eble mi incitis iun aŭ mi malhelpis ies agadon kaj nun oni provas elimini min.

Plamen jam ne estis certa pro kio oni minacis lin, ĉu pro la parcelo, kiun li aĉetis aŭ pro lia tuta agado. Sendube la konkurenco estas kruela. La vivo similas al ĝangalo, kie sovaĝaj bestoj senkompate disŝiras unu la alian. De nenie eblas atendi helpon, al neniu oni povas plendi.

La polico senpovas.

불과 한 달 전에도 수도에서 몇 개 공장을 가지고 있고 해외에도 활발한 무역을 한 부자 **이반 페네브**가 총에 맞아 죽었다.

그때 텔레비전 기자들은 이반 페네브가 아침에 차로 사무실로 갔고, 차를 세우고, 차에서 내렸는데 사무실 3층에서 누가 쐈다고 보도했다.

살인자는 자동 총으로 쏴서 정확하게 페네브의 심장을 맞추었다.

모든 일이 단 몇 초 안에 일어났다.

페네브의 경호원만 페네브가 보도에 넘어지는 것을 보았고, 도우려고 노력했는데, 이 순간 살인자가 건물 뒤쪽 출구를 통해 달아났다.

'나는 내 재산을 크게 늘렸다'고 플라멘은 생각했다.

정말 나는 상점, 호텔, 포도주 양조장을 가지고 있다.

누군가를 깔보거나 누군가의 행동을 방해했기에 누군가가 지금 나를 없애려고 애쓰고 있다.

플라멘은 이제는 왜 위협을 받았는지 최근 매입한 땅 때문인지 아니면 다른 사업 때문인지 믿지 못했다.

확실히 경쟁은 치열하다.

인생은 야수들이 무자비하게 서로를 찢는 정글과 같다.

어디에서도 도움을 기다릴 수 없고

아무도 불평할 수 없다.

경찰은 무력하다.

Pasis unu monato de la mortpafo de Ivan Penev kaj la polico ankoraŭ ne sukcesis trovi la murdiston. Verŝajne oni neniam trovos lin. Dum la jaroj okazis pluraj similaj murdoj kaj ĝis nun oni ne arestis kaj ne kondamnis la murdistojn.

Tamen Plamen pli multe maltrankviliĝis ne pri si mem, sed pri siaj infanoj kaj konstante li demandis sin kie nun ili estas, kion ili faras kaj ĉu Stavris bone zorgas pri ili? Certe Stavris estas sperta gardisto, sed oni ne devas subtaksi la banditojn. Verŝajne ili ĉion detale esploris, ili bone scias, kiam la infanoj iras en la lernejon, kiam finiĝas la lernohoroj, kien ili kutimas iri post la lernohoroj aŭ kion ili faras dum la ripoztagoj. La banditoj same bone konas la kutimojn de Flora kaj Plamen, kiam Flora ekiras al la apoteko, kiam ŝi revenas. Eĉ eblas, ke Plamen jam vidis iun el ili aŭ konversaciis kun li.

Jam du tagojn Plamen pli frue ekiris matene de la domo. Per la aŭto li ne veturis laŭ la sama vojo kiel kutime, sed sur alia ŝoseo, sur kiu la veturado pli longe daŭris, tamen li estis pli trankvila. Veturante Plamen atente rigardis la retrospegulon ĉu iu aŭto ne postsekvas lin. Kutime frumatene sur tiu ĉi ŝoseo preskaŭ ne estis aŭtoj.

이반 페네브의 총살 뒤 1개월이 지났다.

경찰은 아직 살인자를 찾는 데 성공하지 못했다.

아마 발견되지 않을 것이다.

수년에 걸쳐 몇 건의 비슷한 살인사건이 일어났지만, 지금까지 아무도 살인자를 체포하거나 재판에 넘기지 않았다. 그러나 플라멘은 자신에 대해서가 아니라 아이들에 대해 매우 많이 걱정하면서 끊임없이 그들이 지금 어디에 있는지 무엇을 하고 있는지 스타브리스가 그들을 잘 돌보고 있는지 궁금했다.

확실히 스타브리스는 경험이 풍부한 경호원이지만 도둑을 과소평가해서는 안 된다.

확실히 그들은 모든 것을 자세히 조사할 것이다.

아이들이 언제 학교에 가는지, 수업이 언제 끝나는지 일반적으로 방과 후 어디에 가는지 또는 휴가 때는 무엇을 하는지 그들은 잘 안다. 도둑들은 플로라와 필라멘의 습관, 플로라가 언제 약국에 가는지 언제 돌아오는지도 알고 있다. 플라멘이 이미 그들 중 하나를 보거나 대화를 나눴을 수도 있다.

벌써 이틀 동안 플라멘은 아침에 일찍 집에서 나왔다. 자동차로 평소와 같은 길을 따라 운전하지 않고 더 오래 걸리는 다른 도로를 이용했지만, 마음은 더 평안했다. 운전하면서 플라멘은 어느 차가 미행하지 않는지 백미러를 주의 깊게 쳐다본다. 보통 이른 아침 이 도로에는 차가 거의 없다.

Ĝis nun Plamen neniam supozis, ke iu minacos lin kaj lian familion. Ĉiam li opiniis, ke la homoj estas bonintencaj al li. Ja, li helpis multajn homojn, ofte donacis monon al malsanulejoj, internuleoj, monhelpis orfajn infanojn. Sed nun li timis. Kvazaŭ ie en li kaŝas sin eta, sed kruela besto, kiu atendas momenton por subite ekronĝi lin.

Preskaŭ dum la tuta tago Plamen longe senmove sidis ĉe la skribotablo kvazaŭ ŝtoniĝinta. Pri nenio li pensis, nek meditis, nur fiksrigardis la blankan telefonaparaton.

Al Paulina, la sekretariino, kelkfoje li diris:

—Se iu serĉas min telefone, demandu kiu li estas kaj kial li serĉas min. —Bone, sinjoro Filov.

—Se iu venus kaj dezirus paroli kun mi, demandu kiu li estas, kial deziras konversacii kun mi, petu lian telefonnumeron kaj post unu aŭ post du tagoj ni telefonos al li veni kaj konversacii kun mi.

—Mi komprenas, sinjoro Filov —respondis Paulina.

Ŝi estis dudekkvarjara kun svelta korpo, blanka vizaĝo, tritikkolora hararo kaj okuloj, kiuj similis al migdaloj. Paulina ĉiam estis elegante vestita. Nun ŝi surhavis pantalonon el blanka fajna ŝtofo kaj diafanan oranĝkoloran bluzon.

지금까지 플라멘은 누군가가 자신과 가족을 위협할 것이라고 짐작하지 않았다. 항상 사람들이 자기에게 잘 대해 준다고 생각했다.

실제로 많은 사람을 도왔고 자주 돈을 병원, 기숙 학교에 기부했고 고아 자녀들에게 돈을 지원했다. 하지만 이제 두렵다.

어딘가에 갑자기 갉아 먹기 위해 잠시 기다리는 작지만 잔인한 짐승이 숨어있는 것처럼 느꼈다.

플라멘은 온종일 움직이지 않고 마치 돌이 된 것처럼 책상 앞에 앉아 있었다. 아무것도 생각이나 명상하지 않고 오직 흰색 전화기를 쳐다보기만 했다. 비서인 폴리나에게 때때로 이렇게 말했다.

"누군가 전화로 나를 찾고 있다면 누구며 왜 그런지 물어봐요."

"예, 사장님."

"누군가가 와서 나에게 말하고 싶다면, 누구인지 말하고 싶은 이유가 무엇인지 물어보세요. 전화번호를 물어보세요. 그리고 하루나 이틀 뒤에 전화를 걸어 나와 통화하도록 하세요."

"알겠습니다. 사장님." 폴리나가 대답했다.

폴리나는 날씬한 몸매에 하얀 얼굴, 아몬드처럼 보이는 밀색 머리카락과 눈을 가진 24살의 아가씨다. 항상 우아하게 옷을 입었다. 지금은 흰색 고급 천으로 된 바지에 반투명 주황색 블라우스를 입고 있었다.

Por Plamen Paulina estis kiel bela alloga floro. La viroj, kiuj venis en la oficejon estis imponitaj de ŝia beleco kaj ili ne malŝparis la komplimentojn pri ŝi. Paulina spertis afable kaj ridete renkonti ĉiujn kaj tio estas tre grava.

En la oficejon kutime venis pluraj homoj, sed neniam Plamen petis Paulinan demandi ilin pri iliaj nomoj kaj indiki al ili viziton post unu tago aŭ post du tagoj. Paulina tute ne povis kompreni la kialon pri tio kaj ŝi iom miris. Ŝi tamen rimarkis, ke de du tagoj Plamen estas iom maltrankvila. Antaŭe li pasigis nur kelkajn horojn en la oficejo tage, sed nun li estis ĉi tie de matene ĝis vespere, preskaŭ dum ok aŭ naŭ horoj. Verŝajne li atendis telefonalvokon kaj ne eliris el sia kabineto.

La sendintoj de la minaca letero ne telefonis. Ja, ili skribis, ke telefonos kaj diros kie kaj kiel Plamen donu al ili la monon. Certe la plej terura afero estas atendi, meditis Plamen. Sidi kaj atendi estas turmento. Aŭ ĉu la letero estis malbona ŝerco? Eble iu tiel amuziĝis?

Du tagojn jam Plamen nenion faris, sed li havis multe da laboro. Li devis esti en la vinfabriko, kie oni preparis grandan kvanton da konjako por eksporto.

플라멘에게 폴리나는 아름답고 매력적인 꽃과 같았다.

사무실에 온 남자들은 비서의 아름다움에 감동했고 그들은 칭찬을 아끼지 않았다.

폴리나는 친절하게 방문자들을 대했으며 그것은 매우 중요한 일이었다.

보통 여러 사람이 사무실에 왔지만, 플라멘은 폴리나에게 이름에 관해 물어보고 하루나 이틀 뒤에 방문하라고는 부탁하지 않았다.

폴리나는 그 이유를 전혀 알지 못해 조금 놀랐다.

그러나 이틀 전부터 플라멘이 조금 불안해하는 것을 알아차렸다.

전에는 사무실에 하루 몇 시간 밖에 안 왔지만, 지금은 아침부터 저녁까지 거의 8~9시간 동안 사무실에 있었다.

정말로 전화를 기다려 사무실을 떠나지 않은 듯 보였다.

협박 편지를 보낸 사람은 전화하지 않았다.

정말 전화를 걸어 플라멘이 돈을 어디서 어떻게 줄 것인지 말하겠다고 썼다.

확실히 가장 끔찍한 것은 기다리는 것이라고 플라멘은 생각했다.

앉아서 기다리는 것은 고통이다. 또는 편지가 좋지않은 농담일까? 아마 누군가 너무 재미있었을까?

이틀 동안 플라멘은 아무것도 하지 않았지만 실제로 많은 작업이 남아 있었다. 수출을 위해 다량의 브랜디를 준비하는 포도주 양조장에 있어야 했다.

Li devis iri en la Sapfiran Golfon. Jam estis la mezo de la monato majo. Baldaŭ komenciĝos la ripozsezono kaj Plamen devis kontroli ĉu la hoteloj estas pretaj por la ripozantoj. Ĉiujare je la fino de la monato aprilo oni riparis la hotelĉambrojn, renovigis la meblojn kaj Plamen nepre devis iri kaj vidi ĉu oni bone riparis ĉion.

Subite la blanka telefonaparato komencis alarme sonori. Plamen ektremis. Kelkajn sekundojn li ne kuraĝis levi la aŭskultilon, nur stupore li fiksrigardis la sonorantan aparaton. Finfine li etendis brakon kaj malrapide levis la telefonaŭskultilon. La konversacio estis mallonga. Post iom da tempo la telefonaparato denove eksonoris. Nun la konversacio daŭris kelkajn minutojn. Kiam ĝi finiĝis, Plamen rapide ekstaris de la seĝo kaj eliris.

—Paulina – diris li al la sekretariino. – Mi foriras, se iu serĉas min, demandu kiu li estas kaj al neniu donu la telefonnumeron de mia poŝtelefono.

—Kompreneble, sinjoro Filov – diris Paulina.

—Ĝis revido.

—Ĝis revido – diris ŝi kaj dum iom da tempo rigardis la pordon post li.

사파이어만으로 가야 했다.

벌써 5월 중순이었다.

곧 휴가 시즌이 시작되고 플라멘은 호텔이 휴가를 오는 사람들을 위해 잘 준비하고 있는지 관리해야 한다.

매년 4월 말에 호텔 객실이 수리되고 가구가 개조되어 플라멘이 잘 수리되었는지 확인했다.

갑자기 흰색 전화기가 요란하게 울리기 시작했다.

플라멘은 몸을 떨었다.

몇 초 동안 감히 수화기를 들지 않고 깜짝 놀라 울리는 것을 쳐다보았다.

마침내 팔을 뻗어 천천히 전화기를 들었다.

대화는 짧았다.

잠시 후 전화가 다시 울렸다.

이제 대화는 몇 분 동안 지속하였다.

끝났을 때 플라멘은 재빨리 의자에서 일어나서 나갔다.

"폴리나" 비서에게 말했다.

"나는 외출해요, 누군가 나를 찾으면 누구인지 물어보고 아무에게도 내 휴대전화의 번호를 알려주지 마세요."

"물론입니다, 사장님"하고 폴리나는 말했다.

"안녕."

"안녕히 가세요." 말하고 폴리나는 사장이 나간 문을 잠깐 바라보았다.

8. la 22-an de majo, posttagmeze

Plamen parkis la aŭton en la garaĝo, trapasis la korton kaj eniris la domon. Regis profunda silento kaj ŝajnis al li, ke neniu estas ene. Li rigardis la brakhorloĝon, kiu montris la deksepan horon kaj dek minutojn. La posttagmeza horo, kiam ĉiuj devas esti hejme. Flora kutime revenas el la apoteko je la deksepa horo kaj la infanoj, Dan, Nina kaj Lina, revenas el la lernejo je la dekkvara horo ĉiutage.

Plamen eniris la vestiblon kaj ĉirkaŭrigardis. Nenion strangan li vidis ĉi tie. Ĉio estis sur sia loko: la hokaro, la granda murspegulo, la ŝranko por la ŝuoj. Tra la longa koridoro li ekiris al la vasta salono sur la teretaĝo, malfermis la pordon kaj ekstaris senmova. En la salono estis Flora, Nina, Lina kaj Stavris, starantaj silentaj ĉirkaŭ la tablo. De iliaj vazaĝoj Plamen tuj komprenis, ke io malbona okazis. Li proksimiĝis al la tablo kaj demandis:

–Kio okazis? Kial vi staras kiel monumentoj?

Flora alrigardis lin kaj plore respondis:

–Dan malaperis.

En la unua momento Plamen ne bone komprenis ŝiajn vortojn.

8장. 5월 22일 오후

플라멘은 차고에 차를 주차하고 마당을 걸어 집에 들어갔다.

매우 조용해서, 집안에 아무도 없는 것처럼 보였다.

5시 10분을 가리키는 손목시계를 보았다.

모두 집에 있어야 할 오후 시간이다.

플로라는 일반적으로 약국에서 오후 5시에, 아이들인 단, 니나, 리나는 매일 오후 2시에 학교에서 돌아왔다.

플라멘은 집안에 들어가 주위를 둘러보았다.

이상한 아무것도 보이지 않았다.

옷걸이, 큰 벽 거울, 신발장 모든 것이 제자리에 있었다.

긴 복도를 통해 1층에 있는 넓은 거실로 가서 문을 열었다. 모두 움직이지 않고 서 있었다.

거실에는 플로라, 니나, 리나, 스타브리스가 탁자 주위에 조용히 서 있다.

플라멘은 얼굴에서 나쁜 일이 일어났다는 것을 즉시 알아차렸다. 탁자로 접근하면서 물었다.

"어떻게 된 거요? 왜 기념비처럼 서 있어?"

플로라는 남편을 보고 울었다.

"단이 사라졌어요."

처음에 플라멘은 아내의 말을 잘 이해하지 못했다.

-Kion vi diris? – preskaŭ ekkriis li.

– Kiel li malaperis?

Flora ekparolis por klarigi al li, sed ŝi ekploris.

-Trankviliĝu. Diru kio okazis – ripetis Plamen.

-Mi diros al vi, sinjoro Filov – ekparolis Stavris. – Hodiaŭ matene je la sepa kaj duono mi veturigis Dan, Nina kaj Lina al la lernejo. Posttagmeze je la unua kaj duono mi iris al la lernejo por ili kaj Dan ne estis kun Nina kaj Lina. Mi demandis ilin kie estas Dan, sed ili ne sciis. Tuj mi iris demandi la klasestrinon de Dan, sed ŝi same ne sciis kie li estas. Mi demandis la direktorinon de la lernejo, sed vane. Liaj samklasanoj diris, ke antaŭ la lasta lernohoro, dum la interleciona paŭzo, ili vidis lin sur la korto de la lernejo, sed poste neniu vidis Dan. Kaj nun ni ne scias kio okazis al li.

-Ĉu vi telefonis al li?- demandis maltrankvile Plamen.

-Jes, sed lia poŝtelefono ne funkcias – diris Flora. – Verŝajne estas malŝaltita.

-Diable – tramurmuris Plamen.

Flora kolere alrigardis lin kaj diris:

-Vi kulpas! Mi insistis, ke ni informu la policon, sed vi ne konsentis kaj jen – oni forkaptis Dan.

"뭐라고?" 플라멘은 거의 외쳤다.

"어떻게 없어졌어?"

플로라가 설명하기 위해 말하려고 했지만 울기부터 시작했다.

"진정해. 무슨 일이 있었는지 말해 봐."라고 플라멘이 되풀이했다.

"제가 말씀드리겠습니다, 사장님." 스타브리스가 말했다.

"오늘 아침 7시 반에 단, 니나, 리나는 학교에 갔습니다. 오후 1시 반에 그들을 데리러 학교에 갔는데 단은 니나, 리나와 함께하지 않았습니다.

단이 어디에 있는지 물었지만, 그들은 몰랐습니다.

즉시 단의 동급생에게 물으러 갔지만 어디에 있는지 아무도 몰랐습니다.

교장 선생님께 여쭈었지만 소용없었습니다. 같은 반 친구들은 마지막 수업 전, 중간 휴식시간에, 학교 운동장에서 보았지만, 그 뒤 아무도 단을 보지 못했습니다. 그리고 지금 우리는 무슨 일이 일어났는지 모릅니다."

"전화했어?" 플라멘이 걱정스럽게 물었다.

"예, 하지만 휴대전화기는 꺼져 있어요." 플로라가 말했다. "아마도 연락이 안 될 거예요."

"젠장." 플라멘이 중얼거렸다.

플로라는 화난 표정으로 바라보며 말했다.

"당신 탓이에요! 경찰에 알리자고 했는데 반대해서 단이 납치됐어요."

-Trankvile - diris Plamen, sed videblis, ke li mem tute ne estas trankvila.

- Ni pripensu ĉion detale.

-Kion ni pripensu! Jam tute klaras kio okazis - nervoze diris Flora.

- Oni certe turmentos lin.

Stavris, Nina kaj Lina rigardis Floran. Plamen ne komprenis pri kio ili parolas.

-Ĉu iu jam telefonis al ni? - demandis Plamen.

-Ĝis nun neniu - diris Flora.

- Mi supozas, ke oni telefonos al vi.

-Same al mi neniu telefonis - diris Plamen.

- Ni atendu, ke ili telefonu kaj diru kion ili deziras.

-Vi parolas stultaĵojn! Mi ne atendos! - kategorie deklaris Flora.

- Mi tuj telefonos al la polico.

-Eble Dan iris ien kaj baldaŭ li revenos - diris Stavris.

-Tute ne! - denove ekploris Flora.

- Li ne revenos. Vi ne scias kaj ne komprenas pri kio temas. Plamen diros al vi ĉion.

Stavris demande alrigardis Plamen.

-Antaŭ tri tagoj - komencis Plamen malrapide - ni ricevis leteron.

"차분해."라고 플라멘이 말했다.

그러나 자신도 전혀 차분하지 않은 듯 보였다.

"모든 것을 자세히 생각해 봅시다."

"어떻게 생각해야 할까요! 무슨 일이 일어났는지 분명해요." 플로라가 말했다.

"확실히 고문을 받을 거예요."

스타브리스, 니나, 리나는 플로라를 바라보았다.

플라멘은 무슨 말을 하는지 이해하지 못했다.

"아직 전화 한 사람 없나요?" 플라멘이 물었다.

"지금까지 아무도 없어요." 플로라가 말했다.

"나는 누군가 당신에게 전화하리라고 생각해요."

"내게도 마찬가지로 아무도 전화하지 않았어." 플라멘이 말했다. "기다립시다, 그들이 전화하고 원하는 것을 말하게 합시다."

"말도 안 돼요! 나는 기다리지 않을 거예요!" 분명하게 플로라가 선언했다. "경찰에 신고할게요."

"아마 단은 어딘가에 갔고 곧 돌아올 것입니다."라고 스타브리스가 말했다.

"전혀 아니에요!" 플로라가 다시 울었다.

"돌아오지 않을 거예요. 그게 무슨 말인지 이해할 수 없겠죠. 사장님이 당신에게 모두 말할 거예요."

스타브리스는 플라멘을 의심스럽게 바라보았다.

"3일 전" 플라멘이 천천히 시작했다.

"우리는 편지를 받았소.

Iu aŭ iuj deziras de ni centmil eŭrojn kaj avertas nin ne forgesi, ke ni havas infanojn.

Ni decidis ne informi la policon.

-Nun mi komprenas - diris Stavris. -Tio estas danĝera.

-Jes. Tial mi dungis vin - klarigis Plamen.

Nina kaj Lina aŭskultis timigitaj.

-Kial vi ne diris tion al mi, kiam vi dungis min? - demandis Stavris.

-Mi ne deziris timigi la infanojn - respondis Plamen.

-Ne estas tempo por parolado! Ni telefonu al la polico - insistis Flora.

-Jes - kapjesis Stavris. - Nun mi ne povas helpi.

Flora elprenis sian poŝtelefonon kaj telefonis.

-Halo. Ĉu la polico de urbo Burgo? Mia filo malaperis. Li ne revenis el la lernejo kaj jam kelkajn horojn ni ne scias kio okazis al li. Lia nomo estas Dan Filov, deksepjara··· Jes, jes···

Flora malŝaltis la telefonon.

-Kion oni diris? - demandis Plamen.

-La policano diris, ke laŭ la leĝo oni komencos serĉi lin post dudek kvar horoj. Ni devas iri en la policejon, skribi peton kaj aldoni foton de Dan.

-Bone. Ni iros. Serĉu iun lian foton. Eble vi trovos pli novan foton - diris Plamen.

누군가 우리에게서 십만 유로를 원하고 우리에게 자녀가 있다는 것을 잊지 말라고 경고했소. 우리는 경찰에 알리지 않기로 했지.”

“이제 이해가 됩니다.” 스타브리스가 말했다.

“위험합니다.”

“맞아. 그래서 당신을 고용했소.” 플라멘이 설명했다.

니나와 리나는 무서워서 들었다.

“저를 고용했을 때 왜 그 사실을 말하지 않았습니까?” 스타브리스가 물었다.

“나는 아이들을 겁주고 싶지 않았소.”라고 플라멘이 대답했다. “이야기할 시간이 없어요! 경찰을 불러요.” 플로라가 주장했다. “예” 스타브리스가 말했다.

“이제 어쩔 수 없어요.”

플로라가 휴대전화기를 꺼내 전화를 걸었다.

“여보세요. 부르고 시의 경찰입니까? 내 아들이 사라졌습니다. 학교에서 돌아오지 않았고 몇 시간 동안 우리는 무슨 일이 일어났는지 모릅니다. 17살이고 이름은 단 필로브입니다. 예, 예.” 플로라가 전화를 끊었다.

“그들이 뭐라고 말했어?” 플라멘이 물었다.

“경찰은 법에 따라 24시간 후 찾기 시작할 것이라고 말했어요. 경찰서에 가서 신고서를 쓰고 단의 사진을 제출해야 해요.”

“좋아. 우리가 갈게. 사진을 찾으시오. 아마도 당신은 더 많은 새 사진을 찾을 수 있어.”라고 플라멘이 말했다.

-Mi iros en lian ĉambron. Certe tie estas lia foto.

Flora rapide eliris. En la salono restis Plamen, Stavris, Nina kaj Lina.

-Ĉu oni mortigos Dan? – ekploris Lina.

Larmoj fluis ankaŭ de la okuloj de Nina.

-Ne ploru. Se oni forkaptis lin, oni unue telefonos kaj postulos de ni la monon – diris Plamen.

-Ĉu vi povos doni tiom da mono? – demandis Stavris.

-Ne. Ni ne havas tiom da mono. Tamen mi nepre devas havigi ĝin.

-Eble la polico trovos la banditojn – supozis Stavris.

-Mi ne kredas al la polico – elspiris peze Plamen. Sur lia frunto brilis ŝvitgutoj. – Vi bone scias, ke dum la lastaj jaroj estis pluraj murdoj kaj la polico ne trovis la murdistojn.

-Vi pravas – kapjesis Stavris. – Oni same ne trovis la murdiston de la politikisto, kies korpogardisto mi estis. Plurfoje oni pridemandis min, sed jam du jarojn la polico ne sukcesas trovi la murdiston.

-Pro tio mi decidis havigi la monon kaj savi mian filon kaj mian familion. La banditoj nur telefonu kaj diru kie kaj kiam mi donu la monon.

"단의 방으로 갈게요. 확실히 거기 사진이 있어요." 플로라가 재빨리 나갔다.

방에는 플라멘, 스타브리스, 니나, 리나가 남아 있다.

"오빠가 죽을까?" 리나가 울었다.

니나의 눈에서도 눈물이 흘렀다.

"울지마. 납치했다면 먼저 전화하고 우리에게 돈을 요구할거야."라고 플라멘이 말했다.

"그렇게 많은 돈을 줄 수 있습니까?"

스타브리스가 물었다.

"아니. 그다지 많은 돈이 없소. 그러나 반드시 그것을 주어야 해."

"아마 경찰이 도둑을 찾을 것입니다."라고 스타브리스는 짐작했다.

"나는 경찰을 믿지 않소."라고 플라멘은 무겁게 숨을 내쉬었다. 이마는 땀방울로 빛났다.

"최근 몇 년 동안 몇 건의 살인사건이 있었고 경찰은 살인자를 찾지 못했소."

"사장님 말씀이 맞습니다." 스타브리스가 고개를 끄덕였다. "제가 경호했던 정치인의 살인자가 발견되지 않았습니다. 여러 번 질문을 받았지만, 경찰은 2년 동안 살인자를 찾는 데 성공하지 못했습니다."

"그래서 돈을 주고 아들과 우리 가족을 구하기로 했소. 도둑들은 전화를 걸어 어디로 언제 내가 돈을 주라고 말할 것이오."

La pordo malfermiĝis kaj la salonon eniris Flora, spiranta peze.

Certe ŝi kuris de la dua etaĝo al la salono.

—Jen – diris ŝi – mi trovis foton de Dan. Pasintsomere li fotis sin sur la plaĝo de la Sapfira Golfo. Mi certas, ke tiu ĉi foto taŭgas. Ni iru, ni ne havas tempon.

—Bone. Ni tuj iros – diris Plamen.

—Stavris, – diris Flora – mi petas vin, restu ĉi tie, la knabinoj timiĝis esti solaj. Iu devas esti kun ili.

—Ne zorgu pri tio, sinjorino Filova. Mi estos kun ili kaj al neniu mi permesos eniri la domon – diris Stavris.

—Dankon, koran dankon.

Flora kaj Plamen ekiris al la pordo kaj en tiu ĉi sekundo la pordo malfermiĝis kaj en la salonon eniris Dan. Ĉiuj ŝtoniĝis kaj alrigardis lin per larĝe malfermitaj okuloj, nekredantaj, ke ili vidas Dan. Tio daŭris kelkajn sekundojn. Flora ekkuris al li, ĉirkaŭprenis lin, komencis kisi lin kaj plorante demandis:

—Dan, kara, kiel vi fartas? Ĉu bone? Kiel vi venis? Ĉu vi forkuris? Ĉu oni turmentis vin?

Dan staris, rigardis la patrinon kaj tute ne komprenis kion ŝi demandas.

—Kie vi estis? – demandis lin Plamen.

문이 열리고 플로라가 거친 숨을 쉬며 거실로 들어왔다.
확실히 2층에서 거실로 달려왔다.
"여기"라고 말했다.
"단의 사진을 찾았어요. 지난여름 사파이어만 해변에서
사진을 찍었어요. 나는 이 사진이 적절하다고 믿어요. 갑
시다, 시간이 없어요."
"좋아. 우리가 가겠소."라고 플라멘이 말했다.
"스타브리스" 플로라가 말했다.
"여기 남아 달라고 부탁할게요. 어린 딸들은 혼자가 되
는 것을 두려워해요.
누군가가 그들과 함께 있어야 해요."
"걱정하지 마세요, 사모님. 제가 함께할 것이며 아무도
집에 들어갈 수 없습니다."라고 스타브리스가 말했다.
"고마워요. 정말 고마워요."
플로라와 플라멘이 문으로 가자, 이때 문이 열리고 단이
거실로 들어왔다. 모두 돌처럼 굳어 눈을 크게 뜨고 바
라보며 믿을 수 없다는 듯 단을 바라보았다. 그것은 몇
초 동안 지속했다. 플로라가 달려가 껴안고 키스하기 시
작하고 울면서 물었다.
"단, 어때? 괜찮아? 어떻게 왔니? 도망쳤니?
고문당했니?"
단은 서서 어머니를 보았고 묻는 것을 전혀 이해하지 못
했다.
"어디 있었니?" 플라멘이 물었다.

-Mi estis en la parko ĉe la maro – respondis Dan trankvile.

-Ki-on? – ne komprenis Plamen.

-Mi promenadis kun Dina, mia amikino.

-Kion vi diras? – kolere ekkriis Plamen. – Mi klare avertis vin, ke Stavris zorgas pri via sekureco kaj se vi iros ien, vi nepre devis informi Stavris. Vi ne devas promenadi sola!

-Mi ne estas bebo, mi ne bezonas vartistinon! – respondis Dan.

-Dan, kial vi malŝaltis vian telefonon. Mi plurfoje provis telefoni al vi – demandis Flora.

-Mi ne bezonis telefonon. Mi deziris trankvile konversacii kun Dina.

-Bone! Nun mi punos vin. Donu vian telefonon – diris Plamen. – Vi ne havos plu poŝtelefonon.

-Ĉu mi estu sen telefono? Tio tute ne eblas! – vigle protestis Dan.

-Vi ne bezonas telefonon! –firme ripetis Plamen. – De nun via telefono estos ĉe mi kaj mi decidos, kiam mi redonos ĝin al vi.

-Tio ne estas justa! –plendis Dan.

– Vi ne rajtas preni mian telefonon!

"저는 바다 옆 공원에 있었어요."라고 단이 조용히 말했다.

"무엇이라고?" 플라멘은 이해하지 못했다.

"제 여자 친구 디나와 함께 걷고 있었어요."

"뭐라고?" 플라멘은 화를 내며 외쳤다.

"나는 분명히 스타브리스가 너의 안전을 관리하고 어디든 가면 스타브리스에 알려야 한다고 경고했지. 혼자 걸어 다녀서는 절대 안 돼!"

"전 아기가 아니에요. 보모는 필요 없어요!"
단이 대답했다.

"단, 왜 전화기를 껐니? 내가 여러 번 전화를 걸었는데." 플로라가 물었다.

"전화가 필요 없었어요.
디나와 조용히 대화하고 싶었어요."

"좋아! 이제 너에게 벌을 내리마. 전화기를 반납해라."
플라멘이 말했다.

"너는 휴대전화기를 쓸 자격이 없어."

"전화기 없이 있어야 하나요? 그것은 절대로 안 돼요!"
힘세게 단이 항의했다.

"전화기가 필요 없어!" 플라멘이 단단히 되풀이했다. "이제 네 전화기는 내가 가지고 언제 돌려줄지 내가 결정할 거야."

"그건 부당합니다!" 단이 불평했다.
"제 휴대전화기를 가져갈 수 없어요!"

–Mi rajtas ĉion, mi decidas kio estas justa kaj kio ne! Donu tuj la telefonon!

Sendezire Dan eligis la telefonon el sia poŝo kaj donis ĝin al Plamen.

Plamen prenis la telefonon kaj diris:

–Denove mi klare ripetos: Stavris zorgas pri via sekureco. Vi ĉiuj: Dan, Nina kaj Lina, devas estis ĉiam proksime al Stavris. Se denove okazos io simila kiel nun kun Dan, mi enfermos vin hejme kaj mi ne permesos al vi eliri. Ĉu vi komprenis?

Dan, Nina kaj Lina mallaŭte respondis:

–Jes.

–Mi vidas, ke jam ĉio estas en ordo kaj mi foriros – diris Stavris. – Morgaŭ matene je la sepa horo mi denove estos ĉi tie.

–Dankon Stavris – diris Flora.

–Ĝis revido – kaj Stavris foriris.

–Nun iru en viajn ĉambrojn – diris Plamen al la infanoj.

Dan, Nina kaj Lina silente eliris el la salono.

–Kion ni faru? – demandis Flora. En ŝiaj okuloj ankoraŭ videblis la larmoj. Ŝia vizaĝo estis blanka kiel faruno pro la granda maltrankvilo.

"무엇이 옳고 무엇이 그른지 모든 것을 내가 결정한다. 당장 전화기 내놓아라!"

마지 못해 단은 주머니에서 전화기를 꺼내 플라멘에게 건네주었다.

플라멘이 전화기를 받고 말했다.

"다시 한번 확실하게 되풀이한다.

스타브리스가 너의 안전을 책임진다.

너희들 모두 단, 니나, 리나는 항상 스타브리스 근처에 있어야 해.

지금 단처럼 비슷한 일이 다시 발생하면 내가 너희를 집에 가두고 내보내지 않을 거야. 알겠니?"

단, 니나, 리나는 조용하게 대답했다.

"예."

"모든 일이 정리되었다고 보고 퇴근하겠습니다."라고 스타브리스가 말했다.

"내일 아침 7시에 다시 오겠습니다."

"고마워요, 스타브리스." 플로라가 말했다.

"안녕히 계십시오." 그리고 스타브리스는 떠났다.

"이제 방으로 가거라." 플라멘이 아이들에게 말했다.

단, 니나, 리나는 조용히 거실에서 나왔다.

"어쩌죠?" 플로라가 물었다.

눈에는 여전히 눈물 자국이 남았다.

얼굴은 큰 걱정 때문에 밀가루처럼 하얗다.

Plamen eksidis sur unu el la seĝoj ĉe la tablo. Li same aspektis elĉerpita. La nodo de lia blua kravato estis malstreĉita. En lia rigardo videblis nervozeco, laceco, kolero.

–Ni jam devas entrepreni ion. Unue vi telefonu al la polico kaj diru, ke nia spitema filo revenis. Mi decidis – mi donos la monon al la banditoj! Por mi pli gravas la trankvilo kaj sekureco de mia familio ol la mono!

–Ĉu? – demandis Flora. – Ni iru al la polico montri la leteron. La polico serĉu la banditojn.

–La polico nenion faros – kolere diris Plamen. – Ili komencos esploron, kiu certe daŭros semajnojn. Dum tiu ĉi tempo la banditoj vere forkaptos iun el niaj infanoj. Morgaŭ mi
veturos al la ĉefurbo. Mia amiko Bojan, kiu estas direktoro de banko, donos al mi monon.

–Ankaŭ vi estas spitema kiel Dan! Li similas al vi kaj vi miras, ke Dan ne obeas vin.

–Vi nur diras, ke Dan similas al mi – denove plialtigis voĉon Plamen. – Vi ne komprenas, ke mi faras ĉion por savi la familion, la infanojn.

–Bone. Se vi jam decidis – veturu al la ĉefurbo. Tamen sciu, ke mi ne plu havas fortojn kaj mi ne povas elteni tiun ĉi teruron.

플라멘은 탁자 옆 의자에 앉았다.

역시 지쳐 보였다.

파란색 넥타이의 매듭이 느슨했다.

눈에는 긴장감, 피로감, 분노가 있었다.

"우리는 이제 뭔가를 해야 해. 먼저 경찰서에 전화해서 도전적인 아들이 돌아왔다고 말합시다.

나는 도둑에게 돈을 줄 것이라고 결심했어.

돈보다 평안함과 내 가족의 안전이 더 중요해."

"그래요?" 플로라가 물었다.

"경찰서에 가서 편지를 보여주도록 해요. 경찰이 도둑을 찾아야 해요."

"경찰은 아무것도 하지 않을 거야."라고 플라멘은 화를 내며 말했다.

"몇 주가 걸릴 수 있는 조사를 시작하겠지. 그동안 도둑들이 우리 아이 중 한 명을 납치할 거요.

내일 나는 수도로 갈게. 은행지점장인 내 친구 보얀은 돈을 빌려줄 거야."

"당신도 단처럼 도전적이에요! 당신을 닮았고 단이 순종하지 않아 당신도 놀랐지요."

"단지 단이 나처럼 보인다고 말하는 거잖아." 플라멘이 다시 음성을 높였다. "당신은 내가 가족, 아이들을 구하기 위해 모든 것을 하고 있다는 것을 이해하지 못해."

"좋아요. 이미 결정했다면 수도로 가세요. 그러나 나는 더 힘이 없고 무서움을 참을 수 없다는 것을 아세요."

-Kredu min – provis trankviligi ŝin Plamen kaj lia voĉo iĝis pli mola kaj pli kara. – Ĉio estos en ordo. Ĝis nun mi solvis ĉiujn malfacilaĵojn en la vivo.

Flora eliris el la ĉambro. Plamen ekstaris de la seĝo kaj komencis iri tien-reen. Li diris al Flora, ke solvos la problemon, tamen li bone komprenis, ke la situacio estas ege komplika. Li ne certis ĉu Bojan, la direktoro de la banko "Sukceso" , tuj donos al li monon. Se pro diversaj formalaĵoj Bojan ne povus certigi al li la petitan monsumon, Plamen ne scias kiel agi.

"나를 믿어!" 플라멘은 안심시키려고 하면서 목소리는 더 부드럽고 사랑스러워졌다.
"모든 것이 괜찮아 질 거야.
지금까지 인생의 모든 어려움을 해결했잖아."
플로라가 방에서 나왔다.
플라멘은 의자에서 일어나 앞뒤로 서성이기 시작했다.
플로라에게 문제를 해결하겠다고 말했지만, 상황이 훨씬 복잡하다는 것을 잘 안다.
'성공'은행지점장 보얀이 돈을 줄 것인지도 확실하지 않다. 다양한 절차로 인해 보얀이 요청된 금액을 빌려줄 수 없다면 플라멘은 어떻게 해야 할지 모른다.

9. la 25-an de majo, matene

Flora estis ege maltrankvila. Pasis du tagoj post la ekveturo de Plamen al la ĉefurbo, sed li ankoraŭ ne revenis. Antaŭ la forveturo Plamen diris, ke li ekiros matene kaj vespere revenos. Flora vane atendis lin. Ŝi tute ne komprenis kio okazis, ĉu katastrofo, ĉu la aŭto paneis aŭ verŝajne Bojan ne povis doni la monon. Flora plurfoje provis telefoni al Plamen, sed lia telefono estis malŝaltita. Eble li malŝaltis ĝin pro la uloj, kiuj postulis de li la monon, pensis ŝi.

La horoj pasis. Flora iĝis pli kaj pli maltrankvila. La infanoj same estis ege maltrankvilaj. De kiam ili eksciis pri la

minaca letero, per kiu nekonataj uloj postulis monon, ili forte timiĝis kaj ne kuraĝis solaj iri ien. Ili triope estis proksimaj al Stavris, kun li ili veturis al la lernejo, revenis el la lernejo kaj ne kuraĝis iri eĉ en la korton de la domo. Ofte-oftege Dan, Nina kaj Lina demandis Floran:

—Ĉu paĉjo telefonis? Kiam li revenos?

Flora silentis kaj nur de tempo al tempo por ne maltrankviligi ilin respondis:

—Baldaŭ li revenos.

9장. 5월 25일 아침

플로라는 극도로 불안했다.
플라멘은 수도로 떠나고 이틀이나 지났지만, 아직 돌아오지 않았다.
플라멘은 떠나기 전에 아침에 떠나 저녁에 돌아올 것이라고 말했다.
플로라는 하릴없이 기다렸다.
무슨 일이 있었는지, 재난이든, 차가 고장 났든, 아마 보안이 돈을 줄 수 없었는지 전혀 알지 못했다.
플로라는 자꾸 전화를 걸었지만, 전화기는 꺼져 있었다.
아마도 돈을 요구한 사람들 때문에 그것을 껐을 것으로 짐작했다.
시간이 지났다. 플로라는 점점 더 불안해졌다.
아이들도 마찬가지로 매우 불안했다.
모르는 사람들이 돈을 요구하는 협박 편지에 대해 알게 된 이후로 매우 겁에 질려 혼자 어디에도 갈 수 없었다.
그들 세 명은 스타브리스 가까이에 있으며 함께 학교에 갔다 돌아오고 집 안뜰에도 감히 들어가지 않았다.
종종 셋은 엄마에게 물었다.
"아빠가 전화하셨어요? 언제 돌아오실까요?"
플로라는 차분했고 때로 걱정하지 않도록 대답했다.
"곧 돌아오실 거야."

Tamen la duan tagon, kiam vesperiĝis kaj Plamen ne revenis, estis klare, ke io terura okazis al Plamen. Flora rememoris, ke antaŭ semajno ŝi havis inkuban sonĝon. En la sonĝo Plamen estis vestita en blanka kostumo el krudsilka ŝtofo, blanka ĉemizo kun sangruĝa kravato kaj blanka panama ĉapelo sur la kapo. Li rapide iris sur vasta senhoma ŝoseo, kiu gvidis al la maro. Je la du flankoj de la ŝoseo vastiĝis verdaj kampoj. Kiam Plamen proksimiĝis al la mara bordo, li haltis, turnis sin, ekridetis al Flora kaj enpaŝis la maron. Li iris, iris kaj iom post iom tute dronis en la maro. Nur lia panama ĉapelo restis sur la ondoj, kiuj longe lulis ĝin.

En la sonĝo Flora febre rigardis la senliman maron, sed ne vidis Plamen. Tiam ŝi terure akre ekkriis, plurfoje vokis lin, ekploris kaj vekiĝis. En la dormoĉambro regis profunda, peza kiel plumbo, silento. Flora kuŝis sur la granda familia lito kaj terura timo, kiel glacia serpento premis ŝin. Subite ŝi saltis de la lito, haste malfermis la pordon kaj kuris nudpieda al la teraso. Ŝi sufokiĝis, ne povis spiri, provis profunde enspiri la friskan noktan aeron, sed kvazaŭ akra ŝtono ŝtopis ŝian gorĝon. La sekvan tagon Flora al neniu diris kion ŝi sonĝis.

그러나 이튿날 저녁이 되어도 플라멘이 돌아오지 않자 무언가 끔찍한 일이 일어났다는 것이 분명했다.

플로라는 일주일 전에 악몽을 꾼 것이 기억났다.

꿈에서 플라멘은 흰색 비단옷, 직물, 흰색 셔츠에 붉은색 넥타이, 머리에는 흰색 파나마모자를 썼다.

황량한 넓은 바다로 이어진 길을 서둘러 걸어갔다.

길 양쪽에 초록 들판이 넓게 펼쳐져 있다.

플라멘이 해변에 다가가서 멈추더니, 돌아서서 플로라에게 미소를 지으며 바다로 들어갔다.

자꾸 걸어가서 점차 바다에 완전히 잠겼다. 파나마모자가 오랫동안 그것을 흔들었던 파도 위에 남아 있었다.

꿈속에서 플로라는 끝없는 바다를 열심히 바라보았지만, 플라멘을 보지 못했다.

그때 애타게 외쳤고 여러 번 소리쳐 부르고, 울다가 일어났다.

침실에는 납처럼 무겁고 깊은 조용함이 가득했다.

플로라는 큰 가족 침대에 누워있는데 얼어붙은 뱀처럼 끔찍한 두려움이 가슴을 눌렀다.

갑자기 침대에서 뛰어 내렸다.

서둘러 문을 열고 맨발로 테라스로 나갔다.

질식해 숨을 쉴 수 없어 상쾌한 밤공기를 들이마시려고 했지만 날카로운 돌이 목을 막은 듯했다.

다음날 플로라는 자신이 꿈꾼 것을 아무에게도 말하지 않았다.

Nun daŭre Flora provis telefoni al Plamen, sed lia telefono restis malŝaltita. Mi ne deziras ĝeni Bojan, la amikon de Plamen, meditis Flora, tamen mi devas telefoni al li por demandi ĉu li kaj Plamen renkontiĝis. En interreto Flora facile trovis la telefonnumeron de la banko "Sukceso" en la ĉefurbo,

kies direktoro estis Bojan kaj tuj telefonis. Kelkajn sekundojn ŝi aŭdis nur la signalon: tu-tu-tu. Neniu levis la aŭskultilon kaj Flora komencis nervoziĝi. Eble neniu estis en la kabineto de la direktoro. En la momento, kiam ŝi jam certis, ke ne sukcesos paroli kun Bojan, ŝi aŭdis agrablan virinan voĉon:

-Banko "Sukceso". Bonvolu.

-Bonan tagon – diris Flora. – Mi ŝatus paroli kun sinjoro Bojan Kalev, la direktoro de la banko.

-Pri kiu mi informu lin?

-Mia nomo estas Flora Filova, edzino de lia amiko Plamen Filov el urbo Burgo.

-Dankon. Mi tuj informos la sinjoron direktoron pri vi – diris afable la sekretariino.

Post kelkaj sekundoj Flora aŭdis la basan voĉon de Bojan Kalev.

지금 플로라는 여전히 남편에게 전화 걸었지만, 전화기는 꺼져 있다.

남편의 친구 **보얀**을 귀찮게 하고 싶지 않으려고 생각했지만, 남편을 만났는지 묻기 위해 전화를 걸어야 한다.

인터넷에서 손쉽게 '성공'은행 전화번호를 찾아 곧바로 전화했다.

몇 초 동안 뚜뚜 하는 신호만 들렸다.

아무도 전화를 받지 않아 플로라가 긴장하기 시작했다.

아마 은행지점장의 사무실에 아무도 없는 듯했다.

보얀에게 말하기가 틀렸다고 생각한 바로 그때 유쾌한 여성의 목소리가 들렸다.

"안녕하십니까. '성공'은행입니다."

"안녕하세요." 플로라가 말했다.

"나는 보얀 칼레브 은행지점장님과 통화하고 싶어요."

"누구라고 알릴까요?"

"제 이름은 플로라 필로브이고, 부르고 시에 사는 친구 플라멘 필로브의 아내예요."

"감사합니다. 지점장님께 전해 드리겠습니다."

비서가 친절하게 말했다.

얼마 뒤 플로라는 보얀 칼레브의 낮은 목소리를 들었다.

-Saluton sinjoro Kalev - diris Flora. - Eble vi memoras min, mi estas la edzino de Plamen Filov. Foje, antaŭ du jaroj, kiam vi veturis al la mara ripozejo Sapfira Golfo, vi gastis ĉe ni en Burgo.

-Kompreneble, ke mi memoras kaj mi ĝojas aŭdi vin telefone.

-Antaŭ du tagoj mia edzo ekveturis al la ĉefurbo renkontiĝi kun vi - diris Flora.

-Jes. Tiam li telefonis al mi kaj diris, ke li deziras renkontiĝi kun mi, sed li ne venis. Mi opiniis, ke pro iu urĝa kialo li ne povis veni.

-Ĉu li telefone diris al vi kial li ne venos?

-Ne. Li ne telefonis kaj mi same ne povis telefoni al li.

-Do. Li ne venis - ripetis Flora. - Mi komprenas. Io malbona okazis al li kaj mi ne scias kion.

-Mi tamen kredas, ke li certe venos. Vi ne devas supozi ion malbonan.

-Mi dankas al vi kaj mi pardonpetas pro la ĝeno.

-Vi tute ne ĝenis min, sed bonvolu telefoni denove kaj diru al mi kio okazis al mia amiko.

Flora remetis la telefonaŭskultilon kaj preskaŭ svenis. Plamen ne iris en la ĉefurbon kaj ne renkontiĝis kun Bojan Kalev. Kio okazis?

"안녕하세요, 지점장님." 플로라가 말했다.
"아마 기억할 겁니다.

저는 플라멘 필로브의 아내입니다.

언젠가 2년 전에 사파이어만 휴양지로 오셨을 때 부르고에서 우리와 함께 머무르셨죠."
"물론 기억합니다. 사모님의 전화를 받고 기쁩니다."
"이틀 전 남편이 지점장님을 만나러 수도로 떠났어요." 플로라가 말했다.
"예. 그때 나에게 전화를 걸어 만나고 싶다고 말했지만 오지 않았습니다.

무언가 긴급한 이유로 올 수 없었다고 생각했습니다."
"왜 올 수 없다고 전화로 말했나요?"
"아니요. 전화가 오지 않았고 나도 전화하지 않았어요."
"그럼. 가지 않았네요." 플로라가 되풀이했다.
"알겠어요. 무언가 나쁜 일이 일어났고 그게 뭔지 모르겠어요."
"그래도 올 겁니다.

뭔가 안 좋은 것을 짐작할 필요가 없습니다."
"감사하고 불편을 끼쳐 죄송합니다."
"전혀 그렇지 않습니다. 다시 전화로 내 친구에게 무슨 일이 있었는지 말해 주십시오."
플로라는 전화기를 제자리에 놓고 거의 기절할 뻔했다. 플라멘은 수도에 가지 않았고 보얀 칼레브를 만나지 않았다. '어떻게 된 거지?'

Mi atendos ĝis vespere kaj mi telefonos al la polico, decidis ŝi. Je la deknaŭa horo Flora telefonis al la polico.

-Bonan vesperon – diris ŝi, kiam voĉo de junulo, verŝajne la deĵoranta policano, demandis kiu telefonas.

– Mia nomo estas Flora Filova. Mi deziras sciigi pri la malapero de mia edzo, Plamen Filov. La 23-an de majo li ekveturis al la ĉefurbo kaj li devis reveni la saman tagon, sed jam du tagojn li ne revenas.

-Ĉu vi telefonis al li? – demandis la policano.

-Mi plurfoje telefonis, sed lia telefono estas malŝaltita kaj tio ege maltrankviligas min. Neniam li malŝaltas sian telefonon.

-Ĉu pro ia familia kialo li ne revenas hejmen?

-Nia familia vivo estas tre bona – respondis Flora preskaŭ plore.

-Sinjorino Filova, mi indikos vian telefonalvokon, sed morgaŭ matene vi devas veni en la policejon kaj deponi oficialan sciigon pri la okazintaĵo. Morgaŭ matene vi klarigos al komisaro Kalojan Safirov kio okazis.

-Dankon – diris Flora.

'저녁까지 기다렸다가 경찰서에 신고해야지'하고 결심했다. 저녁 7시에 플로라가 경찰서에 신고했다.
"안녕하세요." 하고 말했다. 근무 중인 경찰관 청년이 "전화하신 분이 누구냐"고 물었을 때 "내 이름은 플로라 필로브입니다.
내 남편 플라멘 필로브의 실종을 알리고 싶습니다.
5월 23일 수도로 가서 같은 날 돌아온다고 했는데 벌써 이틀 동안 돌아오지 않습니다."
"전화는 하셨나요?" 경찰관이 물었다.
"몇 번 전화했는데 전화기가 꺼져 있어요.
그래서 그것 때문에 크게 걱정이 됩니다.
결코, 남편은 전화기를 끄지 않거든요."
"가정적인 이유로 집에 오지 않습니까?"
"우리 가정생활은 아주 좋습니다."
플로라가 거의 울며 대답했다.
"필로브 부인, 부인의 전화신청을 알릴게요.
내일 아침에 경찰서에 와서 사건의 공식 통지를 해야 합니다.
내일 아침 무슨 일이 있었는지 칼로얀 사피로브 수사관에게 설명해야 합니다."
"감사합니다." 플로라가 말했다.

10. la 26-an de majo, matene

Tutan nokton Flora ne dormis, ŝi eĉ ne malvestis sin kaj ne kuŝis en la lito, sidis senmova en la malluma ĉambro kaj streĉis sian aŭdon. Plurfoje ŝajnis al ŝi, ke la pordo de la domo malfermiĝas. Kvazaŭ klare Flora perceptis krakojn de ŝlosilo en la seruro kaj aŭdis paŝojn en la vestiblo, sed vane. En la tuta domo regis tomba silento. Ekstere blovis forta maja vento, kiu frapis la fenestrojn kaj kun nevideblaj fingroj tamburis sur la fenestrajn vitrojn.

Matene, kiam la unuaj sunradioj ekbrilis, Flora lacega, tute elĉerpita, ekstaris de la seĝo, sur kiu ŝi pasigis la nokton, kaj ekiris al la kuirejo por kuiri kafon kaj pretigi la matenmaĝon por la infanoj. Poste ŝi iris al la dua etaĝo kaj unu post la alia ŝi vekis Dan, Nina kaj Lina. Ili komencis prepari sin por iri al la lernejo. Ili banis sin, vestis sin, matenmanĝis. Neniu el ili demandis pri Plamen. De la ĉagrena rigardo de la patrino, ili komprenis, ke ankaŭ ĉi-nokte la patro ne revenis. Dan, Nina kaj Lina tristis. En la okuloj de la knabinoj videblis larmoj. Certe ili same preskaŭ ne dormis kaj dum la nokto ploris.

10장. 5월 26일 아침

플로라는 밤새 잠을 이루지 못했다.

옷조차 벗지 않고 침대에도 눕지 않고 어두운 방에서 움직이지 않고 조용히 앉아 귀만 쫑긋했다.

여러 번 집의 문이 열리는 소리를 들은 듯 했다.

자물쇠에서 열쇠 돌리는 소리가 분명히 난 것처럼 플로라는 복도에서 발소리를 들었지만 헛된 것이었다.

집안은 모두 깊은 조용함이 가득 찼다.

밖에는 창문을 두드리고, 손가락으로 창 유리를 북 치듯 보이지 않는 5월의 강한 바람이 불었다.

아침에 첫 햇살이 비치자 플로라는 피곤하고 완전히 지쳐서 밤을 지샌 의자에서 일어났다.

커피를 타고 아이들 아침 식사를 준비하기 위해 부엌에 갔다. 그런 다음 2층으로 가서 단, 니나, 리나를 깨웠다. 셋은 학교에 가려고 준비하기 시작했다.

씻고 옷을 갈아입고 아침을 먹었다.

누구도 아버지에 관해 묻지 않았다.

어머니의 화난 표정에서 아버지가 어젯밤에 돌아오지 않았다는 것을 눈치챘다. 셋은 슬펐다.

어린 여자아이들의 눈에 눈물이 보였다.

물론 밤에도 거의 잠을 이루지 못하고 밤새도록 울었다.

Ĝuste je la sepa horo venis Stavris. Li sonoris kaj Flora iris malfermi la pordon. Antaŭ eniri, li demandis:

-Ĉu Plamen revenis?

-Ne – diris Flora. – Mi iros al la polico.

La vizaĝo de Stavris malsereniĝis. Jam por li estis klare, ke io malbona okazis al Plamen, tamen li demandis;

-Ĉu vi denove provis telefoni al li?

-Jes, sed lia telefono daŭre estas malŝaltita.

-Ni sciigos la policon, sed ni esperu, ke ne estas malfrue – diris Stavris.

Post la matenmaĝo li veturigis Floran kaj la infanojn al la urbo.

Stavris haltigis la aŭton antaŭ la lernejo kaj Dan, Nina kaj Lina ekiris al la lerneja pordo.

-Stavris – diris Flora, - la policejo estas proksime kaj mi piediros.

-Bone – respondis Stavris.

De la lernejo Flora ekiris sur strato "Blua Maro", sur kiu nun, en tiu ĉi matena horo, videblis pluraj homoj, sed Flora kvazaŭ ne rimarkis ilin. Ŝi paŝis kiel en sonĝo kaj pensis nur pri Plamen.

정확히 7시에 스타브리스가 왔다.

초인종을 눌렀고 플로라가 문을 열러 나갔다.

들어오기 전에 스타브리스가 물었다.

"사장님이 돌아오셨습니까?"

"아니요." 플로라가 말했다.

"경찰서에 갈 거예요."

스타브리스의 얼굴이 불안해졌다. 플라멘에게 나쁜 일이 일어난 것은 이미 분명하지만 물었다.

"다시 전화해 보셨습니까?"

"예, 하지만 전화기는 아직 꺼져 있어요."

"경찰에 알리겠습니다. 너무 늦지 않았으면 좋겠습니다." 스타브리스가 말했다.

아침 식사 후 스타브리스는 플로라와 아이들을 도시로 데리고 갔다.

학교 앞에 차를 세우고 단, 니나, 리나는 차에서 내려 학교 문으로 걸어갔다.

"스타브리스" 플로라가 말했다.

"경찰서가 근처에 있으니 나도 걸어갈게요."

"알겠습니다." 스타브리스가 대답했다.

학교에서 플로라는 '파란 바다' 거리로 걸어갔다.

지금 아침 시간에 여러 사람을 볼 수 있지만, 누구에게도 관심을 두지 않는 듯했다.

꿈속에서처럼 걸어가면서 남편에 대해서만 생각했다.

Kiam ŝi estis ĉe restoracio "Mirakla Planedo", ŝi haltis por sekundo, alrigardis la grandan neonan ŝildon kun la nomo "Mirakla Planedo" kaj amare ekploris. Kio okazis? Kial Plamen ne revenas? Kie li malaperis? Tiuj ĉi demandoj kiel akraj tranĉiloj tranĉis ŝian koron. Ĉu nun Plamen kuŝas senkonscia en iu malsanulejo kaj la kuracistoj ne scias kiun informi pri li? Eble okazis aŭtokatastrofo kaj oni veturigis lin en iun malproksiman malsanulejon. Kiel kaj de kiu ŝi ekscios ion pri Plamen? Demandoj, kiuj atakis ŝin kiel kruelaj rabaj birdoj.

La urba policejo estis en kvaretaĝa konstruaĵo ĉe placo "Libero". Malnova grizkolora konstruaĵo kun malgrandaj fenestroj, similaj al embrazuroj. Proksime estis la preĝejo "Sankta Nikolao", konstruita el glataj granitaj ŝtonoj. Ĝia sonorilturo altiĝis al la lazura ĉielo super la kaŝtanarboj, ĉirkaŭ la preĝejo. Iam tre delonge en tiu ĉi preĝejo okazis la geedziĝfesto de Flora kaj Plamen, sed nun al Flora ŝajnis, ke la geedziĝfesto estis antaŭ jarcento.

Flora eniris la policejon kaj diris al la deĵoranta policano, tridekjara simpatia junulo, kial ŝi venis.

–Vi devas iri al komisaro Kalojan Safirov – diris la policano.

'기적의 행성' 식당 옆에 이르자 잠시 멈춰서 '기적의 행성'이라는 이름을 붙인 큰 네온사인을 보고 몹시 울었다. '어떻게 된 거예요? 왜 돌아오지 않나요? 어디에서 사라졌어요?' 이러한 질문은 날카로운 칼처럼 심장을 찢어버렸다.

'지금 남편은 어느 병원에서 의식을 잃고 누워있을까, 의사에게 남편에 대해 알려줄 사람이 없는가? 아마 교통사고를 당해서 어느 먼 병원에 있을까? 어떻게 누구로부터 남편에 대한 무언가를 알아낼 수 있을까?'

잔인한 맹금처럼 질문이 플로라를 공격했다.

시 경찰서는 '자유' 광장에 있는 4층 건물이다.

빈틈처럼 보이는 창문이 있는 작고 오래된 회색 건물이다.

근처에 매끄러운 화강암 돌로 지어진 '성 니콜라' 교회가 있었다.

교회 종탑은 교회의 둘레에 있는 밤나무 위의 푸른 하늘로 높이 서 있다.

옛날에 이 교회에서 플로라와 플라멘의 결혼식이 있었지만 이제 플로라에게는 결혼식이 한 100년 전 일처럼 보였다.

플로라는 경찰서에 들어가서 근무하는 서른 살의 친절하게 보이는 청년 경찰관에게 온 이유를 말했다.

"부인은 칼로얀 사피로브 수사관에게 가야 합니다."

경찰관이 말했다.

– Li okupiĝas pri tiaj problemoj – kaj la policanoj klarigis al ŝi kie estas la kabineto de komisaro Safirov. Flora ekfrapetis ĉe la pordo kaj eniris la kabineton de komisaro Kalojan Safirov. Ene estis skribotablo kun komputilo, libroŝranko kaj du foteloj. Ĉe la skribotablo, kontraŭ la pordo, sidis kvardekkvinjara viro kun bluaj okuloj kaj helbruna hararo, en kiu ie-tie videblis blankaj haroj. Lia brunkolora kostumo estis eleganta, la ĉemizo – blanka kiel neĝo, kaj la kravato – malhelblua. -Bonan tagon – salutis Flora lin.

-Bonan tagon – respondis la komisaro kaj atente alrigardis ŝin.

Dudek kvin jarojn Safirov rilatis profesie kun multaj personoj kaj jam alkutimiĝis nur de supraĵa rigardo pritaksi ilin. Nun li tuj konstatis, ke la virino, antaŭ li, estas inteligenta.

Flora surhavis bluan someran robon el fajna ŝtofo, bluajn ŝuojn kun altaj kalkanumoj kaj blua retikulo. En ŝiaj markoloraj okuloj videblis tristo kaj maltrankvilo.

-Kiel mi helpu vin? – demandis Safirov.

-Mi nomiĝas Flora Filova. Mia edzo estas Plamen Filov. En Burgo li posedas vendejojn, vinfabrikon···

-Ja, Plamen Filov estas unu el la konataj viroj en la urbo – diris Safirov.

"사피로브 수사관이 그 사건 담당입니다."

그리고 경찰은 사피로브 수사관의 사무실이 어디에 있는지 설명했다. 플로라는 문을 두드리고 칼로얀 사피로브 수사관의 사무실로 들어갔다. 내부에는 컴퓨터가 있는 책상, 책장과 안락의자가 두 개 있다.

문 맞은편 책상에는 파란 눈에 여기저기 하얀 머리카락을 볼 수 있는 밝은 갈색 머리카락을 한 45세의 남자가 앉아 있었다. 갈색 정장은 멋있고 셔츠는 눈처럼 흰색에 넥타이는 진한 파란색이다.

"안녕하세요." 플로라가 말했다.

"안녕하십니까." 수사관이 대답하고 주의 깊게 플로라를 살펴보았다. 25년 동안 사피로브는 많은 사람과 직업적인 관계를 유지해 왔다.

외모만으로 사람들을 평가하는 데 익숙해졌다.

지금 자기 앞에 있는 여자가 꽤 똑똑하다는 것을 즉시 깨달았다.

플로라는 고급 천의 파란색 여름 드레스를 입고 파란색 하이힐 신발에 파란색 손가방을 들었다.

바다색 눈에는 슬픔과 불안이 보였다.

"무슨 일로 오셨습니까?" 사피로브가 물었다.

"제 이름은 플로라 필로브예요. 남편은 플라멘 필로브이고 부르고에서 상점, 포도주 양조장을 운영하고 있죠."

"예, 플라멘 필로브 씨는 도시에서 유명한 사람 중 한 명입니다." 사피로브가 말했다.

-La 23-an de majo, antaŭ tri tagoj, li ekveturis aŭte al la ĉefurbo kaj ĝis hodiaŭ ne revenis. Plurfoje mi provis telefoni al li, sed lia telefono estas malŝaltita.

-Ĉu li ofice ekveturis? – demandis la komisaro.

-Estis persona okupo⋯

Dum sekundoj Flora hezitis ĉu ŝi diru al la komisaro pri la minaca letero, kiun ili ricevis, kaj pri la mono, kiun postulis la nekonataj uloj, sed ŝi rezignis. Ja, Plamen ne deziris informi la policon pri tio. Povas esti, ke la malapero de Plamen estas ligita ĝuste al tiu ĉi minaco, sed Flora decidis ne informi la komisaron pri ĝi.

-Li planis dum unu tago iri tien kaj reveni. Eble al li okazis akcidento, katastrofo⋯ - daŭrigis Flora.

-Se estis aŭtokatastrofo, oni certe tuj informus vin – diris Safirov. -Kial li veturis al la ĉefurbo?

-Renkontiĝi kun sia amiko Bojan Kalev – direktoro de la banko "Sukceso".

-Ĉu vi telefonis al sinjoro Kalev?

-Jes, mi telefonis, sed li diris, ke Plamen ne iris al li kaj certe ne estas en la ĉefurbo.

-Mi komprenas – kapjesis Safirov.

-Ĝis nun neniu telefonis al mi, neniu ion diris kaj mi, kaj miaj infanoj estas ege maltrankvilaj.

"3일 전 5월 23일, 남편은 자가용으로 수도로 가서 오늘까지 돌아오지 않았어요. 여러 번 전화하려고 했지만, 전화기는 꺼져 있었어요."

"사무적인 일 때문에 갔습니까?" 수사관이 물었다.

"개인적인 일입니다만⋯." 몇 초 동안 플로라는 수사관에게 그들이 받은 협박 편지와 낯선 사람들이 요구한 돈에 대해 말할 것인지 망설였다.

그러나 그만두었다.

실제로 남편은 그것에 대해 경찰에게 알리고 싶어 하지 않았다. 남편의 실종이 이 위협과 정확하게 연결되어 있지만, 수사관에게 그것에 관해 알리지 않기로 했다.

"하루 만에 그곳에 가서 돌아올 계획이었어요. 아마도 남편에게 사고, 재앙이⋯." 플로라가 계속했다.

"자동차 사고가 발생하면 반드시 즉시 알려 드립니다." 사피로브가 말했다.

"왜 수도에 갔습니까?"

"친구이며 '성공' 은행지점장인 보얀 칼레브를 만나러요."

"칼레브 씨에게 전화하셨습니까?"

"네, 제가 전화했지만, 지점장님은 남편이 오지 않았다고 말해서 확실히 수도에는 없어요."

"알겠습니다." 사피로브가 고개를 끄덕였다.

"지금까지 아무도 전화하지 않았고, 아무도 어떤 말도 하지 않아서, 저와 제 아이들은 극도로 불안해요.

Mi antaŭsentas, ke io malbona okazis al mia edzo.

–Sinjorino Filova, vi ne devas supozi la plej malbonan okazintaĵon. Certe via edzo havas ian problemon kaj li ne povas telefoni al vi.

–Li nepre informus min, se li havus ian problemon – diris Flora. – Estas tiom da eblecoj informi min, ja ĉie estas telefonoj···

–Do, ni komencos serĉi lin. Verŝajne vi alportis lian foton kaj ni sendos ĝin al la policejoj en la najbaraj urboj. Ni telefonos al niaj kolegoj en la ĉefurbo.

–Dankon, sinjoro komisaro.

–Bonvolu diri vian telefonnumeron kaj vian hejman adreson.

Flora diktis la numeron de sia telefono kaj la hejman adreson en loĝkvartalo "Lazuro" . Safirov skribis ilin en sian notlibreton.

–Mi telefonos al vi, kiam ni ekscios ion pri via edzo – diris Safirov.

Flora dankis al la komisaro kaj eliris. Safirov alrigardis la mapon de la lando, kiu pendis sur la muro antaŭ li. La distanco de Burgo al la ĉefurbo estis ĉirkaŭ kvincent kilometrojn. Eblis dum unu tago iri al la ĉefurbo kaj reveni. Flora diris, ke Plamen Filov planis matene iri tien kaj vespere reveni en Burgon.

무언가 남편에게 나쁜 일이 일어났다고 느껴요."

"필로브 여사님, 최악의 상황을 가정해서는 안 됩니다. 확실히 남편은 문제가 있어도 부인에게 전화할 수 없을 때도 있습니다."

"어떤 문제가 있으면 반드시 제게 연락하거든요."

플로라가 말했다.

"어디나 전화기가 있으니 알릴 기회는 너무 많아요."

"이제 우리는 찾기 시작할 겁니다. 확실히 사진을 가져오셨으니 인근 도시의 경찰서에도 보낼 것입니다. 수도에 있는 동료들에게도 전화하겠습니다."

"감사해요, 수사관님."

"전화번호와 집 주소를 알려주십시오."

플로라가 자기 전화번호와 '라주로' 지역의 집 주소를 불러주었다. 사피로브는 수첩에 그것들을 적었다.

"남편에 대해 알아내면 전화하겠습니다."

사피로브가 말했다.

플로라는 수사관에게 감사를 표하고 나왔다.

사피로브는 앞 벽에 걸린 나라의 지도를 쳐다보았다.

부르고 시에서 수도까지의 거리는 약 500km다.

하루 동안 수도에 가서 돌아오는 것이 가능했다.

부인은 남편이 아침에 거기로 갔다가 저녁에 부르고 시로 돌아올 계획이라고 말했다.

Eble tie li havis tre urĝan okupon, meditis Safirov. La subita malapero de Plamen Filov estis iom stranga. El sia dudekkvinjara laboro ĉe la polico Safirov spertis, ke kutime malaperas gejunuloj, kiuj post konfliktoj kun la gepatroj forkuras el la domo kaj dum kelkaj tagoj kaŝas sin ie aŭ estas ĉe amikoj. Malaperis same maljunuloj, kiuj estis serioze malsanaj. Ofte ili iris el la loĝejo, poste ne povis reveni, ĉar pro mensmalsano forgesis, kie ili loĝas kaj bedaŭrinde ili ne havis ĉe si la personajn legitimilojn. Malofte okazis, ke malaperis homoj pro iu akcidento.

Safirov ne konis persone Plamen Filov, sed bone sciis kiu li estas – unu el la estimataj personoj en la urbo, ano de la Urba Konsilio, ano de la Rotaria-klubo. La kialo de lia malapero povis estis iu familia konflikto, supozis Safirov. Komprenebla lia edzino ne menciis tion, sed Safirov konjektis, ke dum la konversacio Flora provis kaŝi ion. Ja, kiam li

demandis ŝin ĉu Plamen Filov veturis al la ĉefurbo ofice, Flora eksilentis por momento, poste iom ruĝiĝis kaj respondis, ke Plamen ekveturis pro persona okupo. Aŭ verŝajne Filov decidis por kelkaj tagoj forlasi la familion, la ĉiutagajn okupojn, zorgojn kaj esti ie, kie neniu ĝenu lin.

아마도 그곳에서 매우 긴급한 업무를 가지고 있었을 것이라고 사피로브는 생각했다.

플라멘 필로브의 갑작스러운 실종은 조금 이상했다.

경찰에서 근무한 25년 동안

사피로브는 일반적으로 젊은 사람들은 부모와 싸운 뒤 집에서 도망쳐서 며칠 동안 어딘가에 또는 친구 집에 숨어서 사라진 경험이 있다.

노인들은 매우 아파서 역시 똑같이 사라진다.

자주 집을 떠나 돌아올 수 없었다.

정신 질환 때문에 사는 곳을 잊었고 불행하게도 개인 신분 증명이 없었다.

사고로 사람들이 사라지는 일은 거의 일어나지 않았다.

사피로브는 플라멘 필로브를 개인적으로 알지 못했지만, 도시에서 존경받는 사람 중 한 명, 로터리 클럽 회원, 시의원이라는 것은 잘 알고 있었다.

실종의 원인은 가정불화가 될 수 있다고 사피로브는 생각했다.

물론 부인은 이것을 언급하지 않았지만, 대화 중에 플로라가 무언가를 숨기려 했다고 사피로브는 짐작했다.

정말로 남편이 업무로 수도에 갔냐고 물었을 때 잠시 침묵하다가 조금 얼굴을 붉히고 개인적인 일 때문에 갔다고 대답했다.

아니면 아마도 필로브가 며칠 동안 가족, 일상적인 직업, 걱정을 떠나, 아무도 괴롭히지 않는 어딘가에 있을 것이다.

Tial li malŝaltis la telefonon. Sed ekzistas alia supozo. La agado de Plamen Filov estas tre vasta: vendejoj, vinfabriko, hoteloj. Se hazarde li havas impostajn aŭ financajn problemojn, povas esti, ke li decidis forveturi eksterlanden. Mi nepre devas kontroli tion, decidis Safirov. Finfine la kialoj pri lia malapero povus esti multaj kaj diversaj.

Safirov levis la telefonaŭskultilon de la nigra telefonaparato kaj petis, ke serĝento Rumen Kolev venu al li. Post kelkaj minutoj la kabineton eniris serĝento Kolev, ĉirkaŭ dudekkvinjara junulo sveltstatura kun flavruĝa hararo kaj grizkoloraj okuloj.

–Bonan tagon, sinjoro komisaro – salutis li.

–Bonan tagon – respondis Safirov. – Bonvolu sidiĝi. Ni havos iom da laboro. Vi certe aŭdis la nomon Plamen Filov.

–Jes. Li estas konata persono.

–Venis lia edzino, kiu diris, ke li subite malaperis. La 23-an de majo Plamen Filov ekveturis aŭte al la ĉefurbo kaj ne revenis. Pasis jam tri tagojn. La edzino de Filov telefonis al la amiko de Plamen, al kiu li devis iri en la ĉefurbon, sed li diris al sinjorino Filova, ke ŝia edzo ne venis en la ĉefurbon. Do, Plamen Filov malaperis. Lia telefono estas malŝaltita.

그래서 전화기도 끈 것이다.

그러나 또 다른 가정이 있다.

플라멘 필로브의 사업은 상점, 포도주 양조장, 호텔같이 매우 광범위하다.

뜻하지 않게 세금이나 재정적 문제가 있는 경우 해외로 가기로 했을 수도 있다.

확실히 그것을 확인해야 한다고 사피로브는 결심했다.

궁극적으로 실종의 이유는 많고 다양하다.

사피로브는 검은색 전화기를 들고 전화를 걸어 루멘 콜레브 경사에게 들어오라고 했다.

몇 분 뒤 노란 머리카락에 25살의 날씬하고 회색 눈을 한 **콜레브** 경사가 사무실에 들어왔다.

"안녕하십니까, 수사관님."하고 인사했다.

"어서 들어와." 사피로브가 대답했다.

"여기 앉아. 우리가 해야 할 일이 있어. 플라멘 필로브라는 이름을 들어보았지."

"예. 잘 알려진 사람입니다."

"부인이 와서 필로브 씨가 갑자기 사라졌다고 말했어. 5월 23일 남편은 수도로 차를 타고 갔지만 돌아오지 않았어. 이미 3일이나 지났지.

필로브 부인은 수도로 찾아가려고 했던 남편의 친구에게 전화했는데 남편이 수도에 오지 않았다고 말했어.

그럼, 플라멘 필로브 씨가 사라진 거지.

전화기는 꺼져 있어.

Bonvolu kolekti pli da informoj pri la agado de Plamen Filov, pri liaj konatoj, amikoj, parencoj, pri liaj okupoj dum la tagoj antaŭ lia forveturo.

–Jes, sinjoro komisaro – diris Kolev. – Mi esploros ĉion pri li.

–Ni nepre devas ekscii kio okazis, ekscii la kialon de lia foresto.

–Jes. Mi komprenas – diris Kolev.

–Se dum du tagoj ni ne trovos lin, ni petos la ŝtatan policon serĉi lin en la lando kaj eksterlande.

–Jes.

–Do, mi atendos la rezultojn de via esploro – diris Safirov.

–Mi strebos rapide plenumi la taskon – promesis la serĝento.

–Ĝis revido kaj sukceson.

–Ĝis revido.

Kolev eliris. Safirov pensis, ke se pro iuj kialoj Plamen Filov decidis kaŝi sin ie, ili ne facile trovos lin.

플라멘 필로브 씨의 활동에 대하여, 지인, 친구, 친척, 떠나기 전 며칠 동안의 한 일에 대한 자세한 정보를 모아봐."

"예, 수사관님." 콜레브가 말했다.

"그 사람에 대해 모든 것을 조사하겠습니다."

"우리는 무슨 일이 일어났는지, 실종의 이유에 대해 반드시 알아내야 해."

"예. 알겠습니다." 콜레브가 말했다.

"이틀 동안 찾지 못하면 국가 경찰에 국내와 해외에서 찾도록 요청하고."

"예"

"그러면 조사 결과를 기다릴게."하고 사피로브는 말했다.

"서둘러 일을 하도록 노력하겠습니다."라고 경사는 약속했다.

"잘 가, 그리고 잘 되기 바래."

"안녕히 계십시오." 콜레브가 나갔다.

사피로브는 어떤 이유로 플라멘 필로브가 어딘가에 숨어 있기로 했다면 쉽게 찾을 수 없을 것으로 생각했다.

11. la 27-an de majo

La 27-a de majo estis suna. La ĉielo blubrilis sennube. La kampoj je la du flankoj de la ĉefa aŭtovojo vastiĝis verdaj. Je unu flanko kreskis tritiko kaj je alia – maizo. Vento lulis la foliojn de la arboj. Ĉi tie, dekstre de la ĉefa aŭtovojo, estis flanka vojo, kiu gvidis al la vilaĝo Vetren. Altaj juglandaj arboj ĵetis pezan ombron sur ĝi.

Genadi, vilaĝano, kiu loĝis en Vetren, kutimis piediri sur tiu ĉi vojo, al sia legomĝardeno. Ĉi-matene li frue ekiris, ĉar li devis akvumi la tomatojn, kiujn li plantis antaŭ semajno kaj vidi kiel maturiĝas la ĉerizoj. En la ĝardeno estis ĉerizarbo, kies fruktoj dolĉis kaj bongustis, sed hodiaŭ Genadi devis ŝprucigi sur la ĉerizarbon kontraŭ insektoj.

Marŝante li ĝuis la agrablan friskan matenon. Ĉirkaŭ sesdekjara, Genadi estis malalta, sed forta kun iom sunbrunigita sulka vizaĝo, densaj nigraj brovoj kaj brunaj okuloj kun trankvila rigardo. Tutan vivon li laboris sur la kampo, produktis legomojn: tomatojn, kukumojn, kapsikojn, kukurbojn, akvomelonojn, kiujn li vendis sur la ĉefbazaro en Burgo. Lia tuta familio okupiĝis pri legomproduktado.

11장. 5월 27일

5월 27일은 맑았다.

하늘이 구름 한 점 없이 파랗게 빛났다.

주요 고속도로 양쪽에 있는 들판이 녹색으로 물들었다.

한쪽에서는 밀이, 다른 한쪽에서는 옥수수가 자랐다.

바람이 나무의 잎들을 흔들었다.

여기, 주요 고속도로의 오른쪽에는 **베트렌** 마을로 이어지는 샛길이 있다. 키 큰 호두나무가 길 위에 무거운 그림자를 드리우고 있다.

베트렌에 사는 마을 주민 **게나디**는 주로 이 길을 이용해 걸어서 채소밭에 갔다.

오늘 아침에는 일주일 전에 심은 토마토에 물을 주고 체리가 얼마나 익었는지 돌보아야 하므로 일찍 떠났다.

정원에는 과일이 달콤하고 맛있는 체리 나무가 있어 오늘 게나디는 곤충을 막도록 체리 나무에 약을 뿌려주어야 한다.

걸으며 쾌적하고 시원한 아침을 즐겼다.

육십 살 정도인 게나디는 키가 작지만 튼튼하고 약간 그을린 주름진 얼굴, 차분한 표정에 두꺼운 검은 눈썹과 갈색 눈을 가졌다.

평생 밭에서 일하며, 부르고 시의 주요 시장에서 파는 토마토, 오이, 고추, 호박, 수박 같은 채소를 수확했다.

온 가족이 채소 생산에 종사했다.

Liaj du filoj, Kardam kaj Tervel, same havis legomĝardenojn kaj dediĉis sin al la legomproduktado. Kiam proksimiĝis al la ĝardeno, Genadi vidis, ke ĉe la vojo, malantaŭ la densaj arbustoj, kiuj kreskis ĉe la vojkanaleto, estas blua aŭto. Kiu parkis sian aŭton ĉi tie, ĉe la vilaĝa vojo, demandis sin Genadi? Li preskaŭ preterpasis la aŭton, sed rimarkis, ke en ĝi, sur la antaŭa sidloko estas viro. En la unua momento ŝajnis al Genadi, ke la viro dormas, ĉar lia kapo estis klinita antaŭen. Eble li veturis nokte, estis laca kaj haltis ĉi tie por iom dormi, supozis Genadi, sed kiam li pli bone rigardis, li rimarkis, ke la pozo de la viro estas stranga. Lia korpo – iom klinita dekstren kaj la kapo kvazaŭ falinta sur la bruston. Tio timigis Genadin kaj li komprenis, ke la viro ne estas viva. Li proksimiĝis al la aŭto, enrigardis tra la fenestreto de aŭtopordo kaj vidis, ke sur la kostumo de la viro fluis sango, jam sekiĝinta. Sendube iu pafmortigis lin. Sur la dekstra tempio de la viro estis eta truo, certe de kuglo. Genadi stuporiĝis. Li faris kelkajn paŝojn malantaŭen kaj dum minuto preskaŭ tremis terurigita. Time li ĉirkaŭrigardis, supozante, ke la murdisto estas ankoraŭ ie proksime, tamen en la tuta ĉirkaŭaĵo videblis neniu.

두 아들 **카르담**과 **테르벨**도 똑같이 채소밭을 가지고 채소 생산에 전념했다.

밭에 가까이 가다가 게나디는 길가 도랑에서 자란 빽빽한 덤불 뒤에서 파란 자동차를 보았다.

'누가 차를 여기 마을 길에 주차했지' 하고 궁금했다.

거의 지나칠 뻔하다가 자동차 앞 좌석에 남자가 있음을 알아차렸다.

처음에는 남자의 머리가 앞으로 구부러져 있었기 때문에 자는 것처럼 보였다.

아마도 밤에 운전해서 피곤해 잠을 자려고 여기에 멈췄다고 짐작했지만, 더 자세히 살펴보자 그 남자의 자세가 이상하다는 것을 알아차렸다.

몸은 약간 오른쪽으로 구부러져 있고 머리는 마치 가슴 위로 떨어져 있는 듯했다.

이것은 게나디를 두렵게 했고 그 남자가 죽었음을 알았다. 차에 다가가 자동차 문의 창을 통해 들여다보고 피가 남자의 옷에 흘렀는데 이미 마른 것을 보았다.

누군가 총을 쏴서 죽인 것은 의심할 여지가 없다.

남자의 오른쪽 관자놀이에 작은 구멍이 있는데 확실히 총구멍이었다. 기절할 뻔했다.

몇 걸음 뒤로 물러나 잠깐 거의 공포에 떨었다.

살인자가 여전히 근처 어딘가에 있다고 생각하고 두려워서 주위를 살폈지만, 사방 근처에서는 아무도 볼 수 없었다.

Estis frue matene. Eĉ tage ĉi tie ne pasis multaj homoj kaj aŭtoj. Tiu ĉi malnova vojo gvidis nur al la vilaĝo Vetren kaj oni tre malofte uzis ĝin. Post la konstruo de la ĉefa aŭtovojo ĉi tie veturis nur ĉevalĉaroj, traktoroj kaj aliaj agrikulturaj veturiloj.

Kelkajn minutojn Genadi cerbumis kion fari kaj finfine li decidis. Mi telefonos al la polico, ĉar se mi ne telefonos nun, la policanoj iel ekscios, ke mi vidis la murditon kaj komencos pridemandi min. Genadi elprenis sian poŝtelefonon kaj telefonis.

–Halo – diris li, kiam aŭdis sekan viran voĉon. – Ĉi tie, sur la vojo al vilaĝo Vetren, estas aŭto kaj en ĝi mortpafita viro.

–Kie? – demandis la policano.

–Ĉe la vojo al vilaĝo Vetren, proksime al la ĉefa aŭtovojo – klarigis Genadi.

–Kiam okazis la murdo?

–Mi ne scias. Nun hazarde mi vidis··· Mi iris al mia legomĝardeno kaj mi rimarkis la aŭton kaj la murditan viron en ĝi.

–Restu tie. Baldaŭ al la krimloko venos polica skipo.

–Bone – diris Genadi.

Liaj manoj ankoraŭ tremis pro la ekscito. Li sidiĝis sur la herbon por iom trankviliĝi kaj atendi la policanojn.

이른 아침이었다.

낮에도 이곳을 지나가는 사람과 자동차는 많지 않다.

이 오래된 길은 베트렌 마을로만 이어졌고 거의 사용되지 않았다.

주요 고속도로 건설 뒤에는 마차, 트랙터 및 기타 농업용 차량만 그곳을 이용했다.

몇 분 동안 게나디는 무엇을 해야 할지 고민했고 마침내 결정했다.

'경찰을 불러야지. 지금 전화하지 않으면 경찰은 내가 사망자를 처음 본 걸 어떻게든 알아내 심문하기 시작할 거야.' 게나디는 휴대전화기를 꺼내 전화했다.

"안녕하세요." 거친 남자의 목소리를 들었을 때 말했다. "여기, 베트렌 마을로 가는 길에 차가 있고 그 안에는 총에 맞아 죽은 남자가 있어요."

"어디입니까?" 경찰관이 물었다.

"주요 고속도로 근처 베트렌 마을로 가는 길입니다." 게나디가 설명했다.

"언제 살인이 일어났습니까?"

"모르겠어요. 지금 우연히 보았습니다.
채소밭에 가다가 차와 살해당한 남자를 발견했습니다."

"거기 계십시오. 곧 경찰이 범죄 현장에 갈 것입니다."

"알았어요." 게나디가 말했다.

손은 여전히 흥분으로 떨렸다. 조금 진정시키고 경찰을 기다리기 위해 풀 위에 앉았다.

Post duonhoro alvenis du policaŭtoj, el kiuj eliris kelkaj viroj. Tri el ili surhavis policajn vestojn kaj du estis vestitaj en kostumoj. Kvardekkelkjara viro, alta, bluokula, proksimiĝis al Genadi kaj diris:

-Mi estas komsaro Kalojan Safirov. Je la kioma horo vi vidis la aŭton?

Genadi alrigardis lin kaj iom maltrankvile respondis:

-Eble estis je la sesa kaj duono. Mi venis al mia legomĝardeno. Jen, ĝi estas tie – kaj li montris al la legomĝardeno, kiu estis je dudek metroj de la vojo – kaj mi vidis la aŭton malantaŭ la arbusto. Unue mi opiniis, ke iu haltis ĉi tie por ripozi, sed poste mi rimarkis, ke la viro en la aŭto ne estas viva.

-Dankon – diris Safirov kaj turnis sin al la policanoj, kiuj staris ĉirkaŭ la aŭto. – Kolev – diris li al pli juna viro kun ruĝflava hararo – vi kaj la serĝentoj trarigardu atente la aŭton. Telefonu al la transporta skipo, ke ili venu veturigi la aŭton en la policejon kaj la murditon en kadavrejon. Tie oni faru nekroskopion. Atente vi fotu ĉion, prenu spurojn de fingroj.

-Jes, sinjoro komisaro – respondis Kolev.

-Ni devas detale ekzameni ĉion. Delev – diris Safirov al alia policano – vi veturigu la sinjoron al la policejo.

– Kio estas via nomo? – demandis li Genadin.

30분 뒤 두 대의 경찰차가 도착했고 거기서 몇 명의 남자들이 나왔다.

3명은 경찰복을 입고 2명은 일반 복장이었다.

키가 크고 파란 눈을 가진 40대 남자가 다가와 게나디에게 말했다.

"저는 칼로얀 사피로브 수사관입니다. 자동차를 언제 보셨습니까?"

게나디는 경찰을 쳐다보고 조금 걱정스럽게 대답했다.

"6시 30분이었을 겁니다. 나는 채소밭에 왔어요. 저기 있습니다." 그리고 길에서 20m 떨어진 채소밭을 가리켰다. "그리고 수풀 뒤에 있는 차를 보았어요. 처음에는 누군가가 여기에서 쉬려고 멈춘 줄 알았는데 나중에 차에 탄 남자가 죽었다는 것을 알았어요."

"감사합니다." 사피로브가 말하고 차 주위에 서 있는 경찰에게 몸을 돌렸다. "콜레브"하고 빨갛고 노란색 머리카락의 젊은 남자에게 말했다 "당신과 경사는 차를 조심스럽게 살펴봐. 운전 경찰대에 전화하여 차를 경찰서로, 살해된 남자는 영안실로 이동하게 해. 거기서 검시하고. 모든 것을 조심스럽게 촬영하고 지문을 찍어."

"예, 수사관님." 콜레브가 대답했다.

"우리는 모든 것을 자세히 조사해야 해. 델레브." 사피로브는 다른 경찰관에게 말했다.

"당신은 이 분을 경찰서로 모시고 가."

"성함이 무엇입니까?" 게나디에게 물었다.

–Genadi Dragov, sinjoro komisaro.

–Dankon. Veturigu sinjoron Genadi Dragov al la policejo, kie li priskribu ĉion, kion li vidis ĉi tie. Li estas grava atestanto.

Serĝento Ivan Delev kaj Genadi eniris en unu el la aŭtoj kaj ekveturis al Burgo.

Je la dekkvara horo posttagmeze serĝento Kolev eniris la kabineton de Kalojan Safirov.

–Kion vi konstatis? – demandis Safirov.

Evidente Safirov ne estis en bona humoro. Li ne supozis, ke ili trovos Plamen Filov murdita. Post la konversacio kun Flora Filova, Safirov preskaŭ certis, ke Filov decidis pasigi kelkajn tagojn malproksime de la urbo, de la familio kaj la oficaj zorgoj. Li eĉ opiniis, ke Filov estas en iu el siaj hoteloj en la Sapfira Golfo, kie li amuziĝas en agrabla kompanio. Tamen la supozoj okazis eraraj. Iu pafmurdis Plamen Filov. Kial – ankoraŭ ne estis klare. Nun devis komenciĝi detalaj esploroj, pridemandoj kaj serĉado de la murdisto aŭ de la murdistoj. Sekvos sendormaj noktoj, pluraj horoj de analizoj, komparoj kaj divenoj.

–Jes. La murdito estas Plamen Filov – diris Kolev.

"게나디 드라고브입니다. 수사관님."

"감사합니다. 게나디 드라고브 씨를 경찰서로 태우고 가서, 여기에서 본 모든 것을 쓸 수 있도록 해. 중요한 증인이셔."

이반 델레브 경사와 게나디는 경찰차 중 한 대에 타고 부르고 시로 출발했다.

오후 2시에 콜레브 경사가 칼로얀 사피로브의 사무실로 들어왔다.

"무엇을 확인했나?" 사피로브가 물었다.

분명히 사피로브는 기분이 좋지 않았다.

플라멘 필로브가 살해당한 걸 찾으리라고 짐작하지 않았다. 플로라 필로브와의 대화 뒤에 사피로브는 필로브가 도시, 가족, 업무의 걱정에서 멀리 떠나 며칠을 보내기로 했으리라고 거의 짐작했다.

심지어 필로브가 **사파이어**만에 있는 자신의 호텔 중 한 곳에서 좋은 친구들과 즐기고 있다고 생각했다.

그러나 가정은 잘못되었다.

누군가 플라멘 필로브를 쏘아 죽였다. 왜일까?

아직 이유는 명확하지 않다.

이제 암살자에 관한 상세한 연구, 심문, 수색을 시작해야 한다. 잠 못 이루는 밤, 분석, 비교, 추측의 시간이 뒤따를 것이다.

"예. 살해된 남자는 플라멘 필로브 씨입니다."
콜레브는 말했다.

– Tamen en liaj poŝoj kaj en la aŭto ni ne trovis liajn personan legitimilon, poŝtelefonon, dokumentojn pri la aŭto.

–Tio estas komprenebla. La murdistoj prenis ilin – replikis Safirov. – Ĉu en la aŭto estis fingraj spuroj? – demandis Safirov.

–Jes, sed ni devas eksci kies ili estas – respondis Kolev.

–Laŭ vi kio okazis?

–Verŝajne la murdisto aŭ la murdistoj iel haltigis Plamen Filov, eniris la aŭton kaj pafmurdis lin. Poste la murdistoj ekveturis per la aŭto al vilaĝo Vetren kaj tie ili forlasis la aŭton – klarigis Kolev.

–Eblis, ke la murdistoj eniris la aŭton, devigis Plamen Filov veturi al vilaĝo Vetren kaj tie survoje pafmurdis lin – diris Safirov. – Tio similas al prirabo – supozis Safirov.

–Jes – diris Kolev. – En la aŭto estis nek sako, nek teko.

–Ni devas eksci la kialon. Nun sekvos nia detala laboro. De kie ni komencu – kvazaŭ al si mem diris Safirov. – Kompreneble de la familio. Ni devas sciigi la edzinon de Filov pri la murdo kaj pridemandi ŝin. Eble ŝiaj respondoj direktos nin ien.

"그러나 주머니와 차에서 개인 신분증, 휴대전화, 자동차 관련 서류를 찾지 못했습니다."

"알만해. 살인자들이 그것들을 가져갔지." 사피로브가 대답했다. "차에 지문이 있었나?" 사피로브가 물었다.

"예, 하지만 그것이 누구 것인지 알아내야 합니다." 콜레브가 대답했다.

"무슨 일이 일어난 것 같아?"

"아마 살인자가 플라멘 필로브 씨를 멈추게 한 뒤, 차에 탄 뒤 총으로 쐈습니다.

그런 다음 살인자는 차로 베트렌 마을로 갔고 그곳에서 차를 버렸습니다." 콜레브는 설명했다.

"아마 살인자가 차에 타고 플라멘 필로브 씨에게 베트렌 마을로 차를 몰게 하고 거기서 도중에 총을 쏘아 죽였다는 가능성이 있어."라고 사피로브는 말했다.

'그것은 강도와 같다.'라고 사피로브는 생각했다.

"예" 콜레브가 말했다.

"차 안에 가방이나 서류 가방이 없었습니다."

"이유를 찾아야 해. 이제 우리의 세부 작업을 해야 해. 우리는 어디에서 시작할까?" 사피로브가 자신에게 하듯 말했다.

"물론 가족에게서. 필로브 씨의 아내에게 살인에 대해 알리고 사건에 대해 질문해야 해.

아마도 그 여자의 대답이 우리가 어디로 가야 할지 방향을 알려줄 거야."

-Jes.

-Kolev, bonvolu fari liston kun la nomoj de ĉiuj parencoj, kunlaborantoj, amikoj kaj konatoj de Plamen Filov. Certe iu el ili aludos pri la kialo de la murdo. Ni iros en la vinfabrikon, en la vendejojn de Plamen Filov, en Sapfiran Golfon, kie estas liaj hoteloj.

-Jes – diris Kolev.

-Mi informos la edzinon, esprimos al ŝi niajn kondolencojn – diris Safirov. – Ni rapidu dum la spuroj ankoraŭ estas varmaj. Ja, vi bone scias: la unuaj tagoj post la murdo estas plej gravaj.

-Jes, sinjoro komisaro – diris Kolev kaj eliris el la kabineto de Safirov.

"예"

"콜레브 경사, 플라멘 필로브 씨의 모든 친척, 협력자, 친구, 지인의 이름으로 목록을 작성해.

확실히 그들 중 하나는 살인의 이유를 알려줄 거야.

우리는 플라멘 필로브 씨의 호텔들이 있는 사파이어만의 상점, 포도주 양조장에 가야 해."

"예" 콜레브가 말했다.

"나는 부인에게 알리고 우리의 애도를 표현할게." 사피로브가 말했다.

"흔적이 아직 따뜻할 동안 서둘러. 정말로, 알다시피 살인 뒤 첫날이 가장 중요해."

"예, 수사관님." 콜레브가 말하고 사피로브의 사무실에서 나갔다.

12. la 28-an de majo, matene

Kalojan Safirov loĝis en la kvartalo, proksime al la mara haveno, unu el la plej malnovaj kvartaloj de la urbo, kun ĝardenaj domoj. Antaŭ la Dua Mondmilito ĉi tie loĝis riĉaj komercistoj, kies domoj estis duetaĝaj kaj trietaĝaj. Iuj el la posedantoj de la domoj havis ŝipojn. De la burga haveno, la plej granda en la lando, oni eksportis ŝtofojn, tritikon, legomojn, ŝafojn. En la proksimaj al la urbo vilaĝoj oni bredis multajn ŝafojn, kultivis legomojn, tritikon.

Safirov ŝatis la kvartalon. Ĝi estis trankvila, silenta, proksime al la centro de la urbo, sed dum la lastaj jaroj ĝi tre ŝanĝiĝis. Iam sur la mallarĝaj stratoj ie-tie estis etaj vendejoj,

kiuj iom post iom malaperis. Nun sur strato "Frateco" estas granda nutraĵvendejo, kiun posedas Plamen Filov. Pro tiu ĉi nutraĵvendejo malaperis la pli malgrandaj vendejoj, ĉar oni preferis aĉetadi en la nova vendejo, kie estas pli da varoj, iuj el ili pli malmultekostaj.

Sur strato "Verda Kampo" troviĝis kinejo.

12장. 5월 28일 아침

칼로얀 사피로브는 도시에서 가장 오래된 지역 중 하나인 지역에서, 바다 항구가 가깝고 정원이 있는 집에 살았다. 제2차 세계 대전 이전에는 집이 2층과 3층인 부자 상인들이 이곳에 살았다.

일부 집주인에게는 배가 있었다.

국내 최대인 부르고 항구에서 옷감, 밀, 채소, 양을 수출했다.

도시 근처의 마을에서 그들은 많은 양을 기르고 채소, 밀을 재배했다.

사피로브는 이 지역을 좋아했다.

도심에 가깝지만, 이곳은 편안하고 조용했다.

최근에는 많이 바뀌었다.

옛적에 좁은 길에는 여기저기에 작은 가게가 있었는데 점차 사라졌다.

이제 '**우정**' 거리에는 플라멘 필로브가 소유한 대형 식료품점이 있다.

이 식료품점 때문에 작은 상점이 사라졌다.

왜냐하면, 더 다양한 상품이 있고 더 저렴한 새 상점에서 쇼핑하는 것을 사람들이 좋아하기 때문이다.

'**푸른 들**'거리에는 영화관이 있다.

Kiam Safirov estis infano, li kaj la knaboj el la kvartalo ofte spektis filmojn en ĝi kaj eĉ nun Safirov memoris iujn el la filmoj. Bedaŭrinde la kinejo ne plu ekzistas. Oni ruinigis ĝin kaj sur ĝia loko nun estas kvinetaĝa oficejo. Ĉe la kinejo estis la dolĉaĵejo "Sukera Koko" de oĉjo Filip, en kiu oni vendis bongustajn tortojn, dolĉaĵojn, limonadon. Tiam fojfoje la paĉjo de Kalojan donis al li kelkajn monerojn, Kalojan tuj rapidis iri en la dolĉaĵejon de oĉjo Filip, kie li manĝis torton kaj trinkis limonadon. Nun, sur la loko de la malnova dolĉaĵejo estas moderna kafejo, en kiu kutimas renkontiĝi la gejunuloj el la kvartalo.

De strato "Oriono" oni iras al strato "Blua Maro", la ĉefa promena strato en la urbo, kie estas la restoracio "Mirakla Planedo". Antaŭ jaroj tie estis drinkejo "Ora Fiŝo", en kiu kolektiĝis fiŝkaptistoj. La posedanto de "Ora Fiŝo" estis Panajotis, bonkora maljunulo, konata fiŝkaptisto, kiu alloge rakontis interesajn historiojn pri la maro kaj fiŝkaptado. Tamen Panajotis maljuniĝis kaj vendis la drinkejon al Stefan Lambov kaj Plamen Filov, kiuj transformis ĝin en modernan restoracion "Mirakla Planedo".

사피로브는 어렸을 때, 이웃의 남자아이들과 함께 자주 영화를 보았고 지금까지도 사피로브는 영화 중 일부를 기억했다.

불행히도 영화관은 이제 존재하지 않는다.

철거하고 그 자리에는 현재 5층 사무실이 있다.

영화관에서는 **필립** 삼촌의 사탕 가게 '설탕 코코넛'에서 맛있는 케이크, 과자, 레모네이드를 팔았다.

그때 가끔 아빠가 약간의 동전을 주면 칼로얀은 즉시 서둘러 필립 삼촌의 사탕 가게에 들어가 케이크를 먹고 레모네이드를 마셨다.

옛날 사탕 가게 자리에는 젊은 사람들이 습관적으로 만나는 현대적인 찻집이 있다.

'**양파**'거리에서 '기적의 행성'식당이 있는 도시의 주요 산책로 '파란 바다'거리로 사람들은 걸어간다.

몇 년 전 거기에는 어부들이 모이는 '황금 물고기'라는 술집이 있었다.

'**황금 물고기**'의 소유자는 착한 노인 **파나요티스**였는데, 바다와 낚시에 대한 흥미로운 이야기를 들려주는 매력 넘치는 유명한 어부다.

하지만 파나요티스는 늙어서 스테판 람보브와 플라멘 필로브에게 술집을 팔았는데, 두 사람이 그것을 현대적인 식당 '기적의 행성'으로 바꾸었다.

Poste Plamen Filov vendis sian parton de la restoracio al Stefan Lambov kaj nun nur Stefan estas posedanto de la restoracio.

Ĉi-matene Safirov devis iri al la domo de Plamen Filov kaj sciigi Floran, la edzinon, pri la murdo de Plamen. Li eniris la aŭton kaj ekveturis al kvartalo "Lazuro", kie estis la domo de familio Filov.

Ĝi estis la kvartalo de la novaj riĉuloj – kun grandaj domoj kaj vastaj kortoj. La trietaĝaj, kvaretaĝaj domoj similis al modernaj hoteloj aŭ al imponaj blankaj transoceanaj ŝipoj.

En la kortoj estis basenoj, ĝardenoj kun ekzotikaj floroj kaj arboj. Iuj bariloj de la kortoj estis feraj, aliaj – ŝtonaj. Ne povis ŝtelistoj eniri en la domojn. Videblis kameraoj kaj certe estis hundoj kaj pordistoj. Ja, la riĉuloj sciis kiel protekti sin, meditis Safirov. Tamen oni murdis Plamen Filov. La tragedioj venas neatendite. Ĉio okazas nur dum momento. Subite ĉio finiĝas: celoj, planoj, projektoj··· Streboj al luksaj domoj, multekostaj aŭtoj, agrabla kaj senzorga vivo, potenco. Plamen Filov certe eĉ ne supozis, ke lia vivo finiĝos en la propra aŭto sur flanka vojo, kiu gvidas al la eta vilaĝo Vetren. Li veturis al la ĉefurbo, sed oni trovis lian aŭton sur la vojo al Vetren. Kio okazis?

나중에 플라멘 필로브는 자신의 식당 지분을 스테판 람보브에게 팔았고 이제 스테판만이 식당의 주인이다.

오늘 아침 사피로브는 플라멘 필로브의 집에 가서 부인 플로라에게 남편이 살해당했음을 알려야 한다.

차를 타고 필로브 가족의 집이 있는 '라주로' 지역으로 갔다. 그곳은 새로운 부자 지역으로, 주택과 넓은 안뜰, 현대적인 호텔이나 멋진 흰색 유람선을 닮은 3층, 4층 집이 있다.

안뜰에는 연못, 이국적인 꽃과 나무로 이루어진 정원이 있다. 안뜰의 일부 울타리는 철로 만들어졌고 다른 울타리는 돌로 만들어졌다.

도둑이 집에 들어갈 수 없다.

감시카메라가 보였고 확실히 개와 경비원이 있다.

'실제로 부자는 자신을 보호하는 방법을 알고 있다'라고 사피로브는 생각했다.

그러나 플라멘 필로브는 살해되었다.

전혀 예상하지 않게 비극은 온다.

모든 일이 오직 잠깐에 일어난다. 갑자기 목표, 계획, 고급 주택에 대한 노력, 값비싼 자동차, 쾌적하고 평온한 삶, 권력과 같은 사업, 이 모든 것이 끝난다. 플라멘 필로브는 자신의 삶이 베트렌이라는 작은 마을로 이어지는 샛길에 있는 차 안에서 끝날 것이라고 확실히 생각조차 하지 않았다. 수도로 가고 있었는데 왜 차는 베트렌으로 가는 길에서 발견되었는가? 어떻게 된 일인가?

Ĉu li mem veturigis la aŭton tien aŭ la murdisto, kiu pafmurdis lin? Al tiuj ĉi demandoj Safirov ankoraŭ ne povis respondi. Li haltigis sian aŭton antaŭ la domo de Plamen Filov. La barilo estis ŝtona kun granda masiva ligna pordo. Pro la barilo oni ne povis vidi la korton kaj la domon. Safirov sonoris ĉe la pordo kaj atendis. Estis kamerao kaj sendube nun iu atente observis lin. Post minuto li aŭdis voĉon:

-Komisaro Safirov, bonan tagon.

La pordo malfermiĝis kaj Safirov eniris la korton. Li ekiris sur asfaltan aleon al la domo. Kiel li supozis, la korto estis tre vasta kun multaj arboj kaj floroj. Verŝajne la dommastroj havis ĝardeniston, kiu zorgis pri la arboj kaj la belaj floroj, kiuj estis arte ordigitaj en la bedoj, supozis Safirov. En la centro de la korto estis fontano kaj en la baseno – lilioj kaj kelkaj fiŝetoj.

Safirov suriris marmoran ŝtuparon. Antaŭ la pordo de la domo atendis lin junulo. La komisaro alrigardis lin kaj surpriziĝis.

-Stavris, kial vi estas ĉi tie? – demandis li.

-Mi estas gardisto de familio Filov – respondis Stavris.

-Gardisto? – ne komprenis Safirov. – De kiu aŭ de kio vi gardas ilin?

그곳으로 직접 차를 운전했는가 아니면 총을 쏜 살인자
가 했는가?
이 질문에 사피로브는 여전히 대답할 수 없었다.
플라멘 필로브의 집 앞에 차를 세웠다.
울타리는 커다란 나무문이 달린 돌로 되어 있다.
울타리 때문에 안뜰과 집을 볼 수 없었다.
사피로브는 초인종을 누르고 문 앞에서 기다렸다.
카메라가 있었고 확실히 지금 누군가 열심히 바라보았
다. 잠시 후 음성을 들었다.
"사피로브 수사관님, 안녕하세요."
문이 열리고 사피로브가 안뜰로 들어갔다. 집으로 가는
보도 위로 걸어갔다. 짐작했던 대로 안뜰은 많은 나무와
꽃으로 매우 넓었다. '아마 집주인은 화단에 예술적으로
배열된 아름다운 꽃들과 나무를 돌보는 정원사를 두고
있다'라고 사피로브는 짐작했다. 안뜰 중앙에는 분수가
있었고 연못에는 백합과 작은 물고기 몇 마리가 있다.
사피로브는 대리석 계단을 올라갔다. 집의 문 앞에서 한
젊은이가 기다리고 있었다. 수사관은 젊은이를 보고 깜
짝 놀랐다.
"스타브리스, 왜 여기 있나요?" 하고 물었다.
"저는 필로브 씨 가족의 경호원입니다." 스타브리스가
대답했다.
"경호원?" 사피로브는 이해하지 못했다.
"누구에게서 또는 무엇에게서 그들을 지켜요?"

–Tuj vi ekscios – diris Stavris.

Safirov bone konis Stavris. La komisaro sciis, ke la ĉefa okupo de Stavris estas korpogardisto. Antaŭ jaro Stavris estis gardisto de la politikisto Kiskinov, kiun oni pafmurdis. Tiam Safirov esploris la kialojn pri la murdo, sed bedaŭrinde post la longdaŭraj streboj oni ne trovis la murdiston. Safirov bone sciis, ke kiam la murdo estis pro politikaj kialoj, oni malfacile trovas la murdiston. Kutime oni scias, kiu ordonis la murdon, tamen mankas pruvoj kaj post iom da tempo la murdisto same estas murdita.

–Ĉu sinjorino Flora Filova estas hejme? – demandis Safirov.

–Jes, ŝi atendas vin – respondis Stavris.

Ambaŭ eniris la vestiblon kaj de tie en vastan salonon, kie estis Flora.

–Bonan tagon, sinjoro komisaro, – diris Flora, kiam Safirov ekstaris antaŭ ŝi.

–Bonan tagon, – salutis Safirov – malgraŭ ke por ni ĉiuj la hodiaŭa tago tute ne estas bona.

La tuta figuro de Flora havis funebran aspekton. Certe ŝi jam sciis pri la forpaso de Plamen. Ŝia longa robo estis nigra kaj kontrastis al ŝia vizaĝo, blanka kiel marmoro.

"곧 알게 될 겁니다." 스타브리스가 말했다.

사피로브는 스타브리스를 잘 알고 있었다.

수사관은 스타브리스의 주요 업무가 경호임을 안다.

1년 전 스타브리스는 총에 맞아 죽은 정치인 **키스키노브**의 경호원이었다.

그때 사피로브는 살인 이유를 조사했지만, 불행히도 오랜 노력을 기울였어도 살인자는 발견되지 않았다.

사피로브는 살인이 정치적 이유일 때 살인자를 찾기 어렵다는 것을 잘 안다.

일반적으로 누가 살인을 명령했는지는 알려져 있다.

하지만 증거가 없고 얼마 뒤 살인자도 살해당했다.

"플로라 필로브 여사는 집에 계십니까?"

사피로브가 물었다.

"예, 기다리고 계십니다."라고 스타브리스가 대답했다.

둘 다 현관으로 들어갔고 거기에서 넓은 거실에 플로라가 있다.

"안녕하세요, 수사관님." 플로라는 사피로브가 앞에 섰을 때 말했다.

사피로브는 "안녕하십니까. 우리 모두를 위해 오늘은 전혀 좋지 않습니다만."하고 말했다.

플로라의 모습 전체가 장례식같이 슬퍼 보였다.

확실히 이미 플라멘의 죽음을 알고 있었다.

긴 드레스는 대리석처럼 하얀 얼굴과 대조를 이루는 검은 색이었다.

Ŝiaj ĉarmaj markoloraj okuloj plenplenis da larmoj.

Safirov deziris diri siajn kondolencojn, sed Flora tuj ekparolis:

-Mi scias kion vi diros al mi, sinjoro komisaro.

-Mi ege bedaŭras···

-Kie vi trovis lin? - demandis mallaŭte Flora.

-En la aŭto sur la vojo al vilaĝo Vetren.

-Mi eĉ ne scias, kie troviĝas tiu ĉi vilaĝo - diris ŝi.

-Je tridek kilometroj de Burgo, proksime al la ĉefvojo al la ĉefurbo.

-Kial Plamen veturis al tiu ĉi vilaĝo?

-Li ekveturis al la ĉefurbo, sed verŝajne iu poste veturigis la aŭton tien - klarigis Safirov.

-Terure! Mi ne povas spiri - kaj Flora amare ekploris.

Safirov silentis kelkajn minutojn kaj poste malrapide ekparolis:

-Ĉu Plamen havis malamikojn? Ĉu iu minacis lin?

Flora levis sian kapon kaj alrigardis lin. Per malgranda blanka poŝtuko ŝi viŝis la varmajn larmojn, kiuj fluis sur ŝian glatan palan vizaĝon.

-Kiam vi venis al mi la 26-an de majo por diri, ke Plamen malaperis, ŝajne ne ĉion vi diris al mi. Vi certe kaŝis iun fakton, ion, kio okazis kaj forte maltrankviligis vin.

매력 있는 바다 빛 눈동자는 눈물로 가득 찼다.

사피로브는 애도를 표명하고 싶었지만, 플로라는 즉시 말했다.

"내게 무슨 말을 할 것인지 알아요, 수사관님."

"크게 유감입니다."

"어디서 찾았어요?" 플로라가 조용히 물었다.

"베트렌 마을로 가는 길의 차 안에서."

"저는 그 마을이 어디에 있는지조차 몰라요."하고 부인이 말했다.

"부르고 시에서 30km이고, 수도로 가는 주요 도로에서 가깝습니다."

"남편은 왜 그 마을로 갔을까요?"

"남편은 수도로 갔지만 아마도 나중에 누군가 그곳으로 차를 운전했습니다." 사피로브는 설명했다.

"무서워요! 숨을 쉴 수 없어요."

그리고 플로라는 몹시 울었다.

사피로브는 몇 분 동안 침묵했다가 천천히 말했다.

"남편에게 적이 있었습니까? 누가 협박했습니까?"

플로라는 고개를 들고 바라보았다.

작고 하얀 손수건으로 매끄럽고 창백한 얼굴에서 흘러내린 따뜻한 눈물을 닦았다.

"부인이 5월 26일에 오셔서 플라멘이 사라졌다고 말할 때, 분명히 모든 것을 말한 것이 아닙니다. 확실히 무슨 일이 일어났고 크게 걱정하는 어떤 사실을 숨겼습니다.

Tion mi rimarkis en via konduto, en via rigardo – diris Safirov.

–Jes – ekflustris Flora. – Mi ne diris al vi ion gravan. La 20-an de majo ni ricevis anoniman minacan leteron.

–Ĉu?

–Oni postulis de ni monon! – denove ekploris Flora. – Jen la letero – kaj ŝi donis al Safirov la koverton kun la letero.

Li prenis ĝin, atente trarigardis la koverton, elprenis la leteron kaj komencis malrapide voĉe legi ĝin.

–Redonu tion, kion vi akaparis aŭ donu al ni 100 000 eŭrojn. Ni telefonos al vi kie kaj kiel vi donos al ni la monon! Ne informu la policon! Ne forgesu – vi havas infanojn!

–Vi devis tuj informi nin – diris iom severe Safirov.

–Plamen timiĝis, ke la krimuloj forkaptos iun el niaj infanoj. Li decidis doni la monon.

–Ĉu vi havas tiom da mono? – demandis Safirov.

–Ne – respondis Flora. - Tial la 23-an de majo li ekveturis al la ĉefurbo por pruntepreni monon de sia amiko Bojan Kalev.

–Klare – diris Safirov.

– Ĉu de la 20-a de majo iu telefonis al vi?

그것을 행동, 표정에서 알아차렸습니다."

사피로브가 말했다.

"그래요." 플로라가 속삭였다. "나는 수사관님께 무언가 중요한 것을 말하지 않았어요. 5월 20일, 우리는 모르는 협박 편지를 받았어요."

"정말입니까?"

"우리는 돈을 요구받았어요!" 다시 플로라가 울었다.

"여기 편지가 있어요." 그리고 편지가 담긴 봉투를 사피로브에게 주었다.

그것을 집어 봉투를 자세히 살펴보고 편지를 꺼내 천천히 큰 소리로 읽기 시작했다.

'당신이 취한 것을 돌려주거나 우리에게 100,000유로를 내시오. 당신이 돈을 어디에서 어떻게 우리에게 줄 것인지 전화할 것이오. 경찰에 알리지 마시오! 잊지 마시오. 당신은 자녀가 있소!'

"부인은 우리에게 즉시 말해야 했습니다."

사피로브가 다소 엄하게 말했다.

"플라멘은 범죄자들이 우리 자녀 중 한 명을 납치할까봐 두려웠어요. 돈을 주기로 했어요."

"돈이 그렇게 많습니까?" 사피로브가 물었다.

"아니요." 플로라가 대답했다. "그래서 5월 23일에 지점장 친구에게서 돈을 빌리기 위해 수도로 출발했어요."

"분명합니다." 사피로브가 말했다.

"5월 20일에 누가 전화했습니까?"

-Oni eble telefonis al Plamen.

-Kion vi opinias, kiu skribis la leteron? - demandis Safirov.

-Mi ne scias - respondis mallaŭte Flora.

-Kial ĝuste nun? Antaŭe vi ne ricevis similajn leterojn, ĉu ne?

-Ni supozis, ke la kialo estas la parcelo, kiun Plamen aĉetis antaŭ monato - diris Flora.

-Kia parcelo?

-Plamen aĉetis parcelon ĉe la mara parko por konstrui tie hotelon. Aliaj same deziris aĉeti ĉi parcelon, sed la Urba Konsilio decidis vendi ĝin al Plamen.

-Ni kontrolos tion - certigis ŝin li. - Nun mi komprenas kial vi dungis korpogardiston.

-Mi ege timiĝas pri la infanoj - ekploris denove Flora.

-La police gardos vin - provis trankviligi ŝin Safirov. - Stavris, - Safirov alrigardis la gardiston, kiu silente staris ĉe Flora - daŭrigu zorgi pri la infanoj. Se oni telefonos al vi aŭ se vi rimarkos ion, tuj sciigu nin.

-Jes, sinjoro komisaro - diris Stavris.

-Kiam ni prenu la korpon? - demandis Flora.

-Mi telefonos al vi. Estu tre singardaj, vi kaj viaj infanoj.

"아마 남편에게 전화했을 거예요."

"누가 편지를 썼다고 생각하십니까?" 사피로브가 물었다. "모르겠어요." 플로라가 조그맣게 대답했다.

"왜 지금입니까? 이전에 비슷한 편지를 받지 않았습니다. 그렇지 않습니까?"

"이유는 남편이 한 달 전에 산 땅이라고 짐작했어요." 플로라가 말했다.

"어떤 땅입니까?"

"남편은 해양 공원 가까이에 거기 호텔을 짓기 위해 땅을 샀어요. 다른 사람들도 똑같이 그 땅을 사고 싶었지만, 시의회는 그것을 남편에게 팔기로 했어요."

"확인해 보겠습니다." 사피로브가 플로라를 안심시켰다.

"지금 왜 경호원을 고용했는지 이해됩니다."

"나는 아이들 때문에 걱정이 돼요."

플로라가 다시 울기 시작했다.

"경찰이 안전하게 지켜줄 겁니다."

사피로브는 부인을 안심시키려고 노력했다.

"스타브리스." 사피로브는 조용히 플로라 옆에 서 있는 경호원을 보았다.

"아이들을 계속 돌봐주시오. 누가 전화하거나 무언가를 알게 되면 즉시 알려주시오."

"예, 수사관님." 스타브리스가 말했다.

"시체는 언제 가져가야 하나요?" 플로라가 물었다.

"전화하겠습니다. 부인과 자녀들 몸조심하십시오."

-Dankon, sinjoro komisaro.

-Ĝis revido.

Safirov foriris. Flora kaj Stavris restis en la salono.

-Kion mi faros? – ekflustris Flora. – Mi tute ne povos okupiĝi kaj zorgi pri la firmao.

-Vi ne devas okupiĝi – provis trankviligi ŝin Stavris. – La estroj de la vinfabriko, de la vendejoj, de la hoteloj daŭrigos la laboron. Vi nur kontrolos ilin.

-Estas tre facile tiel diri.

-Tamen se al vi estas malfacile zorgi pri la vinfabriko, pri la vendejoj kaj hoteloj, vi povus vendi ilin. Tiam vi havos monon kaj ne havos zorgojn – proponis Stavris.

-Havi monon kaj ne havi zorgojn. Estus tre bone, sed vi vidis, ke pro mono oni murdis Plamen. La mono estas la plej granda zorgo.

-Tion mi ne komprenas – diris Stavris kaj alrigardis Floran.

– Se oni vere deziris 100 000 eŭrojn, kial oni murdis Plamen? Nun li certe ne donos al ili la monon, ĉar li ne plu vivas.

-Vi rezonas logike. Plamen ne plu vivas, sed mi vivas kaj nun ili postulos de mi la monon aŭ ili igos min vendi al ili la parcelon ĉe la mara parko. Certe ili igos min formale vendi ĝin kaj ili ne pagos al mi.

"감사합니다, 수사관님."

"안녕히 계십시오."

사피로브는 떠났다.

플로라와 스타브리스는 거실에 남아 있다.

"어쩌죠?" 플로라가 속삭였다.

"나는 전혀 일할 수 없고 자녀를 돌볼 수도 없어요."

"일해야만 하는 것은 아닙니다." 스타브리스는 안심시키려고 노력했다.

"포도주 양조장, 상점, 호텔의 책임자는 계속 일할 것입니다. 사모님은 다만 관리만 하시면 됩니다."

"그렇게 말하기는 매우 쉽죠."

"하지만 포도주 양조장, 상점, 호텔 관리가 힘들다면 팔수 있습니다. 그럼 돈을 가지시고 걱정은 없을 것입니다." 스타브리스가 제안했다.

"돈이 있고 걱정은 없다. 그거 좋겠지만 남편이 돈 때문에 살해당하는 걸 봤잖아요. 돈이 가장 큰 걱정이예요."

"이해가 안 됩니다." 스타브리스가 플로라를 올려다보며 말했다. "정말 10만 유로를 원했다면 왜 사장님을 죽였습니까? 이제 더 살아있지 않기 때문에 확실히 그들에게 돈을 주지 않을 것입니다."

"논리적으로 추론하네요. 남편은 더 살아있지 않지만 나는 살아있어요. 이제 그들은 나에게 돈을 요구하거나 해양 공원의 땅을 판매하게 할 거예요. 확실히 그들은 내가 공식적으로 팔게 하고 돈은 지급하지 않겠지요.

Kiam ni ricevis la leteron, mi diris al Plamen tuj anonci, ke li vendos la parcelon, sed Plamen ne konsentis kaj jen la rezulto – Flora denove ekploris, nun pli forte kaj ŝiaj ŝultroj komencis skuiĝi.

–Ne ploru – diris Stavris. – Mi estos ĉi tie.

–Ĉu vi povus dum iom da tempo loĝi ĉi tie. Mi kaj la infanoj estos pli trankvilaj – demandis Flora.

Stavris ne respondis tuj. Dum unu minuto aŭ dum du minutoj li silentis kaj poste malrapide diris:

–Jes. Mi loĝos ĉi tie kaj mi zorgos pri via sekureco.

–Dankon – diris Flora. – Sur la dua etaĝo estas ĉambro, en kiu vi loĝos.

–Mi iros hejmen preni iujn miajn aĵojn, vestojn. Mi iros en la lernejon por atendi la infanojn post la fino de la lernohoroj kaj mi veturigos ilin ĉi tien – diris li kaj eliris.

Ekregis tomba silento. La tago estis suna, sed al Flora ĝi aspektis malluma. Ŝi ankoraŭ ne kredis, ke Plamen mortis. Ŝajnis al ŝi, ke baldaŭ li revenos, malfermos la pordon kaj kiel ĉiam demandos ŝin: "Kiel vi fartas kaj ĉu hodiaŭ vi havis multe da laboro en la apoteko?"

Flora provis rememori kiom da jaroj ŝi kaj Plamen estis geedzoj. Ĉu dek sep aŭ dek ok? Jes, dek ok.

우리가 편지를 받았을 때 저는 남편에게 즉시 팔 것이라고 발표하라고 했지만, 남편은 동의하지 않아 결과가 이렇게 되었어요." 플로라가 다시 울기 시작했다.

지금은 더 세지고 어깨까지 흔들리기 시작했다.

"울지 마십시오." 스타브리스가 말했다.

"제가 여기 있겠습니다."

"잠시 여기서 지낼 수 있나요?

나와 아이들이 더 안심할 거예요." 플로라가 물었다.

스타브리스는 즉시 대답하지 않았다.

1~2분 동안 침묵하다가 천천히 말했다.

"예. 여기서 지낼 것이며 안전하게 돌보겠습니다."

"고마워요." 플로라가 말했다.

"2층에 방이 있으니 거기서 지내세요."

"제 물건과 옷을 가지러 집에 가겠습니다.

아이들을 기다리러 학교에 가서 학교수업이 끝나면 여기로 데려오겠습니다." 말하고 스타브리스는 나갔다.

심각한 침묵이 흘렀다.

날은 화창했지만, 플로라에게는 어두워 보였다.

여전히 남편이 죽었다고 믿어지지 않았다.

곧 돌아와서 문을 열고 언제나처럼 물을 듯이 보였다.

"오늘 어떠세요? 약국에서 일은 많았나요?"

플로라는 얼마나 오래 결혼 생활했는지 기억하려고 했다. 십칠 년 또는 십팔 년? 맞아, 십팔 년이다.

Flora estis ankoraŭ studentino, kiam antaŭ dek ok jaroj kun Gabriela, ŝia amikino, venis somerumi en Burgo. Estis mirinda, neforgesebla somero. Ili luis ĉambron en hotelo "Astro", ne tre multekosta, proksime al la plaĝo. La hotelo ankoraŭ ekzistas, sur strato "Moleo", sed jam ĝi aspektas malnova kun arkitekturo de la pasinta jarcento kaj malofte oni luas ĉambrojn en ĝi. Antaŭ jaroj, dum la someroj, en "Astro" venis multaj gejunuloj kaj la hotela restoracio ĉiam plenplenis je homoj.

Tiam ĉiun matenon Flora kaj Gabriela iris al la plaĝo kaj kutime ili sidis proksime al kafejo "Koralo". Tie ili konatiĝis kun Plamen, la juna savanto sur la plaĝo. Alta kun muskolaj brakoj, li similis al heroo de romantika filmo. La somerumo de Flora kaj Gabriela en Burgo daŭris nur dek tagojn, sed kiam Flora revenis en la ĉefurbon, ŝi komencis skribi leterojn al Plamen, al kiuj li diligente respondis. La sekvan someron Flora denove venis en Burgon kaj tiam Plamen kaj ŝi decidis geedziĝi.

Post la fino de la studado Flora ekloĝis kun Plamen en Burgo. Unue naskiĝis Dan, poste Nina, poste Lina. Plamen ne studis en universitato, li finis nur gimnazion, sed evidentiĝis, ke li estas sperta negocisto.

18년 전에 친구인 가브리엘라와 함께 부르고 시에서 여름을 보내러 왔을 때 플로라는 아직 학생이었다.

근사하고 잊을 수 없는 여름이었다.

그들은 해변 근처의 그렇게 비싸지 않은 호텔 '**아스트로**' 의 방을 빌렸다.

호텔은 여전히 '**몰레오**'거리에 있지만 이미 지난 세기의 건축물로 낡아 보여 객실은 거의 임대되지 않았다.

몇 년 전, 여름에는 많은 젊은이가 호텔 '아스트로'에 왔다. 식당은 항상 사람들로 가득했다.

그때 매일 아침 플로라와 가브리엘라는 해변으로 갔다.

보통 그들은 '**산호**'찻집 근처에 앉았다.

거기서 그들은 해변의 젊은 구조대원 플라멘을 알게 되었다. 키가 크고 근육질의 팔을 가져 로맨틱 영화의 주인공처럼 보였다.

부르고에서 플로라와 **가브리엘라**의 여름나기는 단지 10일간밖에 지속하지 않았지만, 플로라가 수도로 돌아와서 플라멘에게 편지를 쓰기 시작했고 플라멘도 부지런히 답장했다.

다음 여름 플로라는 부르고에 다시 왔고, 플라멘과 결혼하기로 했다.

공부를 마친 뒤 플로라는 플라멘과 함께 부르고에서 살았다. 먼저 단이 태어났고, 니나, 그리고 리나가 태어났다. 플라멘은 대학에서 공부하지 않고 고등학교만 마쳤지만, 경험 많은 사업가임이 분명했다.

Kiam li kaj Stefan aĉetis la restoracion "Mirakla Planedo", dank' al Plamen la restoracio rapide iĝis profita. Poste Plamen vendis sian parton de la restoracio al Stefan kaj aĉetis vendejojn, establis vinfabrikon, konstruis du hotelojn en la ripozejo Sapfira Golfo.

Nun Flora demandis sin ĉu ŝi bone konis Plamen? Ĉu por Plamen plej gravis la mono? Kio logis lin? Verŝajne la modernaj aŭtoj, kiujn li ofte ŝanĝis. Ĉu li amis Floran? Nun amare Flora konstatis, ke Plamen neniam diris al ŝi: "Mi amas vin." Aŭ ĉu li amis iun en sia vivo? Plamen estis kara al Flora, al la infanoj. Li ne estis egoisto, avarulo. Li perlaboris monon kaj malavare elspezis ĝin. Pro tio ne estis ŝparita mono. Li devis veturi al la ĉefurbo por pruntepreni monon.

Plamen zorge kaŝis siajn sentojn. Li kvazaŭ hontis montri kio plaĉas, kio malplaĉas al li. Flora bone sciis, ke multaj familioj edukas la infanojn kaŝi siajn sentojn, ne fidi je la homoj. Plamen naskiĝis kaj kreskis en malriĉa familio. Liaj gepatroj ne estis tre kleraj kaj ne havis grandajn ambiciojn. La patro estis laboristo en fabriko pri mebloj kaj la patrino – vendistino en legomvendejo. Iliaj salajroj estis malgrandaj, tial Plamen revis esti riĉa, havi multe da mono kaj vivi lukse.

플라멘과 스테판이 '기적의 행성' 식당을 샀을 때 플라멘 덕분에 식당은 빠르게 수익을 올렸다. 나중에 플라멘은 식당의 자기 몫을 스테판에게 팔고 상점을 사고 포도주 양조장을 설립하고 휴양지 사파이어만에 2개의 호텔을 지었다.

지금 플로라는 남편을 잘 알고 있었는지 궁금했다. 남편 에게는 돈이 가장 중요했나? 무엇이 남편을 매료시켰나? 아마 자주 바꾼 현대식 자동차? 아내를 사랑했나?

지금 플로라는 마음 아프지만, 남편이 자기에게 '사랑해 당신.'이라고 한 번도 말한 적이 없다고 믿었다. 아니면 인생에서 누군가를 사랑했을까? 남편은 아내와 아이들을 사랑했다. 이기적이거나 욕심 많지 않았다. 돈을 벌어 아 낌없이 썼다. 그러므로 돈이 모이지 않았다. 돈을 빌리기 위해 수도로 가야만 했다.

남편은 조심스럽게 감정을 숨겼다. 기쁘게 하는 것과 불 쾌하게 하는 것을 보여주기가 부끄러워 보였다. 플로라 는 많은 가족이 아이들에게 사람들을 믿지 않고 감정을 숨기도록 교육하는 것을 잘 알았다. 남편은 가난한 가정 에서 태어나고 자랐다. 부모는 교육을 잘 받지 못했고 큰 야망도 없었다. 아버지는 가구 공장 노동자며 어머니 는 청과물 상인의 판매원이었다. 급여는 적었으므로 플 라멘은 부자가 되어 돈이 많고 사치스럽게 사는 꿈을 꾸 었다.

Al tio li strebis. Nun Flora amare konstatis, ke la vivo de Plamen estis luksa, sed griza kaj enua.

Tre malofte Plamen konfesis al Flora pri kio li meditas, kion li planas aŭ kio maltrankviligas aŭ kolerigas lin. Kiam li ricevis la minacan leteron ne eblis kompreni ĉu li timis aŭ koleriĝis. Li decidis doni la monon. Verŝajne li certis, ke poste facile li perlaboros tiom da mono. Ja, de la vinfabriko, de la hoteloj, de la vendejoj venis mono.

Kia estis Plamen? Ĉu afabla, kara, ĉu sincera aŭ malsincera, ĉu saĝa aŭ nur vivsperta? Ĉu li konis tiujn, kiuj ĉantaĝis lin aŭ ĉu li konjektis kiuj ili estas?

Nun Flora restis sola en la vivo kaj ŝi devis alkutimiĝi vivi sen Plamen. Ŝi havis gravan respondecon: helpi, zorgi kaj vivteni tri gefilojn.

Ŝi alrigardis la horloĝon. Baldaŭ estos tagmezo. Eble Stavris jam estas antaŭ la lernejo por atendi la infanojn. Flora ekstaris de la seĝo. Laca, ĉagrenita, ŝi devas esti forta. La infanoj bezonas ŝin. Nun ŝi estas kaj patrino, kaj patro.

거기에 힘을 쏟았다. 이제 플로라는 남편의 삶이 고급스럽지만, 회색이고 지루했다고 안타깝지만 확신했다.

남편은 생각하고 있는 것이나 무엇을 계획하고 있는지 또는 무엇을 걱정하거나 화를 내는지 플로라에게 고백하는 경우는 거의 없었다. 협박 편지를 받았을 때 두려워했는지 또는 화났는지 알 수 없었다. 돈을 주기로 했다. 분명히 나중에 쉽게 많은 돈을 벌 것이라고 확신했다. 실제로, 포도주 양조장, 호텔, 상점에서 돈이 나오고 있었다.

플라멘은 어떤 사람인가? 친절한, 사랑 많은, 성실한 아니면 불성실한, 현명하거나 삶의 전문가일까? 협박한 사람들을 알고 있었을까 아니면 그들이 누군지 추측했을까?

이제 플로라는 인생에서 혼자 남겨졌고 남편 없이 사는 것에 익숙해 져야 했다. 세 자녀를 돕고 돌보고 지킬 중요한 책임이 있다.

시계를 보았다. 곧 정오가 될 것이다. 아마도 스타브리스는 이미 아이들을 기다리기 위해 학교 앞에 있을 것이다. 플로라는 의자에서 일어났다. 피곤하고 마음 아프지만 강해야 한다. 아이들은 어머니가 필요하다. 이제 플로라는 어머니이자 아버지이다.

13. La 29-an de majo, matene

Estis unu el tiuj agrablaj trankvilaj matenoj, kiam la homoj deziras iri el la domoj, promeni en la parkoj, sur la monto, ĝui la freŝan aeron, la silenton aŭ kontempladi la profundan bluan ĉielon.

Kalojan Safirov ege ŝatis tiujn ĉi trankvilajn majajn matenojn. Kutime li frue iris el la hejmo kaj ekis al la mara bordo. La strando de Burgo silentis kaj dezertis. La oreca sablo estis iom humida pro la matena roso. Safirov eligis siajn ŝuojn, ŝtrumpetojn, iom faldis la randojn de la pantalono kaj ekiris nudpieda sur la bordo. La kvietaj friskaj ondoj karesis liajn piedojn. La maro, simila al blua tolo, vastiĝis ĝis la horizonto. Tie, fore, videblis kelkaj fiŝkaptistaj boatoj. Fiŝkaptistoj frue ekis fiŝkaptadi. Super la ondoj tremis matena nebulo, blua, travidebla kiel silka kurteno. Oriente la horizonto komencis iĝi

oranĝa kaj malrapide majeste el la maro elnaĝis la ruĝa disko de la suno, simila al grandega kupra monero.

Safirov malrapide paŝis sur la malseka sablo kaj meditis pri la murdo de Plamen Filov. Dum la jaroj li esploris plurajn murdojn.

13장. 5월 29일 아침 사피로브 수사관

쾌적하고 조용한 아침 중 하나였다.
사람들은 집을 나와 공원을 걷고 산 위에서 신선한 공기, 고요함을 즐기거나 깊고 푸른 하늘을 오래도록 쳐다보고 싶어 한다.
칼로얀 사피로브는 이 조용한 5월 아침을 정말 좋아했다. 보통 일찍 집을 나와 바닷가로 갔다.
부르고의 해변은 조용하고 황량했다.
황금빛 모래는 아침 이슬로 인해 약간 축축해졌다.
사피로브는 신과 양말을 벗고 바지 가장자리를 약간 접어 맨발로 해안으로 갔다.
조용하고 시원한 파도가 발을 어루만진다.
파란색 캔버스를 닮은 바다가 수평선으로 확장되었다.
저 멀리에는 어선 몇 척이 있었다.
어부들은 일찍 낚시를 시작했다.
파도 위에 파랗고 비단 커튼처럼 투명한 아침 안개가 떨렸다.
동쪽으로 수평선이 주황색으로 바뀌기 시작하고 거대한 구리 동전을 닮은 해의 빨간색 원반이 바다에서 천천히 위엄있게 헤엄쳤다.
사피로브는 젖은 모래 위를 천천히 걸으며 플라멘 필로브의 죽음에 대해 깊이 생각했다.
수년에 걸쳐 여러 살인사건을 조사했다.

Oni murdis pro mono, pro konkurenco, pro ĵaluzo. Estis kelkaj politikaj murdoj. Tamen la kialo pri la murdo de Plamen Filov ne estis tre klara. Oni sendis al li minacan leteron kaj postulis de li 100 000 eŭrojn, sed tute ne estis logike, ke tiuj, kiuj postulis la monon, murdis lin. Ja, la mortinta Plamen Filov ne povas doni al ili la monon.

Iuj deziris havi la parcelon, kiun Plamen aĉetis kaj planis tie konstrui hotelon. Bone. Iu deziris la parcelon. Ĉu li provis devigi Plamen vendi al li la parcelon kaj ĉu li murdis lin, ĉar Plamen ne konsentis?

Ĉu Plamen havis politikajn malamikojn? Li membris en la Liberala Partio kaj tial li estis ano de la Urba Konsilio. Safirov tre bone sciis, ke sen partia protekto neniu sukcesas fari politikan karieron kaj iĝi riĉa. La Liberala Partio havis la plimulton en la parlamento. La ĉefministro kaj ĉiuj ministroj estis anoj de la LIberala Partio. Verŝajne Plamen Filov bone uzis tion. Kiel membro de la Liberala Partio li partoprenis en multaj aŭkcioj, gajnis ilin kaj dank' al tio bone riĉiĝis.

En la urbo estis bandoj, kiuj batalis unu kontraŭ la alia kaj strebis al hegemonio. Tiuj ĉi bandoj posedis kazinojn, distribuis narkotaĵojn, okupiĝis pri neleĝa negoco kaj protektis la prostituadon en la urbo.

돈, 경쟁, 질투 때문에 살해당했다.

몇 번 정치적 암살이 있었다.

그러나 플라멘 필로브 살인의 이유는 그다지 명확하지 않았다.

협박 편지를 보내 10만 유로를 요구했지만, 돈을 요구한 사람이 살해했다는 것은 전혀 논리가 맞지 않는다.

그래, 죽은 플라멘 필로브는 그들에게 돈을 줄 수 없다.

일부는 플라멘이 매입해 거기에 호텔을 지을 계획인 땅을 갖기 원했다.

좋아. 누군가 땅을 원했다.

플라멘에게 땅을 팔도록 강요하려 했고 동의하지 않으니까 죽였는가?

플라멘에게 정치적 적이 있었는가?

자유당 당원이고 시의회 의원이었다.

사피로브는 정당 보호 없이는 아무도 정치 경력을 만들어 부자가 될 수 없다는 것을 잘 알고 있다.

자유당은 의회에서 다수당이다.

총리와 모든 장관이 자유당의 당원이었다.

아마 플라멘 필로브는 그것을 잘 이용했다.

자유당의 당원으로서 많은 경매에 참여해 이겼고 덕분에 부자가 되었다.

도시에는 서로 싸우고 주도권을 위해 노력하는 갱단이 있었다. 이 갱단은 카지노를 소유했고 마약을 유통하며 불법 사업에 종사하고 도시의 매춘을 보호했다.

Safirov ne kredis, ke Plamen Filov apartenis al iu el tiuj ĉi bandoj. En la urbo okazis interpafadoj kaj estis pafmurditoj. Antaŭ nelonge Safirov esploris murdon en la mara parko. Tie, proksime al la kazino, en la parko, oni pafmurdis Mikon Ganevon, pli konata sub la moknomo Apro. Ganev estris bandon, kiu distribuis narkotaĵojn kaj en la urbo, kaj en la proksimaj maraj ripozejoj. Iu tamen deziris transpreni lian agadon kaj ordonis la pafmurdon. Safirov trovis la murdiston. Estis junulo, preskaŭ knabo. Safirov tamen ne sukcesis aresti tiun, kiu ordonis kaj pagis la pafmurdon. Ne estis sufiĉe da pruvoj. La knabo, kiu pafmurdis Mikon Ganevon, estis Dinko Kronev, lernanto en faklernejo. Oni donis al li pistolon, pagis al li kaj iun nokton, kiam Miko Ganev iris el la kazino, Dinko proksimiĝis al li kaj pafis lin. Miko Ganev tute ne supozis, ke tiu ĉi knabo pafmurdos lin. Ja, Dinko estis lernanto kaj Miko Ganev nur vidis, ke al li proksimiĝas knabo. Post la murdo Dinko forkuris kaj ĵetis la pistolon en la maron. Tamen proksime al la kazino, sur benko, estis gejunuloj, geamantoj, kiuj sidis en la mallumo sub la arboj kaj bone vidis, ke la murdisto estis knabo. Ilia atesto helpis trovi Dinkon, kiu tamen ne diris kiu ordonis al li murdi Mikon Ganevon.

사피로브는 플라멘 필로브가 이 갱단 중 하나에 속한다
고는 믿지 않았다. 도시에서 총격이 있었고 총에 맞아
사람이 죽었다. 사피로브는 최근에 해양 공원에서 발생
한 살인사건을 조사했다. 거기, 카지노 근처 공원에서 별
명 산돼지로 더 잘 알려진 **미코 가네브**가 총에 맞아 죽
었다. 가네브는 도시에서 그리고 인근 해양 휴양지에서
마약을 배포하는 갱단을 이끌었다.

그러나 누군가가 그 사업을 맡아 가지길 원해서 죽이도
록 명령했다. 사피로브는 살인자를 찾았다. 젊었고 거의
어린 남자아이였다. 그러나 사피로브는 살인을 명령하고
돈을 지급한 남자를 체포하지는 못했다. 충분한 증거가
없었다.

미코 가네브를 쏴 죽인 소년은 직업 학교의 학생인 **딩코
크로네브**였다. 권총을 받고 돈도 받고, 어느 날 밤 미코
가네브가 카지노를 떠날 때 딩코는 가까이 다가가 총으
로 쐈다.

미코 가네브는 이 어린아이가 자기를 쏠 것이라고 전혀
짐작하지 않았다. 실제로 딩코는 학생이었고 미코 가네
브는 다가오는 아이만 보았다. 살인 후 딩코는 도망쳐서
권총을 바다에 던졌다.

그러나 카지노 근처 벤치에는 젊은이, 연인들이 나무 아
래 어둠 속에 앉아 살인자가 어린 남자아이인 것을 잘
보았다. 그들의 증언은 누가 미코 가네브를 죽이라고 명
령했는지 말하지 않는 딩코를 찾는 데 도움이 되었다.

La knabo bone sciis, ke se li denuncos la banditon, oni tuj murdos lin.

Certe Plamen Filov ne minacis la negocojn de la banditoj. Tamen ĉio eblas. Ĉu iel Plamen ne estis ligita al iu urba krimgrupo? Nun Safirov devis bone esplori kiujn Filov konis. Ĉu li konfliktis kun iu? Ĉu li havis iajn politikajn ambiciojn kaj ĉu li planis komenci ian politikan karieron? Tio same povis esti kialo pri la murdo.

Politikaj bataloj estis tre kruelaj. La politikistoj zorge gardas siajn politikajn poziciojn kaj ne permesas al iu alia okupi ilin. Ili havas fortan influon al la ekonomio, al la komerco, al la internaciaj rilatoj, kiuj alportas al ili multe da mono. Estas eĉ politikistoj, kiuj protektas la bandojn, kiuj distribuas narkotaĵojn kaj organizas la prostituadon.

En la urbo ĉio ŝajnas trankvila kiel la matena maro, kvieta kun etaj ondoj, sed sub la surfaco estis konfliktoj, kvereloj, malamo, murdoj. Safirov devis profundiĝi en la krimagoj kaj serĉi la murdiston de Plamen Filov. Safirov ĉiam devis esti en la malluma flanko de la vivo, sed dum la dudekkvinjara laboro li konstatis, ke tio estas lia vivdestino.

어린 남자아이는 갱단을 고발하면 즉시 죽임을 당할 것을 잘 알았다.

확실히 플라멘 필로브는 갱단의 거래를 협박하지 않았다. 그러나 무엇이든 가능하다.

어떻게든 플라멘은 어느 도시 범죄 단체와도 묶이지 않았겠지?

이제 사피로브는 필로브가 누구를 알고 있는지 알아 내야 했다. 누구와 충돌했을까? 그는 정치적인 야망이 있었나? 아니면 정치 경력을 시작할 계획이었나? 그것이 마찬가지로 살인의 이유일 수 있다.

정치의 싸움은 매우 잔인했다.

정치인들은 정치적 자리에 관심 가지고 지키고 다른 사람이 차지하도록 놔두지 않는다.

그들은 경제나 무역에 많은 돈을 가져다주는 국제 관계에 큰 영향을 미친다.

마약을 배포하고 매춘을 조직하는 갱단을 보호하는 정치인조차 있다.

도시에는 모든 것이 아침 바다처럼 차분한 것 같고 작은 파도와 함께 조용했지만, 표면 아래에는 갈등, 다툼, 증오, 살인이 있다.

사피로브는 범죄행위를 깊이 살피고 플라멘 필로브의 살인자를 찾아야 한다.

항상 사피로브는 삶의 어두운 면에 있어야 했지만 25년 동안 일하면서 이것이 운명임을 깨달았다.

Ofte li demandis sin mem ĉu li povis esti kuracisto, inĝeniero, piloto, sed ĉiam la respondo estis unu sola – ne. Li certe naskiĝis detektivo. Li havis la talenton esplori kaj malplekti

komplikajn krimagojn. Ne hazarde liaj kolegoj ofte diris, ke li estas la plej bona detektivo en Burgo. Ili konstatis, ke Safirov ne nur logike rezonas, sed li perfekte divenas la pensmanieron de la krimuloj. Li komprenas kiel krimuloj planas krimon, kiel ili agas kaj poste kiel ili provas kaŝi la indicojn. Safirov sciis, ke neniu krimo restas kaŝita. Pli aŭ malpli frue oni malkaŝas ĝin. Vere Safirov havis ankaŭ malsukcesojn. Antaŭ kelkaj jaroj oni murdis posedanton de juvelvendejo. Mankis indicoj, ne estis atestantoj. La juvelisto – murdita, la juveloj – ŝtelitaj. Verŝajne la murdistoj venis el alia urbo. Tre bone ili planis kaj plenumis la krimon. Vane Safirov kaj liaj kolegoj esploris ĉion, sed la krimuloj ne estis trovitaj. Tamen Safirov ne ĉesis mediti pri tiu ĉi krimo. Eble iam li divenos, kiuj estis la murdistoj.

Li rigardis la maron. La fiŝkaptistaj boatoj malrapide proksimiĝis al la bordo kaj en unu el ili la fiŝkaptisto ekstaris kaj vigle salutis Safirovon:

–Bonan matenon, komisaro. Denove frue vi promenas.

자주 자신이 의사, 엔지니어, 조종사가 될 수 있는지 궁금했지만, 항상 대답은 '아니다' 하나뿐이었다.

확실히 형사로 태어났다. 복잡한 범죄행위를 탐구하고 분석할 수 있는 재능이 있었다.

동료들이 자주 '부르고 최고의 형사'라고 말하는 것은 우연이 아니다. 그들은 사피로브가 논리적으로 추론할 뿐만 아니라 범죄자의 사고방식을 완벽하게 추측한다고 믿었다. 사피로브는 범죄자들이 어떻게 범죄를 계획하는지, 어떻게 행동하는지 나중에 어떻게 단서를 숨기려고 하는지 안다.

사피로브는 어떤 범죄도 숨길 수 없다고 믿는다. 조만간 그것은 알려진다. 하지마 사피로브도 실패한 적은 있다. 몇 년 전 보석상 주인이 살해당했다. 단서가 부족하고, 증인도 없었다. 보석상은 살해당했고 보석은 없어졌다. 아마도 살인범은 다른 도시에서 왔을 것이다. 아주 잘 계획하고 범죄를 저질렀다. 고생스럽게 사피로브와 동료들은 모든 것을 조사했다.

그러나 범죄자는 발견되지 않았다. 하지만 사피로브는 이 범죄에 대해 생각을 중단하지 않았다. 언젠가 살인범이 누구인지 알아낼 것이다.

바다를 바라보았다.

어선은 천천히 해안에 접근했고 그들 중 하나인 어부가 일어나 사피로브에게 밝게 인사했다.

"안녕하십니까, 수사관님. 여전히 일찍 산책하시네요."

–Jes – respondis Safirov. – Mi kutimas frue vekiĝi matene.

La fiŝkaptisto, ĉirkaŭ kvindekjara, estis alta kun longaj nigraj liparoj, okuloj kiel plumbograjnoj kaj vizaĝo ĉizita de profundaj sulkoj. Oni tuj povis konstati, ke li pasigas multajn horojn sur la maro, kie la mara sala vento ĉizis lian vizaĝon.

–Ĉu vi deziras fiŝojn, komisaro? – demandis la fiŝkaptisto. – Hodiaŭ mi havis bonŝancon kaj mi kaptis multe da trakturuso. Via edzino fritos la fiŝojn kaj kun biero ili estas tre bongustaj.

–Dankon Petko. Nun mi iras al la policejo kaj ne eblas tien porti fiŝojn.

–Bone, bone – ekridetis la fiŝkaptisto. – Mi nur demandas.

–Eble venontsemajne mi venos al vi kaj mi aĉetos freŝajn fiŝojn – diris Safirov.

–Por vi ĉiam estos freŝaj fiŝoj. Vi scias tion – denove kare ekridetis Petko.

Safirov delonge konis lin. En la urbo multaj konis Petkon, kiu estis sperta fiŝkaptisto, kara kaj afabla, sed lia filo Andrej havis malbonajn amikojn kun kiuj li ofte trinkis kaj faris skandalojn en drinkejoj.

"예"라고 사피로브가 대답했다.

"아침에 일찍 일어나는 데 익숙합니다."

50살 정도의 어부는 키가 크고 길고 검은 콧수염, 나발 같은 눈과 깊은 주름이 새겨진 얼굴을 했다.

바다 소금기 먹은 바람이 주름을 새겨 넣은 거로 보아 바다에서 많은 시간을 보냈음을 즉시 알 수 있다.

"물고기를 찾으십니까, 수사관님?"

어부가 물었다.

"오늘 운이 좋아 전갱어를 많이 잡았어요.

사모님이 생선을 튀긴 뒤 맥주와 함께 드시면 아주 맛있습니다."

"**펫코** 씨. 감사합니다.

지금 경찰서에 가는데 물고기를 가져갈 수 없습니다."

"좋아요, 알겠습니다." 어부가 웃었다.

"나는 단순히 물어본 겁니다."

"어쩌면 다음 주에 와서 신선한 생선을 사게될 겁니다." 라고 사피로브는 말했다.

"항상 신선한 생선이 있습니다. 알다시피."

다시 펫코는 사랑스럽게 웃었다.

사피로브는 펫코를 오랫동안 알고 있었다.

도시에서 많은 사람에게 알려지고 경험 많은 어부 펫코는 사랑스럽고 친절하지만, 아들 **안드레이**는 나쁜 친구를 사귀어 술집에서 자주 마시고 좋지 못한 소문이 떠돌았다.

Kelkfoje la polico arestis Andrejon kaj Petkon venis en la policejon peti Safirovon, ke oni liberigu Andrejon kaj ne punu lin. Safirov helpis Petkon, kiu promesis, ke li serioze riproĉos Andrejon. Safirov ne sciis kio ĝuste okazis inter Petko kaj Andrej, sed post iom da tempo Andrej forlasis siajn malbonajn amikojn kaj eklaboris ĉe la marhaveno kiel dokisto.

–Ĝis revido, Petko – diris Safirov.

–Ĝis revido, komisaro kaj nepre venu por fiŝoj. Ja, vi scias, neniam mi forgesos la komplezon, kiun vi faris al mi.

–Ne mi, sed vi faris komplezon al la polico, ĉar via filo Andrej jam ne plu kaŭzas zorgojn al ni – ekridetis Safirov.

몇 번 경찰이 안드레이를 체포하면 펫코는 사피로브에게 안드레이가 풀려나 벌을 받지 않게 부탁하러 경찰서에 왔다. 사피로브는 안드레이를 따끔하게 꾸짖겠다고 약속하는 펫코를 도와주었다.

사피로브는 펫코와 안드레이 사이에 무슨 일이 있었는지 정확히 모르지만 얼마 지나 안드레이는 나쁜 친구와 헤어져 항구에서 부두 원으로 일했다.

"안녕히 계세요, 펫코 씨." 사피로브가 말했다.

"안녕히 가십시오, 수사관님, 물고기를 구하러 꼭 오세요. 정말로 내게 베푼 친절을 절대 잊지 않겠습니다."

"내가 아니라 선생님이 경찰에 친절을 베푸셨어요. 왜냐하면, 아들 안드레이가 다시는 우리를 걱정하지 않도록 했으니까요."라고 사피로브가 웃었다.

14. La 29-an de majo, matene

Ĉi-matene serĝento Rumen Kolev atendis Safirovon antaŭ lia kabineto. Kiam Safirov venis, li invitis Kolevon enen, sidiĝis ĉe la skribotablo kaj demandis:
-Raportu, Kolev. Kion vi faris?
-Kiel vi ordonis, sinjoro komisaro, mi pretigis liston kun la nomoj de la parencoj, konatoj kaj kunlaborantoj de Plamen Filov.
-Tre bone – diris Safirov kaj prenis la liston.
Silente, malrapide li komencis legi la nomojn:
-Paulina Mineva. Kiu ŝi estas?
-Sekretariino de Filov. En lia oficejo sur strato "Montara Akvofalo" estas kelkaj oficistoj: kontistinoj, programisto, pordisto kaj iuj aliaj.
-Bone, ni devas pridemandi ŝin. Ŝi certe scias ion pli pri Plamen Filov.
Safirov iom meditis kaj poste denove komencis legi la nomojn.
-Emil Vanev.
-Li estas estro de hotelo "Stelo" en la ripozejo "Sapfira Golfo", kie Plamen havas du grandajn hotelojn "Stelo" kaj "Cigno". Laŭ mi ni devas nepre pridemandi lin.

14장. 5월 29일 아침 수사관 사무실

오늘 아침 루멘 콜레브 경사는 사무실 앞에서 사피로브를 기다리고 있었다.
사피로브는 도착해서 콜레브를 안으로 들어가게 한 뒤 책상 옆에 앉아서 물었다.
"보고해봐, 콜레브. 무슨 일을 했지?"
"수사관님, 명령하신 대로 플라멘 필로브 씨의 친척, 지인, 협력자의 이름목록을 준비했습니다."
"아주 좋아." 사피로브가 말하고 목록을 가져갔다.
조용히 천천히 이름을 읽기 시작했다.
"폴리나 미네바. 누구지?"
"필로브 씨의 여비서입니다. '**산맥의 폭포**' 거리에 있는 사무실에는 회계사, 프로그래머, 수위와 다른 직원이 있습니다."
"좋아, 심문해야 해. 확실히 플라멘 필로브 씨에 대해 뭔가 더 알고 있을 거야."
사피로브는 약간 깊이 생각을 한 다음 다시 이름을 읽기 시작했다.
"**에밀 바네브.**"
"플라멘 씨가 사파이어만 휴양지에 2개의 대형 호텔 '**별**'과 '**백조**'를 가지고 있는데
'별' 호텔의 매니저입니다.
심문해야 한다고 생각합니다."

-Do, ni veturos al Sapfira Golfo - diris Safirov. -
Stefan Lambov⋯
-Jes. Stefan Lambov kaj Plamen estis amikoj kaj
samkompanianoj. Ili kune aĉetis la restoracion
"Mirakla Planedo" , sed poste Plamen vendis al
Stefan sian parton de la restoracio - klarigis Kolev.
-Mi scias tion. Ofte mi kaj mia edzino vespermanĝis
en "Mirakla Planedo" . Tie la manĝaĵo estis bongusta.
Antaŭ kelkaj jaroj tie ni festis la naskiĝtagan
datrevenon de Greta, nia filino. Bela festo, sed kiam
Plamen forlasis la restoracion, la manĝaĵo ne plu estis
tiel bongusta kiel antaŭe kaj la priservo - ne tre
bona.
-Mi same konas la "Miraklan Planedon" - diris
Kolev. - Iam ĝi estis la plej bona kaj la plej fama
restoracio en la urbo.
-Ni devas paroli kun Stefan Lambov - diris Safirov. -
Ja, li kaj Plamen estis amikoj.
-Kun li ni facile parolos. Li ĉiam estas en la
restoracio.
Safirov lasis la liston sur la tablo, alrigardis Kolev kaj
ekparolis:
-Hieraŭ, kiam mi estis en la domo de Filov, mi eksciis
ion gravan. Plamen Filov ricevis minacan leteron.

"그러면 우리는 사파이어만으로 가야지."라고 사피로브는 말했다.

"스테판 람보브."

"예. 스테판 람보브 씨와 플라멘 씨는 친구이며 동업자입니다. 그들은 함께 '기적의 행성'을 샀고, 그러나 나중에 플라멘 씨는 스테판 씨에게 식당의 자기 몫을 팔았습니다." 콜레브가 설명했다.

"알아. 종종 아내와 나는 '기적의 행성' 식당에서 저녁을 먹었지. 거기 음식이 맛있어. 몇 년 전에 우리는 딸 그레타의 생일 축하 잔치를 했어. 멋진 축하였지만 플라멘 씨가 식당을 떠났을 때 음식은 예전같이 그렇게 맛있지 않았고 접대하는 것도 그렇게 좋지 않았어."

"저도 또한 그 식당 '기적의 행성'을 알고 있습니다." 하고 콜레브는 말했다.

"한때 마을에서 가장 유명한 식당이었습니다."

"우리는 스테판 람보브 씨와 이야기를 나누어야 해." 사피로브가 말했다.

"실제로 두 사람은 친구였습니다."

"그거야 쉽게 이야기할 수 있어. 늘 식당에 있으니까."

사피로브는 탁자에 목록을 내려놓은 뒤 콜레브를 바라보고 말했다.

"어제 필로브 씨의 집에 있을 때 무언가 중요한 것을 알았어. 플라멘 필로브 씨는 협박 편지를 받았어.

Iu aŭ iuj postulis de li 100 000 eŭrojn, tamen li ne informis nin kaj ne petis de ni helpon. Hieraŭ Flora diris tion kaj donis al mi la leteron. Jen ĝi – kaj Safirov montris la leteron al Kolev. – Prenu kaj esploru ĝin. Ĝi estas grava krimindico.

Kolev prenis la leteron kaj atente eklegis ĝin.

–Ĉu vi scias, ke Plamen Filov aĉetis belan parcelon ĉe la maro kaj planis tie konstrui hotelon? – demandis Safirov.

–Nun mi aŭdas tion – respondis Kolev.

–Pli grave estas tamen, ke kelkaj aliaj firmaoj same deziris aĉeti tiun ĉi parcelon, sed la Urba Konsilio decidis vendi ĝin al Plamen Filov.

–Interesa fakto – rimarkis Kolev.

–Pro tiu ĉi parcelo, kiu estonte alportos multe da mono, oni certe pretas murdi – konkludis Safirov. – Iru al la Urba Konsilio kaj vidu kiuj firmaoj deziris aĉeti la parcelon ĉe la maro.

–Jes.

–Ni devas pridemandi la estrojn de tiuj ĉi firmaoj.

–Ne estos malfacile. Oni donos al ni iliajn nomojn, adresojn, telefonnumerojn.

–Ni havos ĉion necesan, – diris Safirov – sed ĉu vi imagas kia laboro atendas nin.

누군가가 100,000유로를 요구했지만, 우리에게 알리지 않았고 도움을 요청하지 않았어. 어제 부인이 이것을 말했고 편지를 내게 주었지. 여기 있어." 사피로브는 콜레브에게 편지를 보여주었다.

"그것을 가지고 조사해. 중요한 범죄단서야."

콜레브는 편지를 가져다가 주의 깊게 읽기 시작했다.

"플라멘 필로브 씨가 바닷가에 멋진 땅을 사서 거기에 호텔을 지을 계획을 알고 있었나?" 사피로브가 물었다.

"지금 들었습니다." 콜레브가 대답했다.

"그러나 다른 회사도 똑같이 이 땅을 사고 싶었지만, 시의회는 플라멘 필로브 씨에게 팔기로 했다는 것이 더 중요해."

"흥미로운 사실입니다."라고 콜레브가 말했다.

"앞으로 많은 돈을 벌게 될 이 땅 때문에 그들은 확실히 죽이려고 마음먹었어." 사피로브는 결론을 내렸다.

"시의회로 가서 어떤 회사가 바닷가 땅을 사고 싶어 하는지 확인해."

"예"

"우리는 이 회사들의 대표들에게 심문해야 해."

"어렵지 않습니다. 우리는 그들의 이름, 주소, 전화번호를 받을 것입니다."

"우리는 필요한 모든 것을 확보할 거야."라고 사피로브는 말했다.

"하지만 어떤 일이 우리를 기다리고 있는지 상상해봐.

Esplori la murdon de Plamen Filov estos ege streĉiga laboro. Li konis plurajn homojn kaj pluraj konis lin. Necesas pridemandi multajn el ili kaj nenio garantias, ke ni trovos la fadenon, kiu gvidos nin al la murdisto – diris Safirov. – Ĉu en laboratorio oni esploris la fingroindicojn en la aŭto?

–Jes. Iuj estas de Plamen Filov. Sed la aliaj – ne estas klare kies estas. Oni devas trovi al kiu apartenas la aliaj fingroindicoj en la aŭto.

–Ankaŭ tio ne estos facila – rimarkis Safirov.

Iu ekfrapetis sur la pordo de la kabineto.

–Bonvolu eniri – diris Safirov.

Eniris ne tre alta, ĉirkaŭ kvardekjara viro, blondhara, bluokula, kiu surhavis linan someran kostumon, grizkloran, kaj malhelruĝan kravaton.

–Bonan tagon, sinjoro komisaro – salutis la viro.

–Bonan tagon – respondis Safirov.

–Vi certe konas min. Mi estas Pavel Dikov.

–Jes. Mi rekonis vin. Vi estas prezidanto de la Urba Konsilio.

–Ĝis nun mi ne havis honoron konatiĝi kun vi, sed nun mi venas persone – diris Pavel Dikov.

–Kio estas la kialo? – demandis Safirov.

플라멘 필로브 씨의 살인 수사는 매우 스트레스가 많은 일이야. 플라멘 씨는 여러 사람을 알고 몇몇은 플라멘 씨를 잘 알고 있어.

그들 중 많은 사람에게 심문해야 할 필요가 있어. 살인자로 이끄는 단서를 찾을 수 있다고 어느 것도 보장하지 않아." 사피로브가 말했다.

"과학수사대에서 차에 있는 지문을 조사했나?"

"예. 일부는 플라멘 필로브 씨의 것입니다.

그러나 다른 것은 누구 것인지 분명하지 않습니다.

차에 있는 다른 지문이 누구 것인지 찾아야만 합니다."

"그것도 쉽지 않을 거야."라고 사피로브는 말했다.

누군가 사무실 문을 두드렸다.

"들어 오세요." 사피로브가 말했다.

그다지 키가 크지 않은 금발 머리의 40대 남자는 파란 눈에, 린넨 여름 정장을 입고 회색과 진한 빨간색 넥타이를 하고 들어왔다.

"안녕하십니까, 수사관님." 그 남자가 인사했다.

"안녕하십니까." 사피로브가 대답했다.

"확실히 나를 알고 계시네요. 저는 **파벨 디코브**입니다."

"예. 알아보았습니다. 시 의장님이십니다."

"지금까지 당신을 만나는 영광을 얻지 못했지만, 지금은 내가 직접 왔습니다."라고 파벨 디코브가 말했다.

"그 이유는 무엇입니까?" 사피로브가 물었다.

-Mi estas tre ĉagrenita. La tuta urbo parolas pri la murdo de mia amiko kaj sampartiano Plamen Filov. Ĉu vi povus diri al mi pli detalajn informojn pri lia murdo?

-Ne! – respondis kategorie Safirov. – Nun ni esploras la krimagon. Kiam ni ekscios kio ĝuste okazis, tiam ni oficiale informos la civitanojn de la urbo.

-Dankon. Mi komprenas.

-Tamen ĉu vi bone konis Plamenon Filovon? – demandis Safirov kaj fiksrigardis Dikov, kiu provis eviti la akran rigardon de la komisaro.

-Tre bone – respondis Pavel Dikov. – Jam de kelkaj jaroj ni estas sampartianoj. Ni kune agas en la Urba Konsilio. -Kia homo li estis?

-Tre bona, honesta, afabla – tuj respondis Dikov. – Verŝajne vi scias, ke li monhelpis malsanulejojn, internulejojn··· Li estis sincera kaj bonkora.

-Ĉu Plamen Filov havis malamikojn en la Urba Konsilio? – demandis Safirov.

-Se temas pri la Urba Konsilio, vi scias, ke en ĝi estas anoj de diversaj partioj. Kompreneble estas iuj personoj, kiuj ne ŝatis lin. Plamen Filov ĉiam defendis la civitanajn rajtojn de niaj samurbanoj kaj ofte tio ne plaĉis al la anoj de la opoziciaj partioj – klarigis Dikov.

"나는 엄청 곤란합니다. 도시 전체가 내 친구이자 동료인 플라멘 필로브 씨의 살해에 대해 말합니다. 살인에 대한 더 자세한 정보를 알려주시겠습니까?"

"아닙니다!" 사피로브는 단호하게 대답했다.

"지금 우리는 범죄행위를 조사하고 있습니다. 정확히 무슨 일이 일어났는지 알게 되면 공식적으로 시민들에게 알릴 것입니다.""감사합니다. 잘 알겠습니다."

"그런데 플라멘 필로브 씨를 잘 아시나요?"

사피로브가 물었고 자기의 예리한 눈길을 피하려는 디코브를 응시했다.

"아주 잘 압니다." 파벨 디코브가 대답했다.

"이미 몇 년 동안 우리는 같은 당원이었습니다. 우리는 시의회에서 함께 일했습니다."

"어떤 사람이었습니까?"

"아주 착하고, 정직하고, 친절했습니다." 디코브가 즉시 대답했다. "병원, 기숙 학교에 기부금을 주었다는 것을 알고 있을 것입니다. 성실하고 친절했습니다."

"플라멘 필로브 씨는 시의회에서 적이 있었나요?" 사피로브가 물었다.

"시의회에 관해서라면 그 안에 다양한 당원이 있는 거 잘 알잖아요. 물론 어떤 사람들은 좋아하지 않았습니다. 플라멘 필로브 씨는 항상 우리 시민들의 권리를 옹호했습니다. 종종 이것은 야당 의원을 기쁘게 하지 않았습니다." 디코브가 설명했다.

–Ĉu vi diros konkretajn nomojn de anoj de opoziciaj partioj, kiuj konfliktis kun Plamen Filov?

–Tion vi ne rajtas peti de mi – ekridetis Dikov.

–Dankon, sinjoro Dikov. Kiam ni havas detalan klarigon pri la murdo de Plamen Filov, ni informos vin – diris Safirov.

–Ĝis revido, sinjoro komisaro.

Kiam Pavel Dikov eliris, Kolev diris al Safirov:

–La alveno de Pavel Dikov ĉi tien estas suspektinda. Kial li rapidas ekscii kion ni konstatis pri la murdo de Plamen Filov?

–Verŝajne vi pravas – kapjesis Safirov. – Eble ni devas pli detale observi Pavelon Dikovon. Al miaj demandoj li ne respondis precize kaj liaj frazoj estis tre kliŝaj: "tre bona homo, honesta, afabla···". Dikov ne diris kun kiu aŭkun kiuj Plamen Filov konfliktis en la Urba Konsilio, kio estas tre grava por ni. Bonvolu pli atente esplori la vivon de Pavel Dikov – diris Safirov al Kolev. – Eĉ povas esti, ke Plamen Filov konfliktis ĝuste kun Pavel Dikov, malgraŭ ke ili estas sampartianoj.

–Nepre mi esploros la vivon de Pavel Dikov – respondis Kolev.

"플라멘 필로브 씨와 충돌한 야당 의원의 구체적인 이름을 말씀해 주시겠습니까?"

"수사관님은 나에게 물어볼 권리가 없습니다." 디코브가 미소 지었다.

"감사합니다, 의장님. 플라멘 필로브 씨의 살인에 대한 세부 보고가 있을 때, 우리는 의장님께 알리겠습니다." 사피로브가 말했다.

"안녕히 계십시오, 수사관님." 파벨 디코브가 떠났을 때 콜레브는 사피로브에게 말했다.

"여기에 시 의장이 온 것은 의심스럽습니다. 플라멘 필로브 씨의 살인사건에 대해 우리가 알아낸 사실을 찾기 위해 왜 그렇게 서두르는 걸까요?"

"자네 말이 맞아." 사피로브가 고개를 끄덕였다.

"아마 우리는 시 의장을 더 자세히 살펴야 해. 내 질문에 정확하게 대답하지 않았고 문장은 매우 낡아.

'아주 착한 사람, 정직하고 친절한…'.

의장은 우리에게 매우 중요한 것, 시의회에서 플라멘 필로브 씨가 누구와 충돌했는지 말하지 않았어.

의장을 자세히 조사해."

사피로브가 콜레브에게 말했다.

"그들이 같은 당원일지라도 플라멘 필로브 씨가 시 의장과 갈등을 겪었을 수도 있어."

"시 의장을 꼭 조사하겠습니다." 콜레브가 대답했다.

-Bonvolu ekscii pri kio li okupiĝas kaj kia estis lia profesio antaŭ ol lia elekto kiel ano de la Urba Konsilio.

-Bone.

-Iru en la Urban Konsilion kaj petu la nomojn de la firmaoj, kiuj deziris aĉeti la parcelon ĉe la maro kaj partoprenis en la aŭkcio.

-Bone, sinjoro komisaro.

"시의회 의원으로 선출되기 전에 무슨 일을 했고 직업이 무엇인지 알아봐."

"알겠습니다."

"시의회에 가서 바닷가 땅을 사고 싶어 경매에 참여한 기업의 명단을 물어보고."

"알겠습니다. 수사관님."

15. La 30-an de majo, matene

Kiel kutime Rumen Kolev frue vekiĝis. La agrabla maja suno ŝteleniris la ĉambron kaj lumigis la liton, kie dormis Tanja, la edzino. En la dormo ŝi ridetis. Eble nun Tanja sonĝas belegan sonĝon, supozis Rumen. Por li Tanja estis la plej bela virino en la mondo. Ŝi havis molan brunan hararon, blankan kiel lakto vizaĝon kaj okulojn kiel bluaj montaraj lagoj.

En la ĉambro estis iom varme. Dormante Tanja demetis la litkovrilon kaj ŝiaj nudaj ŝultroj kaj brakoj brilis alabastre. El la diafana noktoĉemizo iom videblis ŝiaj blankaj mamoj, similaj al du neĝbuletoj. Tanja estis graveda kaj post tri monatoj ŝi naskos. La infano estos knabo kaj Rumen proponis al Tanja, ke lia nomo estu Kalojan kiel la nomo de komisaro Kalojan Safirov. Rumen deziris peti la komisaron esti baptopatro de la knabo.

Al Tanja ne plaĉis, ke Rumen estas policano.

–Via profesio estas danĝera – ofte ŝi diris. – Vi persekutas murdistojn kaj povas okazi, ke iu murdos vin.

Tanja pravis. Lia profesio estis streĉa kaj malfacila. Ofte Rumen revenis malfrue vespere hejmen.

15장. 5월 30일 아침

평소처럼 루멘 콜레브는 일찍 일어났다.
즐거운 5월의 햇볕이 방으로 몰래 들어와 아내 **타냐**가
자는 침대를 밝혔다. 자면서 웃고 있다.
어쩌면 지금 타냐는 아름다운 꿈을 꾸고 있을 것이라고
루멘은 짐작했다.
루멘에게 타냐는 세상에서 가장 아름다운 여성이다.
부드러운 갈색 머리, 우유 같은 하얀 얼굴과 산속의 파
란 호수와 같은 눈을 가졌다.
방이 조금 따뜻했다. 잠자는 타냐가 담요를 벗기자 맨
어깨와 팔은 설화 석고처럼 빛났다. 반투명한 잠옷은 두
개의 눈덩이와 비슷한 하얀 가슴을 조금 보여주었다.
타냐는 임신하여 3개월 뒤 출산할 것이다.
아이는 남자아이고 루멘은 아내에게 아이 이름은 수사관
칼로얀 사피로브의 이름을 따서 **칼로얀**이라고 제안했다.
루멘은 수사관에게 아이의 대부가 되어달라고 요청하고
싶었다. 타냐는 루멘이 경찰인 것을 좋아하지 않았다.
"당신의 직업은 위험해요." 아내는 자주 말했다.
"당신은 살인자를 쫓고 누군가가 당신을 죽일 수도 있잖
아요."
타냐가 옳았다.
루멘의 직업은 스트레스가 많아 힘들었다.
자주 저녁 늦게 집에 돌아왔다.

Fojfoje li devis labori dum la ripoztagoj. Tanja deziris, ke li forlasu la laboron en la polico kaj komencu ian pli trankvilan kaj pli agrablan laboron, sed Rumen ne povis imagi, ke li ne laboros kun komisaro Safirov. Por li komisaro Safirov estis kiel frato. Rumen admiris lian sperton analizi la malfacilajn situaciojn, detale esplori la agojn de la murdistoj. Li revis esti kiel komisaro Safirov, sperta kaj lerta policano.

Rumen ekstaris de la lito, iris en la kuirejon kaj komencis kuiri la kafon. Poste li baniĝis, vestiĝis, matenmanĝis kaj ekiris al la policejo. La strattoj ankoraŭ estis senhomaj. Survoje Rumen meditis pri la taskoj de la hodiaŭa labortago. La murdo de Plamen Filov kaŭzis grandan maltrankvilon. Jam la tuta urbo parolis pri ĝi. Oni demandis kiu murdis Plamen Filov kaj kial? La supozoj estis diversaj. Iuj opiniis, ke Plamen Filov ŝuldis al iu monon. Aliaj supozis, ke la murdo estas ligita al virino. Oni diris ke Plamen Filov havis amatinon, kiu estas edziniĝinta kaj ŝia edzo murdis lin. Iuj diris, ke per sia agado Plamen Filov minacis la komercon de iu granda firmao.

Komisaro Safirov kaj Rumen Kolev jam esploris la detalojn pri la murdo kaj pridemandis la konatojn de Plamen Filov.

몇 번이나 휴일에도 일해야 했다. 타냐는 남편이 경찰관을 그만두고 더 안정적이고 즐거운 일을 시작하기 원하지만, 루멘은 사피로브 수사관과 일하지 않는 것은 상상할 수 없었다. 루멘에게 사피로브 수사관은 형제와 같았다. 루멘은 어려운 상황을 분석하고 살인자의 행동을 자세히 조사하는 수사관의 경험에 감탄했다.

사피로브 수사관처럼 경험 많고 민첩한 경찰관이 되기를 꿈꾸었다.

루멘은 침대에서 나와 부엌으로 들어가 커피를 타기 시작했다. 그런 다음 씻고 옷을 갈아입었다. 아침을 든 뒤 경찰서로 출근했다.

거리는 여전히 황량했다. 길 위에서 루멘은 오늘 업무에 대해 깊이 생각했다. 플라멘 필로브의 살인은 큰 우려를 불러일으켰다. 이미 모든 시민이 그것에 관해 이야기했다. 누가 플라멘 필로브를 살해했고 그 이유는 무엇인지 물었다. 추측은 다양했다.

어떤 사람들은 플라멘 필로브가 약간의 돈을 빚졌다고 생각한다. 다른 사람들은 살인이 여자와 관련이 있다고 짐작했다. 플라멘 필로브에게 결혼한 여자 친구가 있었고 여자의 남편이 살해했다고 말한다.

일부는 플라멘 필로브가 자신의 사업으로 일부 대기업의 사업을 위협했다고 말한다.

사피로브 수사관과 루멘 콜레브는 이미 살인에 대한 세부 사항을 조사했고 플라멘 필로브의 지인을 심문했다.

Nerimarkeble Rumen Kolev venis en la policejon. Li eniris sian kabineton, prenis la necesajn dokumentojn kaj tuj ekiris al la kabineto de komisaro Safirov por informi lin pri la plenumo de la hieraŭaj taskoj. Safirov atendis lin. Rumen Kolev eniris la kabineton, ekstaris antaŭ Safirov kaj ekparolis:

-Hieraŭ en la Urba Konsilio oni donis al mi la nomojn de la firmaoj, kiuj deziris aĉeti la parcelon ĉe la maro kaj partoprenis en la aŭkcio. Inter ili estas "Fenikso" – la firmao de Kiril Hinkov. Mi iris en la oficejon de la firmao kaj diris al Hinkov, ke hodiaŭ li venu ĉi tien – diris serĝento Kolev al Safirov.

-Tre bone. Kiril Hinkov estas malnova nia konato. Lia firmao vendas aŭtojn, sed ni bone scias kia estas lia agado: distribuo de narkotaĵoj kaj varbado de junulinoj por prostituado. Tamen ĝis nun ni ne povis kondamni lin, ĉar ni ne havas sufiĉe da pruvoj – diris Safirov.

– Mi tre scivolas kion li klarigos pri la aŭkcio kaj la parcelo, kiun li same deziris aĉeti.

-Mi opinias, ke iu protektas lin. – diris Kolev.

– La polico kelkfoje arestis Hinkovon, sed ĉiam oni liberigis lin pro manko de pruvoj.

어느새 루멘 콜레브는 경찰서에 도착했다.

자기 사무실에 들어가서 필요한 서류를 가지고 어제의 작업 수행에 대해 보고하러 바로 사피로브 수사관 사무실로 갔다. 사피로브는 기다리고 있었다.

루멘 콜레브는 사무실에 들어가 사피로브 앞에 서서 말을 시작했다.

"어제 시의회에서 바닷가 땅을 구매하고자 경매에 참여한 기업 명단을 받았습니다. 그중에는 키릴 힌코브의 기업 '**불사조**'가 있습니다. 회사 사무실에 찾아가서 힌코브 씨에게 '오늘 여기로 와 주세요' 하고 말했습니다."

콜레브 경사가 사피로브에게 보고했다.

"아주 좋아. 키릴 힌코브는 우리의 오랜 지인이지. 회사에서 자동차를 판매한다고 하지만 우리는 어떤 활동 즉 마약 유통, 젊은 여성 모집, 매춘을 잘 알고 있어.

그러나 지금까지 우리는 충분한 증거가 없어 유죄 판결을 받아내지 못했어." 사피로브는 말했다.

"경매와 사고 싶었던 땅에 대해 어떻게 설명할지 매우 궁금하군."

"누군가가 보호하고 있다고 생각합니다."

콜레브가 말했다.

"경찰은 여러 번 힌코브를 체포했지만, 항상 증거 부족으로 풀려났습니다."

–Bedaŭrinde vi pravas. Iu altrangulo certe bone profitas de lia neleĝa agado kaj tial protektas lin.

En tiu ĉi momento la telefono sur la skribotablo de Safirov komencis sonori. Safirov levis la aŭskultilon.

–Sinjoro komisaro, ĉi tie estas Kiril Hinkov, kiu devas veni al vi – diris la deĵoranta policano.

–Jes. Mi atendas lin.

Post du minutoj Kiril Hinkov ekfrapetis sur la pordo. Safirov diris:

–Envenu.

Hinkov eniris kaj atente ĉirkaŭrigardis la kabineton. Li surhavis bluan ĝinzon kaj flavan T-ĉemizon. Lia densa nigra hararo similis al erinacaj pikiloj. Hinkov salutis Safirovon kaj Kolevon kaj iom malafable demandis:

–Kial vi bezonas min?

–Bonvolu sidiĝi – diris Safirov. – Tuj mi klarigos al vi.

–Ho, vi estas tre afablaj – ekridetis ironie Hinkov kaj sidiĝis sur unu el la foteloj antaŭ la skribotablo. – Delonge vi ne invitis min ĉi tien, en la policejon. Ĉu vi regalos min per kafo?

–Ni regalos vin per malagrablaj faktoj – Safirov alrigardis lin kaj malrapide komencis: – Ni konstatis, ke via negoco prosperas. Verŝajne dum la lasta tempo vi perlaboris multe da mono?

"안타깝게도 자네 말이 맞아. 일부 고위급관리가 힌코브의 불법 활동으로 확실히 이득을 받고 보호하고 있어."
이때 책상에 있는 사피로브의 전화기가 울리기 시작했다. 사피로브는 수화기를 들었다.
"수사관님, 오기로 되어 있는 키릴 힌코브 씨가 왔습니다." 하고 당직 경찰관이 말했다.
"응. 기다리고 있어."
2분 뒤 키릴 힌코브가 문을 두드렸다.
사피로브는 말했다. "들어오십시오."
힌코브는 들어 와서 사무실을 이리저리 둘러 보았다. 청바지와 노란색 티셔츠를 입었다. 굵은 검은색 머리카락은 고슴도치와 비슷하다. 힌코브는 사피로브와 콜레브에게 인사하고 약간 무례하게 물었다.
"왜 부르셨습니까?"
"앉으십시오." 사피로브가 말했다.
"즉시 설명하겠습니다."
"오, 매우 친절하십니다." 힌코브는 비꼬듯이 미소짓고 책상 앞의 안락의자에 앉았다.
"오랫동안 여기 경찰서에 초대받지 못했습니다. 커피를 주시겠습니까?"
"좋지 않은 일로 당신을 부른 것입니다." 사피로브가 쳐다보고 천천히 말을 시작했다.
"우리는 사장님의 사업이 번창한다고 확신합니다. 아마 지난 시간 동안 많은 돈을 벌었지요?"

-Tio koncernas nur min! - iom kolere replikis lin Hinkov.

-Tamen ne nur vin. Vi devas havi dokumentojn pri la mono, kiun vi akiris.

-Kompreneble! Mi ne estas tiel naiva kiel vi supozas.

Safirov denove fiksrigardis lin kaj tre malrapide, emfazante la vortojn diris:

-Gravas ne la supozoj, sed la faktoj!

-Vi venu kaj reviziu la financojn de mia firmao. Mi ne malhelpos vin - orgojle diris Hinkov.

-Ni nepre faros tion. Antaŭ monato vi partoprenis en aŭkcio pri parcelo ĉe la maro, ĉe la mara parko.

-Jes. Mi partoprenis. Mi ne kaŝas tion.

-Certe vi havas multe da mono - konkludis Safirov.

-Tamen la Urba Konsilio vendis ĝin al Plamen Filov - kolere diris Hinkov. - Tion oni antaŭvidis. Ja, Filov subaĉetis la anojn de la Komisiono, kiuj devis decidi al kiu vendi la parcelon.

-Ĉu vi certas? - demandis Safirov.

-Kompreneble! - tuj reagis Hinkov. - Plamen Filov estis granda spekulanto, ĉiuj en la Urba Konsilio estas koruptitaj.

-Ĉu vi tre deziris havi tiun ĉi parcelon? - demandis Kolev.

"그건 내 개인적인 일입니다!" 힌코브는 조금 화가 나서 대답했다.

"하지만 사장님에게만 해당하는 일이 아닙니다. 사장님이 번 돈에 대한 서류가 있어야 합니다."

"물론입니다! 저는 수사관님이 생각하는 것만큼 순진하지 않습니다."

사피로브는 다시 쳐다보고 아주 천천히 단어를 강조하며 말했다.

"중요한 것은 가정이 아니라 사실입니다!"

"수사관님이 와서 우리 회사의 재정을 살펴보세요. 저는 방해하지 않을 것입니다." 힌코브가 자랑스럽게 말했다.

"우리는 확실히 그렇게 할 것입니다. 한 달 전에 해양공원옆 바닷가 땅 경매에 참여했지요?"

"예. 참여했습니다. 그것을 숨기지 않습니다."

"확실히 사장님은 많은 돈을 가지고 있습니다."라고 사피로브는 결론지었다.

"그러나 시의회는 그것을 플라멘 필로브에게 팔았습니다." 힌코브는 화가 나서 말했다.

"사람들이 예상한 대로입니다. 맞습니다, 필로브는 땅을 판매할 대상을 결정하는 위원회 위원에게 뇌물을 주었습니다." "확실합니까?" 사피로브가 물었다.

"물론입니다!" 힌코브는 즉시 대답했다. "플라멘 필로브는 큰 투기꾼이었고 시의회의 모든 사람은 부정합니다."

"정말 이 땅을 갖고 싶었나요?" 콜레브가 물었다.

Hinkov komencis voĉe ridi.

–Kompreneble. Ĉiu deziras havi ĝin. La parcelo ĉe la maro estas ora minejo. Ĝi alportos tiom da mono, ke ĉiu, kiu posedas ĝin, kaj konstruos tie hotelon, nur post unu jaro estos milionulo.

–Ĉu tial vi ĉantaĝis Plamen Filov? – demandis severe Safirov.

–Mi ne komprenas vin?

–Ĉu vi sendis al Plamen Filov minacan leteron, en kiu vi skribis, ke li akaparis ion kaj se li ne redonos ĝin, vi postulos de li 100 000 eŭrojn.

Hinkov denove voĉe ridis.

–Komisaro, vi estas granda ŝercemulo. Pri kia letero temas? Nun unuan fojon mi aŭdas pri ia letero, sendita al Plamen Filov.

–Mi facile memorigos vin.

–Pri neniu letero mi scias – obstinis Hinkov.

–Post la sendo de la letero vi verŝajne telefonis al Plamen Filov kaj minacis lin, postulante de li 100,000 eŭrojn aŭ li vendu la parcelon. Li tamen ne akceptis viajn proponojn kaj vi decidis murdi lin.

–Komisaro, ĉu vi serioze kulpigas min? Vi ne rajtas atribui al mi similajn agojn – energie protestis Hinkov kaj ekstaris de la seĝo.

힌코브는 큰 소리로 웃기 시작했다.

"물론입니다. 모두가 갖고 싶어 합니다. 바다 옆 땅은 금광입니다. 많은 돈을 가져다줄 것입니다. 땅을 소유한 모든 사람은 거기에 호텔을 지을 것이며, 단지 1년만 지나면 백만장자가 될 것입니다."

"그게 플라멘 필로브 씨를 협박한 이유인가요?" 엄하게 사피로브가 물었다.

"저는 무슨 말을 하는지 모르겠군요."

"사장님이 플라멘 필로브에게 무언가를 독점했고 그것을 반환하지 않으면 100,000유로를 요구할 것이라고 쓴 협박 편지를 보냈습니까?"

힌코브는 다시 큰 소리로 웃었다.

"수사관님, 훌륭한 농담입니다. 어떤 편지입니까? 지금 처음으로 플라멘 필로브에게 보내진 편지에 대해 들었습니다."

"쉽게 상기시켜 드리겠습니다."

힌코브는 '어떤 편지에 대해서도 알지 못합니다.'라고 주장했다.

"편지를 보낸 후 분명히 플라멘 필로브에게 전화를 해서 100,000유로를 요구했고 아니면 땅을 팔라고 위협했습니다. 그러나 제안을 수락하지 않아서 죽이기로 했습니다."

"수사관님, 진심으로 저를 의심하십니까? 수사관님은 그 같은 행동을 내 탓이라고 할 권리가 없습니다."

힌코브는 힘있게 항의하고 의자에서 일어났다.

-Kie vi estis la 23-an de majo matene? – demandis Safirov.

-Mi ne memoras. Eble hejme kaj mi dormis.

-Ĉu iu povus diri, ke vi estis hejme kaj dormis?

-Ja, mi loĝas sola. Mi ne memoras. Eble dum tiu nokto iu publikulino estis ĉe mi. Eble mi estis ebria.

-Estu serioza. Mi tuj arestos vin – diris minace Safirov.

-Se vi deziras nepre montri, ke vi trovis la murdiston, vi facile povus elfabriki pruvojn kaj akuzi min. Tamen mi kategorie diras, ke mi ne murdis Plamen Filov – preskaŭ kriis Hinkov. – Se vi pretas aresti min, mi tuj telefonos al mia advokato kaj vi konversacios kun li. Mi nenion plu diros!

-Ne forlasu la urbon. Ni denove devas pridemandi vin! – diris Safirov.

Hinkov ekstaris kaj eliris el la kabineto de Safirov.

-Kolev – diris Safirov al la serĝento, – vi devas atente postsekvi Hinkov. Ni sciu kun kiu li renkontiĝas kaj kiel li kondutas.

-Bone, sinjoro komisaro.

-Ĉu vi eksciis ion pli pri Pavel Dikov, la prezidanto de la Urba Konsilio?

"5월 23일 아침에 어디에 계셨습니까?" 사피로브가 물었다.

"기억이 안 납니다. 아마도 집에서 잤을 것입니다."

"사장님이 집에서 자고 있었다고 증명해줄 사람이 있습니까?"

"정말로 저는 혼자 삽니다. 기억이 안 나요. 아마 그날 밤 어떤 매춘부가 저와 함께 있었고, 술에 취했을 수도 있습니다."

"진지하게 말씀하십시오. 즉시 사장님을 체포하겠습니다." 사피로브가 위협적으로 말했다.

"살인범을 찾았다는 걸 정말 보여주고 싶다면 쉽게 증거를 조작하고 저를 비난할 수 있습니다. 그러나 저는 플라멘 필로브를 죽이지 않았다고 단호하게 말합니다." 거의 힌코브는 외쳤다.

"저를 체포할 준비가 되었으면 바로 변호사에게 전화할 테니 만나서 이야기하십시오. 더 말하지 않겠습니다!"

"도시를 떠나지 마십시오. 다시 심문해야 합니다!" 사피로브가 말했다.

힌코브는 일어나서 사피로브의 사무실을 떠났다.

"콜레브" 사피로브가 경사에게 말했다.

"조심해서 힌코브를 따라가. 누구를 만나고 어떻게 행동하는지 알아야 해."

"알겠습니다, 수사관님."

"시 의장 파벨 디코브에 대해 더 알아봤나?"

-Li estis inĝeniero kaj laboris en la ĉokoladfabriko, iĝis membro de la Liberala Partio, rapide faris partian karieron kaj estis tre riĉa. Pavel Dikov kaj Plamen Filov havis seriozan konflikton. Ambaŭ estis kandidatoj por la posteno prezidanto de la Urba Konsilio, sed oni elektis Pavel Dikov. Ofte dum la partiaj kunvenoj Plamen Filov kulpigis Pavelon Dikovon, ke estas koruptita, ke riĉuloj pagas al li por solvi iliajn problemojn en la urba administracio.

-Tio estas seriozaj akuzoj kaj Pavel Dikov povas havi motivon por la murdo de Plamen Filov – diris Safirov.

-Interesa estas la fakto, ke Pavel Dikov prezentas sin amiko de Plamen Filov. Dum kunsidoj de la Urba Konsilio li ofte diris, ke kritikoj estas necesaj kaj la kritikoj de Plamen Filov helpas la pli bonan agadon de la partio.

-Do, Pavel Dikov estas hipokrito kaj ni devas pli atente observi lin – konkludis Safirov.

"시 의장은 기술자 출신으로 초콜릿 공장에서 일했으며 자유당의 당원이 되고 빠르게 당 경력을 쌓은 아주 부자입니다. 시 의장과 플라멘 필로브 씨는 심하게 충돌한 적이 있습니다. 둘 다 시의회 의장 후보였습니다만 파벨 디코브 씨가 선출되었습니다. 자주 당 회의에서 플라멘 필로브 씨는 시 의장이 부자들이 시정에서 문제를 해결하기 위해 지급한 뇌물을 받아 썩었다고 비난했습니다."

"이것은 중요한 사실이며 시 의장이 플라멘 필로브 씨를 살인한 동기가 될 수 있어." 사피로브는 말했다.

"흥미로운 것은 시 의장이 자신을 플라멘 필로브 씨의 친구라고 소개한다는 사실입니다. 시의회 기간 의장은 비판이 필요하고 플라멘 필로브 씨의 비판이 당의 더 나은 성과를 돕는다고 가끔 말했습니다."

"그래서 시 의장은 위선자이고 우리는 더 조심해서 살펴야 해." 사피로브가 결론지었다.

16. La 30-an de majo, nokte

La maja nokto estis varma. Flora ne povis ekdormi. Ŝi kuŝis en la lito kun malfermitaj okuloj, direktitaj al la plafono. Tra la fenestro eniris la pala luna lumo. La perlamota koloro de la plenluno aludis misteron kaj timon. En la dormoĉambro regis silento. Flora tremis. Antaŭ ŝiaj okuloj senĉese aperis la bildoj el la tago, kiam estis entombigita Plamen. Dum la funebra ceremonio ĉeestis pluraj personoj. Ŝajnis al Flora, ke ŝi neniam vidis tiom da homoj. Ŝi demandis sin ĉu ĉiuj tie konis Plamen, ĉu ili estis liaj amikoj, kunlaborantoj, konatoj aŭ ĉu iuj venis pro scivolemo.

Tio estis la kruela ironio de la sorto. La 19-an de majo Plamen festis sian kvardekjaran naskiĝtagan datrevenon kaj nur

kvar tagojn poste oni murdis lin. Lia jubileo estis solena festo kun imponaj paroladoj pri lia nobla agado, tostoj por liaj sano, feliĉo, longa vivo, novaj sukcesaj entreprenoj. Poste – tombo.

Ĉu inter la ĉeestantoj ĉirkaŭ la ĉerko estis la murdisto? Kiu li estis? Kial li murdis Plamen? Al tiuj ĉi demandoj ankoraŭ neniu povis respondi. La policanoj silentis.

16장. 5월 30일 밤

5월의 밤은 더웠다. 플로라는 잠들 수 없었다.
눈을 뜨고 천장을 향한 채 침대에 누워있었다.
창을 통해 희미한 달빛이 들어왔다.
진주색의 보름달은 신비와 공포를 암시했다.
침실은 조용했다. 플로라는 떨렸다.
눈앞에 끊임없이 남편이 묻힌 날의 사진이 나타났다.
장례식에는 여러 사람이 참석했다.
플로라는 그렇게 많은 사람을 결코 본 적이 없다.
거기 있는 모든 사람이 남편을 아는지 친구, 동료, 지인
인지 또는 일부는 호기심에서 왔는지 궁금했다.
그것은 운명의 잔인한 아이러니였다.
5월 19일 플라멘은 40번째 생일을 축하했고 4일 뒤 살
해당했다.
생일날은 자선 활동에 대한 인상적인 연설과 건강, 행복,
장수, 새로운 성공적인 사업을 위해 건배가 있는 엄숙한
축하의 자리였다.
다음은 장례식이었다.
주변에 살인범이 있을까? 누구일까?
왜 남편을 죽였을까?
이러한 질문에 여전히 아무도 대답할 수 없었다.
경찰관들에게서는 아무 소식이 없었다.

Ĉe la entombigo estis komisaro Safirov kaj serĝento Kolev, sed verŝajne ili venis por trarigardi la personojn, kiuj ĉeestis. Certe la policanoj esperis, ke ili rimarkos ion neordinaran en la konduto de iu el la ĉeestantoj.

La funebran parolon eldiris Pavel Dikov, la prezidanto de la Urba Konsilio. Flora ne bone konis lin. Ŝi sciis, ke de tempo al tempo Plamen kaj Dikov renkontiĝas kaj diskutas problemojn, ligitajn al la partio, al la agado de la Urba Konsilio. Dikov ne aspektis bona kaj sincera homo. Liaj etaj musaj okuloj estis kiel gutoj el marĉa akvo. Lia nazo iom akris kaj verŝajne pro tio lia vizaĝo vulpsimilis. Sendube Dikov estas ruza, opiniis Flora.

Staranta antaŭ la ĉerko kaj la ĉeestantoj, Pavel Dikov longe parolis pri Plamen, pri liaj vivo, politika agado, entreprenoj, filantropa agado, sed al Flora ŝajnis, ke Dikov pli strebis emfazi kiel elokventa oratoro li mem estas.

Ĉio finiĝis. Oni metis la ĉerkon en la tombon, la ĉeestantoj malaperis kiel timigitaj birdoj. Flora, la infanoj kaj Stavris restis solaj ĉe la tombo.

Post la enterigo, Flora tre malbone fartis.

장례식에 사피로브 수사관과 콜레브 경사가 왔지만 아마
도 그들은 참석한 사람들을 살펴보러 왔을 것이다.

확실히 경찰은 참석자들의 행동에서 무언가 평범하지 않
은 것을 알아차리길 바랐다.

장례식 연설은 시의회 의장 파벨 디코브가 했다.

플로라는 잘 알지 못했다.

때때로 플라멘과 디코브가 만나 당과 시의회 행동에 관
계된 문제를 토론하는 것을 안다.

시 의장은 착하고 성실한 사람처럼 보이지 않았다.

쥐처럼 작은 눈은 습지 물방울과 같았다.

코는 약간 뾰족했다.

그 때문에 얼굴이 여우처럼 보였을 것이다.

확실히 디코브는 교활할 것이라고 플로라는 생각했다.

관을 앞에 두고 참가한 사람들에게, 파벨 디코브는 남편
에 대해, 남편의 삶과 정치 활동, 사업, 자선 활동에 대
해 길게 이야기했다.

하지만 플로라에게는 디코브가 자신이 얼마나 유창하게
말하는 사람인지 강조하기 위해 더욱 노력하는 것처럼
보였다.

모든 것이 끝났다. 관은 무덤에 놓였고 참가자들은 겁에
질린 새처럼 사라졌다. 플로라, 아이들, 스타브리스는 무
덤에 덩그러니 남겨졌다.

장례식이 끝나고 플로라는 매우 아팠다.

Ŝi similis al meĥanismo, kiu marŝas, sed ne meditas, ne rezonas, ne parolas, ne dormas. Nur de tempo al tempo ŝi trinkis iom da akvo. Flora kvazaŭ estis en alia malproksima mondo, kie volvis ŝin profunda peza silento. Ŝi vidis neniun kaj aŭdis nenion.

Sed neatendite Flora vekiĝis kaj komprenis, ke nur per laboro ŝi travivos la triston, melankolion, splenon. Ŝi denove komencis labori. Denove ĉiun frumatenon Flora iris en la apotekon kaj dum la tuta tago estis tie.

La silento en la malluma ĉambro kvazaŭ iĝis pli kaj pli profunda. Ĝi premis Floran kaj ŝi malfacile spiris. Antaŭ la duobla familia lito, sur kiu ŝi kuŝis, estis komodo, sur ĝi – foto de Plamen. Iu lunradio lumigis la foton kaj Flora klare vidis la vizaĝon kaj la grizajn okulojn de Plamen. Li fiksrigardis ŝin de la foto, liaj lipoj komencis malfermiĝi kaj ŝajne Plamen deziris diri ion al ŝi. Flora saltis kaj sidiĝis en la lito. Dum minuto ŝi estis senmova kaj rigardis la foton. Kion Plamen deziras diri al ŝi? Ĉu li diros kiu murdis lin? Kio okazis? Kiel tiel subite kaj neatendite li pereis? Ĉu en la vivo de Plamen estis io sekreta, kion Flora ne sciis? Ŝi rememoris la plej belajn tagojn, kiam ŝi kaj Plamen estis junaj kaj amis unu la alian.

걸으면서 깊이 생각하지 않고 이성적으로 생각하지 않고 말하지 않고 잠들지 않는 기계와 같았다.

때때로 물만 조금 마셨다.

플로라는 마치 무거운 침묵이 감싸고 있는 다른 먼 세상에 있는 것 같았다.

아무것도 보지 못했고 아무것도 듣지 못했다.

그러나 예기치 않게 정신을 차리고 오로지 일로 슬픔, 우울, 활기참을 경험하자고 마음먹었다. 다시 일하기 시작했다. 다시 매일 아침 약국에 가서 하루 내내 거기에 있었다.

어두운 방의 침묵이 점점 깊어져 가는 듯했다. 그것이 플로라를 눌렀고 힘겹게 숨을 쉬었다. 누워서 자는 커다란 가족 침대 앞에는 옷장이 있고 그 위에 남편의 사진이 있다. 일부 달빛이 사진을 비추고 플로라는 남편의 얼굴과 회색 눈을 분명하게 보았다. 남편은 자기를 쳐다보면서 입술을 열기 시작하고 뭔가를 말하려고 하는 듯이 보였다. 플로라가 뛰쳐나와 침대에 앉았다. 잠시 움직이지 않고 사진을 보았다. '남편은 내게 무엇을 말하고 싶지? 누가 죽였는지 말할까? 어떻게 된 거예요? 이렇게 갑자기 그리고 예기치 않게 떠나가다니요? 당신의 삶에 내가 모르는 비밀이 있었나요?'

남편과 자신이 젊고 서로 사랑한 때 가장 아름다운 날을 기억했다.

Tiam ili ne havis sufiĉe da mono kaj loĝis en kvartalo "Laboristo", en malgranda loĝejo, kiu konsistis el nur unu ĉambro kaj kuirejo. Plamen laboris en la fabriko pri la senalkoholaj trinkaĵoj. Lia salajro ne estis alta, sed tiam ili estis feliĉaj. Ofte ili promenadis en la parko ĉe la maro, fojfoje ili estis en dancklubejo, kie ili dancis.

Tiam iliaj najbaroj estis Stefan kaj Fani. Ili gastis unu ĉe la alia. Junaj, gajaj, ili revis havi pli da mono kaj pli bone vivi. Plamen kaj Stefan decidis aĉeti la drinkejon "Ora Fiŝo" kaj fari grandan restoracion. Tiel ili establis "Mirakla Planedo" – ege sukcesa entrepreno. "Mirakla Planedo" iĝis la plej fama restoracio en la urbo. Multaj homoj komencis viziti ĝin. Plamen kaj Flora ekhavis monon, sed nerimarkeble ili malproksimiĝis unu de alia. La amo, kiu obsedis ilin en la juneco, estingiĝis. Plamen havis multe da laboro. Ofte li veturis al aliaj urboj, al Sapfira Golfo kaj estis tagoj, kiam li ne tranoktis hejme. Li devis zorgi pri la vinfabriko, pri la vendejoj, pri la hoteloj. Tamen ne ĉiam lia agado bone prosperis. Estis tagoj, kiam li estis nervoza, ne havis bonhumoron kaj preskaŭ ne konversaciis kun Flora. Vane ŝi provis demandi lin kio okazis.

그때 그들은 돈이 충분하지 않아 '노동자' 지역에서 하나의 방과 부엌으로만 이루어진 작은 아파트에서 살았다.

남편은 무알코올 음료 공장에서 일했다.

월급은 높지 않았지만, 그들은 행복했다.

자주 그들은 바다 옆 공원에서 산책하고, 때때로 춤 클럽에 가서 춤을 추었다.

그때 이웃은 스테판과 파니였다. 그들은 서로 초대했다. 젊고 즐거운 그들은 더 많은 돈과 더 나은 삶을 꿈꿨다. 남편과 스테판 씨는 술집 '황금 물고기'를 사서 멋진 식당을 만들기로 했다.

그리하여 그들은 매우 성공적인 식당'기적의 행성'을 세웠다.

'기적의 행성'은 도시에서 가장 유명한 식당이 되었다.

많은 사람이 방문하기 시작했다.

남편과 플로라는 돈을 벌었지만, 눈에 띄지 않게 서로에게서 멀어졌다.

젊었을 때 그들을 사로잡은 사랑이 식었다.

남편은 할 일이 많았다.

자주 다른 도시나 사파이어만에 갔고 집에서 밤을 보내지 않는 날이 생겼다.

포도주 양조장, 상점, 호텔들을 돌봐야 했다.

그러나 사업이 항상 번창한 것은 아니다. 초조하고 기분 나쁜 일도 있었지만, 플로라에게는 언급조차 하지 않았다. 무슨 일이 있었는지 물어보려고 했지만 소용없었다.

Ŝi deziris iel helpi lin, sed ĉiam li diris, ke li mem solvos la problemojn.

La minaca letero estis la lasta guto en la glaso da problemoj. En la tagoj antaŭ la murdo Plamen preskaŭ ne dormis. Li vagis en la domo, en la korto, fumis kaj meditis de kie li ekhavu la monon, kiun postulis la ĉantaĝistoj. Li decidis peti monon de sia amiko Bojan Kalev, la direktoro de la ĉefurba banko "Sukceso". Plamen ekveturis kaj ne revenis.

Subite Flora aŭdis etan bruon. Ŝi ektimiĝis kaj streĉiĝis. Ŝajne iu malrapide singarde paŝis en la koridoro. Eble mi imagas – diris al si mem Flora. Mi jam estas tre maltrankvila kaj ŝajnas al mi, ke senĉese mi aŭdas paŝojn. Ja, ĉiuj pordoj estas bone ŝlositaj. La barilo de la korto estas alta. Neniu povas eniris la korton kaj la domon. Estas alarma sistemo, estas kameraoj. Ĉi tie, sur la dua etaĝo, estas la ĉambro, en kiu dormas Stavris. Ja, post la murdo de Plamen, Stavris dormas en la domo kaj mi, kaj la infanoj estas pli trankvilaj.

Tamen Flora denove aŭdis la paŝojn. Nun ili estis pli klare aŭdeblaj. Flora ŝtoniĝis. Certe iu paŝis en la koridoro. Kiel li enris la domon kaj kiel li supreniris la duan etaĝon – febre demandis sin Flora?

어떤 식으로든 돕고 싶었지만, 항상 스스로 문제를 해결할 것이라고 남편은 말했다.

협박 편지는 문제라는 잔의 마지막 방울이다.

살해되기 전날에 남편은 거의 잠을 이루지 못했다.

집과 안뜰에서 서성이고 담배를 피우고 협박자들이 요구한 돈을 어디서 얻을 수 있는지 계속 생각했다.

수도에 있는 '성공'은행의 지점장인 친구 보안 칼레브에게 돈을 요청하기로 했다.

남편은 출발했고 돌아오지 않았다.

갑자기 플로라가 조그마한 소리를 들었다.

겁이 났고 긴장했다. 누군가가 복도를 천천히 걷고 있었던 것 같다.

'어쩌면 내가 꿈을 꾸나.' 플로라가 자신에게 말했다.

벌써 걱정이 되어 끊임없이 발소리를 듣는 것 같다. 정말 모든 문은 잘 잠겨 있다. 안뜰의 울타리는 높다. 아무도 안뜰과 집에 들어갈 수 없다.

경보 시스템, 카메라가 있다. 여기 2층에는 스타브리스가 잠자고 있는 방이 있다. 사실, 플라멘의 살인 이후 스타브리스는 집에서 잤고 우리 가족은 더 안전해졌다.

그러나 플로라는 발소리를 다시 들었다.

이제 더 명확하게 들을 수 있다.

플로라는 돌처럼 굳었다. 분명히 누군가가 복도로 들어갔다. '어떻게 집에 들어와서 2층까지 올라왔을까?' 플로라는 정말 궁금했다.

Ŝi ne kuraĝis moviĝi, sidis en la lito, en la mallumo, kiel statuo, rigardanta la pordon kaj ŝi atendis, ke tiu, kiu paŝas en la koridoro, subite malfermos la pordon kaj eniros la ĉambron. Ŝajne la paŝoj silentiĝis. Kion mi faru – ŝi febre demandis sin mem? Ĉu mi ekstaru por vidi kiu estas en la domo? Ĉu mi veku Stavris? Se neniu estas, Stavris priridos min. Kelkajn minutojn Flora cerbumis kaj hezitis ĉu ŝi vidu kio okazas aŭ restu en la ĉambro. Ŝia koro forte batis kiel galopanta ĉevalo. Ŝiaj piedoj kaj manoj frostis kaj tremis. Ŝi decidis esti pli kuraĝa. Mi vekos Stavris kaj ni vidos ĉu iu estas en la domo. Ja, Stavris havas pistolon. Se ni ne kontrolos kio okazas, mi ne estos trankvila – meditis Flora.

Malrapide ŝi ekstaris de la lito kaj nudpieda en nokta ĉemizo ŝi proksimiĝis al la pordo. Tre atente kaj singarde ŝi malfermis ĝin kaj ekrigardis la koridoron. Nenion ŝi vidis. Estis tre mallume. Nudpieda, fingropinte, palpante la muron, simila al fantomo en blanka noktoĉemizo, Flora komencis proksimiĝi al la ĉambro de Stavris. La silento premis ŝin kiel pezega ŝtono sur la dorso. Ŝia koro pli forte kaj pli rapide batis kvazaŭ subite ĝi flugos el sia brusto. Ŝi peze spiris, sed provis subpremi la spiradon.

잔뜩 굳어진 채로 어둠 속에서 침대에 앉아 조각상처럼 문을 바라보면서, 복도에 들어선 사람이 갑자기 문을 열고 방에 들어오는 것을 기다렸다.

발걸음이 조용해진 듯했다. '어떡하지' 정말 궁금했다.

집에 누가 있는지 보려고 일어설까?

스타브리스를 깨워야 할까? 아무도 없으면 스타브리스는 웃을 것이다. 최소 몇 분 동안 플로라는 머리를 굴리면서 무슨 일이 일어났나 볼 것인지 방에 머물 것인지 망설였다. 심장은 질주하는 말처럼 뛰었다.

발과 손은 얼고 떨렸다. 더 용감하기로 맘먹었다.

'스타브리스를 깨워 집에 누가 있는지 봐야지. 실제로 스타브리스는 권총을 가지고 있다.

무슨 일이 생겼는지 확인하지 않으면 마음이 편안하지 않아.' 플로라는 생각했다.

천천히 침대에서 나와 잠옷 차림에 맨발로 문에 다가갔다. 아주 조심스럽고 주의해서 문을 열고 복도를 내려다보았다. 아무것도 보지 못했다. 매우 어두웠다.

맨발에, 손가락 끝으로 벽을 더듬으면서 하얀 잠옷을 입은 유령을 닮은 플로라가 스타브리스의 방으로 다가가기 시작했다.

침묵은 등위의 무거운 돌처럼 플로라를 눌렀다.

심장은 마치 갑자기 가슴에서 날아갈 것처럼 더 세게 더 빠르게 뛰었다.

깊이 숨을 쉬었지만, 호흡을 압박하는 듯했다.

Paŝante tre malrapide, Flora sukcesis iri al la ĉambro de Stavris. Ŝajnis al ŝi, ke ĝis la pordo ŝi paŝis ne sekundojn, sed horojn. La tuta domo silentis. Flora rapide malfermis la pordon kaj ŝaltis la lampon, kies ŝaltilo estis ĉe la pordo.

Tuj la ĉambro estis forte lumigita. Flora preskaŭ ne svenis. En la lito kuŝis Stavris kaj Nina. Post sekundoj Flora rekonsciiĝis kaj komencis histerie krii:

–For! For! Gefiuloj! Stavris, tuj forlasu la domon! Nina, mi ne deziras vidi vin!

Tagiĝis. La matena suno lumigis la domon. Flora sidis en la manĝejo. Ŝi ne dormis la tutan nokton. Kolera, ekscitita, Flora ankoraŭ ne kredis ke tio, kion ŝi vidis nokte en la ĉambro de Stavris, estis vero. Ŝajnis al ŝi, ke ĝi estis inkuba sonĝo. Verŝajne subite ŝi vekiĝos kaj komprenos, ke ŝi vere sonĝis. Flora ne povis kredi, ke ŝi vidis Ninan, preskaŭ nuda, en la brakoj de Stavris.

Kiel eblis – nervoze ŝi demandis sin mem? Ja, Nina estas lernantino, nur deksesjara. Mi ne povas imagi ŝian kuraĝon. Dumnokte iri en la ĉambron de viro! Kiam mi estis deksesjara mi timis alrigardi kaj alparoli viron. Mi tute ne povas kompreni la nunajn knabinojn. Kion ili imagas? Ĉu nur pri amo ili pensas? Terure!

아주 천천히 걸음을 내디디고 플로라는 스타브리스방으로 이동했다.

문에까지 몇 초가 아니라 몇 시간이 걸린 듯했다.

집 전체가 조용했다.

플로라는 빠르게 문을 열고 문 옆에 있는 스위치를 눌러 전등을 켰다. 즉시 방이 밝게 빛났다.

거의 기절할 뻔했다. 스타브리스와 니나가 침대에 누워 있었다. 얼마 뒤 플로라는 의식을 되찾고 신경질적으로 소리치기 시작했다.

"나가! 나가! 창피한 놈들아! 스타브리스, 당장 집에서 나가! 니나, 너를 다시 보고 싶지 않아!"

새벽이었다. 아침 햇살이 집을 비췄다. 플로라가 식당에서 앉아 있었다. 밤새도록 자지 않았다. 화가 나고 흥분되고 플로라는 밤에 스타브리스의 방에서 본 것이 사실이라고 아직 믿지 않았다. 그것이 악몽인 것 같았다. 아마 문득 깨어나 정말로 꿈꾸고 있다는 것을 깨닫게 될 것이다. 플로라는 스타브리스의 팔이 거의 알몸인 니나를 안고 있는 것을 보았지만 믿을 수 없다.

어떻게 가능했을까? 신경과민이 되고 궁금했다. 정말 니나는 16살짜리 학생이다. 니나의 용기를 상상할 수 없다. 밤에 남자의 방에 가다니! 내가 16살 때에는 남자를 보고 말을 하는 것조차 두려웠다. 지금의 어린 여자아이들을 전혀 이해할 수 없다. 그들은 무엇을 상상할까? 그냥 그들이 생각하는 사랑에 대해? 무섭다!

Mi devas juĝi Stavris. Nur tion mi ne atendis. Antaŭ semajno oni murdis Plamen kaj jen, nova terura surprizo! Vere, la malfeliĉo ne venas sole.

Kiam Plamen dungis Stavris, Flora opiniis, ke Stavris estas serioza, matura viro, al kiu oni povas plene fidi. Li devis zorgi kaj gardi la infanojn, sed jen kio okazis. Jam nokte Stavris forlasis la domon.

Pli bone ne havi korpogardiston ol iun kiel Stavris, decidis Flora.

Aŭdiĝis paŝoj. Iu proksimiĝis al la manĝejo. Post sekundoj la pordo malfermiĝis kaj eniris Nina.

Ŝi surhavis bluan maldikan noktoĉemizon, ŝiaj longaj haroj falis sur ŝiajn nudajn ŝultrojn.

La okuloj de Nina estis ruĝaj. Verŝajne ŝi same ne dormis nokte kaj ŝi ploris.

Flora kolere alrigardis ŝin. Nina voĉe ekploris:

—Mi estas kulpa – diris ŝi. – Mi amas lin, tial mi iris al lia ĉambro. Jam, kiam li venis ĉi tien, mi ekamis lin. Kial vi forpelis lin?

—Mi ne deziras aŭdi stultaĵojn! – eksplodis Flora. – Kion vi diras? Vi estas lernantino, nur deksesjara. Li estas dudekkvarjara. Kion vi imagas?

—Mi amas lin – obstinis Nina. – Li estas kara.

스타브리스를 어떻게 할지 결정해야 한다. 오직 그것을 지체하지 않았다. 1주일 전에 남편이 살해당했고 새로 끔찍한 놀라운 일이 일어났다!

참으로 불행은 혼자 오지 않는다.

남편이 스타브리스를 고용했을 때 플로라는 스타브리스가 완전히 신뢰할 수 있는 진지하고 성숙한 남자라고 생각했다. 아이들을 돌보고 지켜야 하는데 이런 사건이 일어났다. 이미 밤에 스타브리스는 집을 떠났다. 스타브리스와 같은 사람보다 경호원 없는 것이 더 낫다고 플로라는 결정했다.

발걸음 소리가 들렸다. 누군가 식당에 접근했다. 얼마 뒤 문이 열리고 니나가 들어왔다. 파란색 얇은 잠옷을 입고 긴 머리카락이 벗은 어깨 위로 떨어졌다. 니나의 눈은 빨개졌다. 아마 밤에 잠을 자지 않았고 운 듯했다. 플로라는 화가 나서 딸을 노려보았다. 니나는 소리 내 울었다. "제가 잘못했습니다." 니나가 말했다.

"나는 사랑해서 그 방에 갔어요. 그 사람이 여기 처음 왔을 때 이미 사랑에 빠졌어요. 왜 그 사람을 쫓아냈나요?"

"말도 안 되는 소리 듣고 싶지 않아!" 플로라는 폭발했다. "무슨 말이냐? 너는 16살에 불과한 학생이야. 그 사람은 스물네 살이야. 무엇을 상상하니?"

"그 사람을 사랑해요."라고 니나는 주장했다.

"그 사람은 사랑스러워요."

-Ĉesu jam! Ĉu vi ne hontas? Nur antaŭ semajno via patro estis murdita kaj vi parolas pri amo. Mi ne deziras plu aŭdi pri Stavris. Mi akuzos lin!

-Ne! Vi ne rajtas fari tion! - komencis krii Nina. - Mi jam diris al vi. Li ne estas kulpa! Mi mem iris al lia ĉambro. Mi amas lin kaj mi ne deziras kaŝi tion.

-Ĉesu! Ne parolu plu! Ni ne diros al Dan kaj Lina pri via nokta aventuro! - ordonis Flora. - Hodiaŭ mi veturigos vin al la lernejo kaj post la lecionoj mi veturigos vin hejmen. Vi devas tuj forgesi Stavris! Se vi denove mencios lian nomon, mi punos vin! - diris Flora.

Nina alrigardis ŝin, kuntiris brovojn, denove ekploris kaj iris el la manĝejo. Mia patrino ne komprenas min. Ŝi eĉ ne deziras aŭdi, ke mi amas Stavris. Li estas bona, kara. Li same amas min. Kiel mi vivos, se mi ne vidos Stavris. Mi deziras esti kun li kaj mi ne povas imagi, ke ni plu ne renkontiĝos, ploris Nina. Ne, mi faros ĉion eblan, sed mi daŭrigos renkontiĝi kun Stavris. Ni nepre devas esti kune. Stavris estas mia amo.

"당장 멈춰! 부끄럽지 않니? 일주일 전에 아버지는 살해 당했는데 너는 사랑에 관해 이야기하는구나. 다시는 스타브리스에 대해 듣고 싶지 않아. 고발할 거야!"

"아니요! 그렇게 할 권리가 없습니다!" 니나는 소리치기 시작했다. "이미 말씀드렸어요. 그 사람은 무죄입니다! 내가 방에 직접 갔어요. 사랑하고 그것을 숨기고 싶지 않아요."

"그만해! 더 말하지 마! 단과 리나에게는 어젯밤 일에 대해 말하지 않을 거야." 플로라가 명령했다.

"오늘 내가 학교에 데려가고 수업이 끝나면 집으로 데리고 올 거야. 너는 즉시 스타브리스를 잊어야 해! 이름을 또 언급하면 벌을 내릴 거야!" 플로라가 말했다.

니나는 엄마를 쳐다보고 눈살을 찌푸리고 다시 울기 시작하더니 식당에서 나갔다.

'엄마는 나를 이해하지 못한다. 심지어 내가 스타브리스를 사랑한다는 말을 듣고 싶지도 않아. 그 사람은 훌륭하고 친절하다. 똑같이 나를 사랑한다. 스타브리스를 보지 않으면 어떻게 살 것인가? 나는 스타브리스와 함께 있고 싶고 우리가 다시 만나지 않을 것이라고 상상할 수 없다.' 니나는 울었다. '아니야, 최선을 다하겠다. 스타브리스와 만나기를 계속할 것이다. 우리는 함께 있어야 한다. 스타브리스는 내 사랑이다.'

17. la 31-an de majo, matene

Komisaro Safirov kaj serĝento Kolev estis en la domo de Fani kaj Stefan. Ili sidis ĉe granda tablo en vasta ĉambro, kie estis alta libroŝranko, komodo – sur ĝi vazo kun freŝaj rozoj kaj televidilo. Fani alportis kafon, kiun ŝi ĵus kuiris kaj verŝis ĝin en la glasetojn. Ŝi sidiĝis ĉe Stefan. Safirov ekparolis:

–Mi petas pardonon pro la ĝeno, sed ni venis konversacii kun vi pri Plamen Filov. Ja, vi estis amikoj kaj certe vi povas diri al ni detalojn pri li, pri liaj konatoj, pri lia agado.

–Jes – diris Fani.

Ŝi surhavis modan, helverdan robon. Kun svelta korpo, blondhara kaj nigraj okuloj, Fani estis simpatia kaj malgraŭ kvardekjara, ŝi aspektis ĉarma kaj alloga.

–Niaj familioj estis amikaj – daŭrigis Fani post malgranda paŭzo. – Iam mi kaj Plamen estis samklasanoj. Poste okazis, ke niaj loĝejoj najbaras en kvartalo "Laboristo".

–Ni scias, ke vi kaj Plamen estis samkompanianoj – diris Kolev al Stefan. – Via estis restoracio "Mirakla Planedo".

–Jes – diris Stefan kaj li alrigardis Fani.

17장. 5월 31일 아침 스테판 부부의 집

사피로브 수사관과 콜레브 경사가 파니와 스테판의 집에 있다. 그들은 높은 책장, 신선한 장미가 든 꽃병과 텔레비전을 놓아둔 서랍장이 있는 넓은 방의 큰 탁자에 앉아 있다.

파니는 방금 탄 커피를 가져와 작은 잔에 부은 뒤 남편 옆에 앉았다. 사피로브는 말했다.

"불편하게 해 죄송합니다만 플라멘 필로브 씨에 관해 이야기하러 왔습니다.

사실, 당신은 친구였고 확실히 필로브 씨나, 그분의 지인, 활동에 대해 세밀하게 말할 수 있습니다."

"예" 파니가 말했다.

세련된 밝은 초록색 드레스를 입고 있었다. 날씬한 몸매로 금발 머리와 검은 눈을 가진 파니는 사랑스러웠고 40살임에도 불구하고 매력적이고 유혹적으로 보였다.

"우리 가족은 친했습니다." 약간 멈춘 뒤에 파니는 계속 말을 했다.

"플라멘 씨와 나는 한때 급우였습니다. 한때 우리 아파트는 '노동자' 지역 옆집에 있었습니다."

"우리는 사장님과 플라멘 씨가 동업자였다는 것을 알고 있습니다." 콜레브가 스테판에게 말했다.

"사장님의 식당은 '기적의 행성'입니다."

"예" 스테판이 말하고 파니를 바라보았다.

- Poste Plamen vendis al mi sian parton de la restoracio.

-Tre bona restoracio - rimarkis Safirov.

-Sed dum la lastaj du jaroj "Mirakla Planedo" ne estis tiel profitdona kiel antaŭe kaj mi vendis ĝin.

-Al kiu? - demandis Safirov.

-Al Kiril Hinkov - respondis Stefan. - Vi certe konas lin. Li proponis la plej bonan sumon por aĉeti ĝin.

Safirov kaj Kolev silente alrigardis unu la alian. Sendube Kiril Hinkov havas multe da mono kaj deziras demonstri sian riĉecon.

-Kiam lastfoje vi vidis Plamenon? - demandis Safirov.

-Li festis sian kvardekjariĝon kaj invitis nin - respondis Fani.

- Ni estis en lia domo, en kvartalo "Lazuro".

-Ĉu Plamen havis malamikojn? Ĉu iam li menciis al vi, ke iu minacas lin, ke li estas en konflikto kun iu? - denove demandis Safirov.

-Kiam ni posedis la restoracion, ni estis kune, sed poste Plamen estis tre okupata kaj ni malofte renkontiĝis.

De tempo al tempo ni konversaciis telefone, sed neniam li menciis al mi pri malamikoj - klarigis Stefan.

"나중에 플라멘이 내게 식당의 자기 몫을 팔았지요."

"아주 좋은 식당"이라고 사피로브가 말했다.

"하지만 지난 2년 동안 '기적의 행성' 식당은 이전만큼 수익을 내지 못해서 팔았습니다."

"누구에게요?" 사피로브가 물었다.

"키릴 힌코브에게" 스테판이 대답했다.

"수사관님은 확실히 그 사람을 알죠. 그것을 사려고 최고의 금액을 제안했습니다."

사피로브와 콜레브는 조용히 서로 바라보았다. 의심할 여지 없이 키릴 힌코브는 많은 돈을 가지고 있으며 부를 나타내고 싶어 한다.

"플라멘 씨를 마지막으로 본 게 언제입니까?" 사피로브가 물었다.

"필로브 씨가 40번째 생일을 축하하며 우리를 초대했습니다."라고 파니가 대답했다. "우리는 '라주로' 지역에 있는 집에 갔습니다."

"플라멘 씨에게 적이 있었나요? 사장님에게 누군가가 위협하고 있고, 누군가와 갈등하고 있다는 사실을 언급한 적이 있습니까?" 다시 사피로브가 물었다.

"우리가 식당을 동업했을 때 우리는 함께 있었지만, 나중에 플라멘은 매우 바빴고 거의 만나지 못했습니다. 때때로 우리는 전화로 통화했지만 나에게 적에 대해 언급하지 않았습니다." 스테판은 설명했다.

-Kion vi supozas? Kial oni murdis lin? – demandis Safirov.

-Multaj enviis lin – diris Fani.

– Plamen estis kapabla persono. Li havis ĉion: monon, riĉecon, bonan familion, belajn infanojn. Li estis ano de la Urba Konsilio.

-Vi ege ŝatas troigi – interrompis ŝin Stefan. – Neniu enviis lin. Li ne estis kapabla, sed nur sperta negocisto.

-Plamen estis kara, afabla···– aldonis Fani kaj en ŝia voĉo Safirov eksentis triston.

-Ofte estas etaj detaloj, kiujn ni ne ĉiam rimarkas – komencis Safirov malrapide, - sed ili estas tre gravaj. Eble en konversacio Plamen menciis ion, kion tiam vi ne rimarkis, sed poste vi komprenis, ke ĝi estis grava. Mi petas vin, se vi rememoros ion neordinaran pri Plamen, bonvolu telefoni al ni – kaj Safirov donis al Stefan sian vizitkarton.

Stefan prenis kaj metis ĝin en sian ledan monujon.

-Ĉu vi scias, ke iuj postulis de Plamen 100 000 eŭrojn? – demandis Safirov.

-Ne – tuj respondis Stefan. – Nun unuan fojon mi aŭdas pri tia letero.

"어떻게 짐작하세요? 왜 살해당했습니까?"
사피로브가 물었다.

"많은 사람이 플라멘 씨를 부러워했습니다." 파니가 말했다. "플라멘 씨는 능력 있는 사람입니다. 돈, 부, 좋은 가족, 아름다운 자녀들 이같이 모든 것을 가졌습니다. 게다가 시의회 의원이었습니다."

"당신은 과장하는 것을 좋아해." 스테판이 끼어들었다.

"아무도 부러워하지 않았습니다. 능력은 없었지만, 경험이 풍부한 사업가였습니다."

"플라멘 씨는 자상하고 친절했습니다."라고 파니는 덧붙였다. 목소리에서 사피로브는 슬픔을 느꼈다.

"우리가 평소에 알아차리지 못하는 세밀한 부분이 자주 있곤 합니다." 사피로브는 천천히 말을 이어갔다.

"그러나 그것들은 매우 중요합니다. 아마도 대화 중에 플라멘 씨는 사장님이 알아차리지 못했던 무언가를 언급했을테고 나중에서야 그것이 중요하다는 것을 깨닫습니다. 플라멘 씨에 대해 특이한 점을 기억한다면 전화해 주십시오." 하는 말과 함께 사피로브는 스테판에게 명함을 주었다.

스테판은 그것을 들어 가죽 지갑에 넣었다.

"어떤 사람이 플라멘에게 100,000유로를 요구했다는 것을 알고 있습니까?" 사피로브가 물었다.

"아니요." 스테판이 즉시 대답했다.

"지금 처음으로 그런 편지에 대해 들었습니다.

Iu diris al mi, ke Plamen dungis korpogardiston por siaj infanoj, sed mi opiniis, ke tio estas ia kaprico de riĉulo. Ja, preskaŭ ĉiuj en la urbo scias, ke li estas unu el la plej riĉaj homoj kaj kompreneble riĉuloj ŝatas demonstri sian riĉecon. Ofte riĉuloj aĉetas aĵojn, kiujn ili ne bezonas, sed kiuj atestas ilian riĉecon.

–Eble vi pravas – ekridetis Safirov.

–Ne! Stefan ne pravas – reagis Fani. – Plamen neniam demonstris sian riĉecon. Li multe laboris. Honesta kaj modesta homo li estis.

–Ho, vi ĉiam defendis lin – diris Stefan.

–Ne. Mi reale pritaksas la homojn – diris Fani.

–Mi vidas, ke vi bone konis lin – interrompis ilin Safirov. – Se hazarde vi rememoros ion pri Plamen, bonvolu tuj telefoni al ni. Ĝis revido.

–Ĝis revido, sinjoro komisaro kaj sinjoro serĝento – diris Fani kaj Stefan.

Kiam Safirov kaj Kolev estis sur la strato, Safirov demandis Kolevon:

–Kion vi scias pri la familio Lambov?

–Fani Popova naskiĝis ĉi tie, en Burgo. Ŝia patro, Ivan Popov, estis vendisto en librovendejo kaj ŝia patrino, Lena Popova, laboris en la registrejo de la Urba Domo.

누군가 플라멘이 아이들을 위해 경호원을 고용했다고 말하자 나는 그것이 일종 부자의 위세라고 생각했습니다. 실제로 도시의 거의 모든 사람은 플라멘이 가장 부유한 사람 중 한 명이라는 것을 알고 있습니다. 물론 부자들은 자신의 부를 보여주는 것을 좋아합니다. 자주 부자들은 필요하지 않지만, 부의 증거가 될 물건을 삽니다."

"아마 선생님 말씀이 맞아요." 사피로브가 작게 웃었다.

"아니요! 남편이 틀렸어요." 파니가 반응했다.

"플라멘 씨는 절대 부를 나타내지 않았습니다. 열심히 일했습니다. 정직하고 겸손한 사람입니다."

"오, 당신은 항상 변호해." 스테판이 말했다.

"아니요, 저는 사람들을 사실적으로 평가합니다."라고 파니가 말했다.

"제가 보니 잘 아시는 것 같습니다." 사피로브가 끼어들었다. "플라멘 씨에 대해 기억 나는 게 있다면 즉시 전화해 주세요. 안녕히 계십시오."

"안녕히 가십시오, 수사관님과 경사님." 파니와 스테판이 말했다.

사피로브와 콜레브가 거리에 나왔을 때 사피로브는 콜레브에게 물었다.

"람보브 씨 가족에 대해 무엇을 알고 있나?"

"파니 포포바는 여기 부르고 시에서 태어났습니다. 아버지, 이반 포포브는 서점의 판매원이었고 어머니 레바 포포브는 시청 등록부에서 일했습니다.

Pri Stefan Lambov mi ne multon eksciis. Li naskiĝis en iu vilaĝo en la norda parto de la lando. En la urbo Atlimano li estis maristo. Poste li venis en Burgon, konatiĝis kun Fani kaj ili geedziĝis. Ili ne havas infanojn.

스테판 람보브에 대해서는 많이 모릅니다. 이 나라의 북부 어느 마을에서 태어났습니다. **아트리마노** 시에서 선원이었습니다. 나중에 부르고에 와서 파니를 만나 결혼했습니다. 자녀는 없습니다."

18. La 31-an de majo matene

Safirov sidis ĉe la skribotablo. Antaŭ li staris Gino Drenkov, kiun oni nomis Gibon. Li estis bone konata ĉe la polico. Dudekkvinjara Gibon plurfoje krimagis, ŝtelis, vendis narkotaĵojn. Li ne havis gepatrojn. Kiam li naskiĝis, la patrino, verŝajne publikulino, lasis lin en la malsanulejo kaj forkuris. Gibon kreskis en internulejo. Dekokjara li komencis labori, sed li trinkis, ofte ebriiĝis, ŝtelis. Oni kondamnis lin kaj li estis en malliberejo. Ĉiuj sciis, ke Gibon estas konato de Kiril Hinkov, kiu donis al li narkotaĵojn kaj Gibon vendis ilin al gejunuloj ĉe la strando kaj en la dancklubejoj.

Alta, magra, vestita en ĝinzo kaj malpura verda jako, li malamike kaj malice rigardis la polickomisaron.

-Kial vi arestis min? – demandis Gibon kolere.

-Vi vendis narkotaĵojn en restoracio "Mirakla Planedo" – diris Safirov.

-Tio estas fia mensogo! – protestis Gibon kaj liaj karbokoloraj okuloj, kvazaŭ ĵetintaj fulmojn, fiksrigardis Safirovon.

-Serĝento Kolev vidis vin kaj arestis vin – diris Safirov.

-Serĝento Kolev mensogas – insistis Gibon.

18장. 5월 31일 아침 수사관 사무실

사피로브는 책상에 앉아 있었다.
앞에는 **기본**이라고 부르는 **기노 드렌코브**가 서 있다.
경찰에 잘 알려진 인물이다. 25살의 기본은 계속해서 범
죄를 저지르고 훔치고 마약을 팔았다.
부모가 없었다. 태어났을 때 어머니는 아마 매춘부였고
병원에 아이를 두고 도망쳤다. 기본은 기숙 학교에서 자
랐다. 18세부터 일하기 시작했지만, 술을 자주 마시고
취해 물건을 훔쳤다.
유죄 판결을 받았으며 감옥에도 갔다. 기본이 마약을 준
키릴 힌코브의 지인이라는 것을 모든 사람이 알고 있다.
기본은 해변과 춤추는 클럽에서 마약을 팔았다.
키 크고 마른 체형에 청바지와 더러운 녹색 재킷을 입은
기본은 수사관을 적대적이고 악의적으로 바라보았다.
"왜 나를 체포했나요?" 화가 나서 기본이 물었다.
"너는 식당 '기적의 행성'에서 마약을 팔았어."
사피로브가 말했다.
"그건 말도 안 되는 거짓말입니다!" 기본은 항의하며 번
개에 번쩍이는 듯한 석탄 빛깔 눈동자로 사피로브를 쳐
다보았다.
"콜레브 경사가 너를 체포했어." 사피로브가 말했다.
"콜레브 경사님이 거짓말을 하는 겁니다."
기본이 우겨댔다.

-Ĉu hieraŭnokte vi estis en "Mirakla Planedo"? - demandis Kolev, kiu staris ĉe la skribotablo de Safirov.

-Jes, mi estis tie.

-Kial vi estis tie? - demandis Safirov.

-Ja, tie muzikludas la bando "Furoraj Ritmoj" kaj mi iris danci - diris li.

-Kaj vendi iom da narkotaĵoj al la gejunuloj, kiuj estis tie - aldonis Rumen Kolev.

-Vi mensogas! - energie protestis Gibon. - Ja, vi ne trovis ĉe mi narkotaĵojn.

-Ĉar kiam vi rimarkis min, vi rapide ĵetis la saketojn - diris Kolev.

-Vi mensogas! - ripetis Gibon.

-Vi opiniis, ke en la tumulto kaj en la duonluma ejo, mi ne vidis tion - ekridetis Kolev.

-Pruvu, ke mi havis narkotaĵon, kiun mi vendis.

-Vi bone scias, ke ni facile povas pruvi ĉion - diris Safirov. - Nun mi ne nur arestos vin, sed oni akuzos vin kaj denove vi pasigos kelkajn jarojn en la malliberejo.

Gibon eksilentis kaj time alrigardis Safirovon.

-Mi tamen antaŭ aresti vin iom pripensus, ĉu vi rakontos detale pri via agado kun Kiril Hinkov.

"어젯밤 '기적의 행성'에 있었지?" 사피로브의 책상 옆에 서 있던 콜레브가 물었다.

"예, 거기 있었어요."

"왜 거기 갔냐?" 사피로브가 물었다.

"거기서 '열광적 리듬' 밴드가 연주했고 난 정말로 춤을 추러 갔습니다." 기본이 말했다.

"그리고 거기에 있는 젊은이들에게 마약을 팔러." 루멘 콜레브가 추가했다.

"거짓말입니다!" 기본은 격렬하게 항의했다.

"진짜 나한테서 마약을 발견하지 못했잖습니까."

"나를 눈치채고 재빨리 가방을 버렸으니까." 콜레브가 말했다.

"거짓말입니다!" 기본은 되풀이했다.

"소란스럽고 희미한 빛 속에서 내가 그것을 보지 못했다고 생각하는구나." 콜레브가 웃었다.

"제가 판매한 마약을 가지고 있음을 증명해 보십시오."

"우리가 모든 것을 쉽게 증명할 수 있다는 것을 잘 알고 있잖아."라고 사피로브가 말했다. "이제 나는 너를 체포할 뿐만 아니라 기소하여 감옥에서 몇 년을 보내도록 할 거야."

기본은 침묵하며 두려움에 차 사피로브를 바라보았다.

"하지만 너를 체포하기 전에 키릴 힌코브와의 사업에 대해 네가 자세히 이야기할 것인지 생각해 볼게.

Mi scias, ke li donas al vi la narkotaĵon, vi vendas ĝin kaj poste vi donas la monon al Kiril Hinkov.

Gibon daŭre silentis, sed Safirov komprenis de lia rigardo, ke li komencis heziti, ĉu ekparoli aŭ ne. Post kelkminuta paŭzo Gibon ekparolis:

—Kiril Hinkov ne pagas al mi. Plurfoje li promesas pagi, sed li ĵetas al mi nur monerojn kiel al hundo panerojn. Ja, mi ne havas monon, sed mi devas manĝi, vivi, kion mi faru – kaj lia voĉo eksonis kolere kaj malgaje. – Jen, antaŭ kelkaj tagoj Kiril Hinkov donis al mi iun leteron kaj diris, ke mi ĵetu ĝin en la korton de Plamen Filov. Hinkov promesis al mi doni monon. Mi iris tien, ĵetis la leteron, sed poste Hinkov eĉ moneron ne donis al mi. Kiam mi deziris de li la monon, li nur ridis kaj diris, ke la letero estis ŝerco. De tiam mi ne deziras vidi Kiril Hinkov.

—Ĉu tiu ĉi estas la letero? – demandis Safirov, elprenis el la tirkesto de la skribotablo koverton kaj montris ĝin al Gibon.

—Jes la sama. Sur la koverto estis skribita la nomo de Plamen Filov.

—Ĉu vi scias pri kio temis la letero? – demandis Safirov.

그 사람이 너에게 마약을 주고 너는 판매하고 나중에 키릴 힌코브에게 돈을 줄 것이라고 알고 있어."

기본은 계속해서 침묵했지만, 사피로브는 말할지 말지 망설이기 시작한 표정을 알아차렸다.

기본은 몇 분 동안 멈추었다가 말하기 시작했다.

"키릴 힌코브는 제게 돈을 주지 않았습니다.

몇 번 주겠다고 약속했지만, 개에게 빵부스러기 던지듯 동전만 던집니다.

정말 저는 돈이 없습니다.

무엇을 하든 먹고 살아야 합니다."

분노에 찬 슬픈 목소리가 들렸다.

"정말로, 며칠 전 키릴 힌코브는 제게 어떤 편지를 주고 그것을 플라멘 필로브의 안뜰에 던지라고 말했습니다. 힌코브는 돈을 주겠다고 약속했습니다. 저는 거기에 가서 편지를 던졌지만, 힌코브는 한 푼도 주지 않았습니다. 제가 돈을 달라고 원하자 그 사람은 웃으며 편지가 농담이라고 했습니다. 그 뒤 키릴 힌코브를 보고 싶지 않았습니다."

"이게 편지야?" 사피로브가 물었다. 책상 서랍에서 봉투를 꺼내서 기본에게 보여주었다.

"예, 맞습니다. 봉투에는 '플라멘 필로브'라고 이름이 적혀있습니다."

"편지의 내용을 알고 있나?" 사피로브가 물었다.

–Ne. La koverto estis gluita. Post du tagoj Hinkov diris al mi, ke mi telefonu al Plamen Filoiv de strattelefono kaj demandu lin ĉu li ricevis la leteron – diris Gibon.

–Ĉu vi telefonis?

–Jes, ĉar mi opiniis, ke Hinkov donos al mi la monon, kiun li promesis.

–Kion vi diris al Plamen Filov telefone?

–Mi nur demandis lin ĉu li ricevis la leteron.

Tion diris al mi Hinkov.

–Kaj kion respondis Plamen Filov?

–Li diris "jes".

–Ĉu nur tion?

–Nur tion, ĉar mi tuj devis malŝalti la telefonon, tion diris al mi Hinkov – aldonis Gibon.

–Ĉu vi pretas tion diri antaŭ la tribunalo?

Ni akuzos Kiril Hinkov pri minaco kaj ĉantaĝo – demandis Safirov kaj fiksirigardis Gibon.

–Tute ne! Kiril Hinkov murdos min.

Vi ne konas lin.

Li estas kruela.

Li sendos siajn ĉashundojn kaj ili pafmurdos min. Neniam mi atestos kontraŭ li.

"아니요. 봉투가 풀로 붙어있었습니다. 이틀 뒤 힌코브는 제게 플라멘 필로브 씨에게 공중전화로 전화를 걸어 편지를 받았는지 물어보라고 말했습니다." 기본이 말했다.

"전화를 걸었어?"

"예, 힌코브가 저에게 약속한 돈을 줄 것으로 생각했기 때문입니다."

"플라멘 필로브 씨에게 전화로 뭐라고 했어?"

"편지를 받았는지 물었습니다. 그것이 힌코브가 제게 말한 것입니다."

"그리고 플라멘 필로브 씨는 뭐라고 대답했지?"

"'예'라고 말했습니다."

"그게 다야?"

"오직 그뿐입니다. 왜냐하면, 그건 바로 전화를 끊어야 했기 때문입니다. 힌코브가 제게 그렇게 하라고 말했습니다." 기본은 덧붙였다.

"법정에서 말할 준비가 되었지? 우리는 위협과 협박으로 키릴 힌코브를 고소할 거야."

사피로브는 질문하면서 기본을 쳐다보았다.

"전혀 안 됩니다! 키릴 힌코브가 나를 죽일 것입니다. 수사관님은 모릅니다. 그 사람은 잔인합니다. 사냥개를 보내고 저를 쏠 것입니다. 저는 결코 법정에서 반대 증언하지 않을 것입니다."

-Bone – diris Safirov. – Nun ni liberigos vin, sed atentu. Mi ne deziras plu vidi vin ĉi tie en la policejo.

-Mi promesas, ke mi ne trinkos, ne ŝtelos.

-Bone.

Kiam Gino Drenkov eliris, Safirov diris al Kolev:

-Ni jam scias kiu sendis la minacan leteron al Plamen Filov. Ni denove vokos Kiril Hinkov. Ni akuzos lin. Nun ni havas pruvojn kaj li ne eskapos la verdikton. Tamen Gino Drenkov devas esti atestanto.

-Pri la sendinto de la letero ni jam scias, sed ankoraŭ nenion ni scias pri la persono, kiu murdis Plamen Filov – diris Kolev.

-Ankoraŭ nenion – ripetis Safirov. – Ni devas daŭrigi la pridemandojn. Laŭ la listo, kiun vi faris, kun kiu ni devas paroli?

-Ni nepre devas paroli kun la sekretariino de Plamen Filov, kun la estroj de la hoteloj de Plamen Filov.

-Do, ni devas fari precizan planon kun kiu kiam ni renkontiĝu – diris Safirov.

"알았어." 사피로브가 말했다.

"이제 우리는 너를 자유롭게 할 것이지만 조심해라. 더는 여기 경찰서에서 너를 보고 싶지 않아."

"술도 안 먹고, 훔치지 않겠다고 약속합니다."

"알겠어."

기노 드렌코브가 떠났을 때 사피로브는 콜레브에게 말했다.

"우리는 누가 플라멘 필로브 씨에게 협박 편지를 보냈는지 이제 알았어.

키릴 힌코브를 다시 부르고, 기소해야 해.

이제, 우리는 증거가 있고 그는 판결에서 벗어나지 못할거야. 그러나 기노 드렌코브는 증인으로 서야 해."

"우리는 이미 편지를 보낸 사람에 대해 알고 있지만, 여전히 플라멘 필로브 씨를 살해한 사람에 대해서는 아무것도 모릅니다." 콜레브가 말했다.

"아직 아무것도 없지." 사피로브가 반복했다.

"우리는 계속 심문해야 해.

경사가 만든 목록에 따르면 우리는 누구와 이야기해야 하지?"

"플라멘 필로브 씨의 비서, 플라멘 필로브 씨 호텔의 매니저와 함께 이야기해야 합니다."

"그래서 누구와 언제 만날지 정확한 계획을 세워야 해." 사피로브가 말했다.

19. La 31-an de majo, vespere

Hodiaŭ, post la fino de la labortago, Paulina Mineva, la sekrtetariino de Plamen Filov, gastis ĉe sia amikino Nevena, kiu antaŭ unu jaro edziniĝis kaj antaŭ monato naskis filinon. Nevena jam plurfoje invitis Paulinan gasti ĉe ŝi.

–Venu. Vi devas vidi mian filineton, tre delonge vi ne gastis ĉe ni.

–Nepre mi venos – ĉiam promesis Paulina, sed dum la lastaj semajnoj ŝi ne havis eblecon iri al Nevena.

Hodiaŭ Paulina vizitis Nevenan, kiu loĝis en la nova kvartalo "Floroj" , en multetaĝa domo. Kiam Nevena vidis Paulinan ĉe la pordo, ege ekĝojis.

–Finfine – diris Nevena. – Mi jam opiniis, ke vi neniam venos. Mi tute ne povas iri el la domo, ĉar mi devas zorgi pri la filineto, Mira.

Nevena estis alta, iom dika kun longaj brunaj haroj, nigraj okuloj kaj tre ĉarma rideto. Paulina kaj ŝi delonge estis bonaj amikinoj. Antaŭ la edziniĝo, Nevena kaj Paulina estis najbarinoj, loĝis proksime unu al la alia kaj ofte renkontiĝis. Nevena rapidis montri la filineton al Paulina kaj ridante pro ĝojo kaj feliĉo ŝi diris. –Jen mia dolĉa Mira.

19장. 5월 31일 저녁

오늘, 근무가 끝난 뒤 플라멘 필로브의 비서 폴리나 미네바는 1년 전에 결혼해서 한 달 전에 딸을 낳은 친구 **네베나**를 찾아갔다.
네베나는 폴리나를 여러 번 초대했다.
"꼭 와야 해. 내 딸을 봐야지, 너무 오래 못 만났잖아."
"꼭 갈게."
폴리나는 항상 약속했지만, 지난주에는 네베나에게 갈 기회가 없었다.
오늘 폴리나는 다층 집들이 있는 새로운 '꽃'지역에 사는 네베나를 방문했다.
네베나는 문 앞에서 폴리나를 보고 매우 기뻐했다.
"마침내." 네베나가 말했다.
"절대 오지 않으리라고 생각했어.
어린 딸, **미라**를 돌봐야 해서 잠시도 집을 비울 수 없어."
네베나는 키가 크고 긴 갈색 머리에 검은 눈과 매우 매력적인 웃음을 띠고 약간 뚱뚱했다.
폴리나하고는 오랫동안 좋은 친구였다.
결혼식 전에는 이웃으로, 서로 가까이 살았고 자주 만났다.
네베나는 어린 딸을 폴리나에게 보여주기 위해 서둘렀고 기쁨과 행복 때문에 웃으며 말했다.
"여기 귀여운 미라가 있어."

Paulina atente ĉirkaŭprenis la bebon.

-Vere tre dolĉa ŝi estas - diris Paulina.

-Kara bebo - daŭrigis Nevena. - Ŝi trankvile dormas. Ploras nur kiam ŝi malsatas.

Paulina donis al Nevena la donacon, kiun ŝi portis por Mira - etan guman pupon.

Nevena kuŝigis Miran en la infanliton kaj ŝi kaj Paulina sidis en la ĉambro por paroli kaj rakonti unu al alia la novaĵojn. Ja, delonge ili ne estis kune.

La loĝejo estis duĉambra. En ne tre vasta dormoĉambro, kie ili sidis, estis la familia lito, la infanlito, en kiu nun kuŝis Mira, eta kafotablo kun tri seĝoj kaj vestoŝranko. Nevena verŝis kafon en glasetojn, poste ŝi malfermis skatolon da ĉokoladaj bonbonoj kaj diris:

-Bonvolu gustumi la bonbonojn. La vivo de mia Mira devas esti dolĉa.

-Dankon.

Nevena sciis pri la murdo de Plamen Filov kaj demandis Paulinan: -Kion nun vi faros? Ĉu vi daŭrigos labori en la firmao?

-Mi ne scias - respondis Paulina. - Ankoraŭ neniu diris al mi kio okazos, kiu estros la firmaon. La gefiloj de Plamen estas lernantoj.

폴리나는 조심스럽게 아기를 안았다.

"아주 귀여워." 폴리나가 말했다.

"사랑하는 아기," 네베나가 계속했다.

"평화롭게 자. 배가 고플 때만 울어."

폴리나는 미라를 위해 가져온 선물, 작은 고무 인형을 네베나에게 주었다.

네베나는 미라를 아기침대에 눕히고 둘은 서로에게 소식을 말하고 이야기하러 방에 앉았다.

실제로 오랫동안 함께하지 못했다.

아파트는 방이 두 개였다. 지금 앉아 있는 그다지 넓지 않은 침실에는 가족용 침대, 지금 미라를 눕힌 어린아이용 침대, 작은 커피 탁자와 의자 3개, 옷장이 있다.

네베나는 작은 잔에 커피를 따르고 초콜릿 사탕 상자를 열고 말했다.

"과자를 먹어봐. 미라의 삶은 달콤해야 해."

"고마워."

네베나는 플라멘 필로브의 살인에 대해 알고 폴리나에게 물었다.

"이제 뭐 할 거니? 회사에서 계속 일하겠니?"

"모르겠어." 폴리나가 대답했다.

"아직 아무도 나에게 무슨 일이 일어날지, 누가 회사를 운영할지 말하지 않아. 플라멘 씨의 아이들은 학생이야.

Lia edzino, Flora, verŝajne ne povos estri la firmaon. Eble ŝi vendos ĉion.

–Ĉu la vendejojn, la fabrikon, la hotelojn? – demandis Nevena.

–Eble. Certe mi devos serĉi novan laboron – diris malĝoje Paulina.

–Bedaŭrinde. Vi ĉiam diris, ke Plamen Filov estis bona estro, afabla, ĝentila. Via salajro estis alta.

–Jes. Li estis kara kaj malavara – triste diris Paulina.

–Kial oni murdis lin? – demandis Nevena. – Ĉu hazarde vi supozas kiu estas la murdisto? Ja, vi bone konis Plamen kaj preskaŭ ĉiujn kun kiuj li rilatis, ĉu ofice, ĉu amike.

–Mi supozas – mallaŭte time diris Paulina – mi preskaŭ certas kiu murdis lin, sed mi ne havas konkretajn pruvojn kaj mi timiĝas.

–Mi komprenas – kapjesis Nevena. – Mi esperas, ke vi rapide trovos novan laboron. Certe la murdo de Plamen Filov ege ĉagrenigis vin. Nun vi devas trankviliĝi. Se vi povus, ne pensu pri la murdo, provu forgesi ĝin, trovu ian agrablan okupon.

–Mi neniam forgesos sinjoron Filov. Mi laboris kun li, mi havas tre bonajn memorojn pri nia kunlaboro.

부인 플로라 씨는 정말 회사를 운영하지 않을 거야.
아마도 모든 것을 팔겠지."
"상점, 공장, 호텔 전부?" 네베나가 물었다.
"아마도. 확실히 새로운 직장을 찾아야 해."
폴리나가 슬프게 말했다.
"운이 나쁘네. 너는 항상 사장님이 좋은 상사, 친절하고
예의 바르다고 말했지. 월급도 많았지."
"응. 자상하고 너그러웠지." 폴리나는 슬프게 말했다.
"왜 죽었어?" 네베나가 물었다.
"혹시 범인이 누군지 짐작해?
사실, 너는 공식적으로든 우호적으로든 사장님과 관련된
거의 모든 사람을 잘 알고 있잖아."
폴리나는 "짐작하지"라고 조심스럽게 말했다.
"누가 죽였는지 확실하지만, 구체적인 증거는 없고 무서
워."
"이해해." 네베나가 고개를 끄덕였다.
"빨리 새로운 직장을 찾길 바라.
확실히 사장님의 살해는 매우 화가 나.
이제 진정해야 해.
할 수 있다면 살인에 대해 생각하지 말고, 잊어버리고,
무언가 즐거운 직장을 찾아."
"사장님을 절대 잊지 못할 거야.
사장님과 같이 일하면서 우리의 협력에 대한 아주 좋은
추억이 많거든."

-Sed vi devas plu labori, vi estas juna. Kio okazis kun via amiko Asen? Ĉu vi estas kune? – demandis Nevena.

-Ne – iom nevolonte respondis Paulina. – Ni disiĝis. Asen estis tre ĵaluza. Li ĉiam supozis, ke mi havas amrilaton kun Plamen. Ofte Asen venis en la oficejon, li faris skandalojn, kaŝe postsekvis min kaj konstante kulpigis min, ke mi amas Plamen Filov. Finfine mi ne eltenis kaj ni disiĝis. Mi diris al Asen, ke mi ne povas plu toleri liajn akuzojn.

-Bedaŭrinde. Asen aspektis simpatia junulo, sed ĵaluzo estas malsano malfacile kuracebla – rimarkis Nevena.

-Mi amis lin, tamen li ne kredis tion.

-Nun vi devas trovi bonan amikon – diris Nevena. – Edziniĝu kaj havu bebon kiel mi.

-Ankaŭ mi deziras edziniĝi, sed kie mi trovu bonan viron – iom amare ekridetis Paulina.

Goran, la edzo de Nevena, revenis el la laborejo. La triopo vespermanĝis, trinkis vinon je la sano de Mira. Paulina rigardis sian brakhorloĝon kaj vidis, ke jam estas la deka horo.

-Ho – diris ŝi. – Estas tre malfrue kaj mi devas foriri. Dankon pro la invito kaj pro la bona vespero.

Paulina adiaŭs Nevenan kaj Goranon.

"하지만 계속 일해야 해. 너는 젊어. 남자 친구 **아셴**과 무슨 일이 있어? 함께 잘 지내지?" 네베나가 물었다.

"아니." 폴리나가 조금 마지못해 대답했다.

"우리는 헤어졌어. 아셴은 매우 질투했어. 항상 내가 사장님과 함께 연애한다고 생각했어. 아셴은 종종 사무실에 들어와서 좋지 않은 소문을 만들고 몰래 따라와 사장님과 연애한다고 끊임없이 의심했어. 결국, 나는 참을 수 없어 우리는 헤어졌어. 더는 비난을 용서할 수 없다고 아셴에게 말했어."

"안타깝네. 아셴은 착한 청년 같았지만, 질투는 치료하기 어려운 질병이야."라고 네베나는 말했다.

"나는 아셴을 사랑했지만, 그는 그것을 믿지 않았어."

"이제 좋은 친구를 찾아야 해." 네베나가 말했다.

"결혼해서 나처럼 아기를 낳아."

"나도 결혼하고 싶은데 좋은 남자는 어디서 찾을 수 있니?" 폴리나는 약간 씁쓸하게 웃었다.

네베나의 남편인 고란이 직장에서 돌아왔다.

셋이 저녁을 먹고 미라의 건강을 위해 포도주를 마셨다.

폴리나는 손목시계를 보더니

벌써 10시라는 것을 알았다.

"오" 폴리나가 말했다.

"너무 늦어서 가야 해. 초대와 좋은 저녁 고마워."

폴리나는 네베나와 고란에게 작별 인사를 했다.

Estis agrabla maja nokto. La luno similis al arĝenta globo. Sur la inkokolora ĉielo brilis sennombraj steloj. Majo – diris al si mem Paulina – la monato de la amo. En tiuj ĉi kvietaj noktoj multaj gejunuloj estas en la parkoj, kisas unu la alian kaj flustras la plej belajn amajn vortojn. La amsento plenigas iliajn korojn kaj la feliĉo lumigas iliajn vizaĝojn. Ĉu baldaŭ mi renkontos la viron pri kiu mi revas?, demandis sin Paulina. Ŝi revis havi edzon, infanon. Kiel ĉarma estas Mira, la filineto de Nevena, meditis Paulina. Estas granda ĝojo havi infanon, esti patrino.

Sur la stratoj preskaŭ ne videblis homoj. Paulina iris al la aŭtobushaltejo. Post dek minutoj venis la aŭtobuso. Ŝi eniris ĝin. Nur kelkaj personoj estis ene. Kiam la aŭtobuso haltis ĉe la haltejo de la urba malsanulejo, Paulina descendis kaj ekiris al la domo, kie ŝi loĝis. Estis oketaĝa konstruaĵo. La strato ĉe la domo ne estis sufiĉe luma. Nur soleca stratlampo ĵetis palan citronkoloran lumon. Proksime al la enirejo, ĉe unu de la arboj sur la trotuaro, Paulina rimarkis figuron de viro. Ŝi trankvile paŝis, sed subite la viro ekstaris malantaŭ ŝi kaj pafis per pistolo al ŝia dorso. Aŭdiĝis obtuza pafo. Post ĝi – ankoraŭ unu pafo. Paulina falis sur la trotuaron. La viro rapide forkuris.

즐거운 5월 밤이었다.

달은 은빛 전구처럼 보였다.

검은 잉크색 하늘에 무수한 별이 빛났다.

'5월이다.' 폴리나는 자신에게 말했다.

'사랑의 달이다. 이 조용한 밤에 많은 젊은이가 공원에서 있고, 서로 키스하고, 가장 아름다운 사랑의 말을 속삭인다. 사랑의 감정이 마음을 가득 채우고 행복이 얼굴을 비춘다. 내가 곧 꿈꾸는 남자를 만날 수 있을까?'

폴리나는 궁금했다. 남편, 아이 갖기를 꿈꾸었다.

네베나의 어린 딸 미라는 얼마나 사랑스러운가?

폴리나는 깊이 생각에 잠겼다.

아이를 갖고 어머니가 된다는 것은 큰 기쁨이다.

거리에는 사람이 거의 없었다.

폴리나는 버스 정류장으로 갔다. 10분 뒤 버스가 왔다.

버스에 탔다. 안에는 단지 몇 사람뿐이었다.

버스가 시립 병원 정류장에 섰을 때 폴리나는 내려서 사는 집으로 갔다. 8층 건물이다.

집 옆의 거리는 충분히 밝지 않았다.

외로운 가로등만이 희미한 레몬 빛을 비춘다.

입구 근처, 보도의 나무 중 하나에서 폴리나는 한 남자의 모습을 발견했다. 침착하게 앞으로 나아갔지만, 갑자기 남자가 뒤에 서서 등에 권총을 쏘았다.

둔한 총소리가 났다. 그 후 한 발 더 쏘았다.

폴리나는 보도에 넘어졌다. 그 남자는 재빨리 달아났다.

Duonhoron poste antaŭ la enirejo de la domo, ĉirkaŭ la korpo de Paulina, staris policanoj. Inter ili estis Kalojan Safirov kaj Rumen Kolev.

-La junulino estas Paulina Mineva – diris Rumen Kolev.

-La murdisto atendis ŝin ĉi tie – aldonis unu el la policanoj. – Kiam ŝi proksimiĝis, li pafis.

-Je la kioma horo? – demandis Safirov.

-Verŝajne je la deka kaj duono. La loĝantoj en la domo ne aŭdis la pafojn.

-Kiu rimarkis ŝin?

-Du junuloj, kiuj tuj telefonis al ni.

-Ne estas forrabo. En ŝia mansaketo estas la monujo, la persona legitimilo, la poŝtelefono – diris Rumen Kolev.

-Ni devas rapide agi. Kolev, morgaŭ frumatene ni komencu detale esplori la murdon – diris Safirov.

-Jes, sinjoro komisaro.

30분 뒤 집 입구 앞에서 폴리나의 시신 둘레에 경찰관들이 서 있다. 그들 중에는 칼로얀 사피로브와 루멘 콜레브가 있다.

"아가씨는 폴리나 미네바입니다." 루멘 콜레브가 말했다.

"살인자는 여기서 기다리고 있었습니다."라고 경찰 중 하나가 덧붙였다.

"다가왔을 때 총을 쏘았습니다."

"몇 시 경이지?" 사피로브가 물었다.

"아마 10시 30분이고, 집안의 주민들은 총소리를 듣지 못했습니다."

"누가 발견했지?"

"두 명의 젊은이가 즉시 전화했습니다."

"강도는 아닙니다. 손가방에는 지갑, 개인 신분증명서, 휴대전화기가 있습니다." 루멘 콜레브가 말했다.

"빨리 움직여야 해. 콜레브,
내일 아침 일찍 우리는 살인사건을 자세히 조사하기 시작해야지."라고 사피로브는 말했다.

"네, 수사관님."

20. La 1-an de junio matene

Matene, antaŭ la oka horo, en la kabineto de Safirov, jam estis kelkaj policanoj kaj Rumen Kolev.

-Kion vi konstatis? - demandis Safirov.

La nerazita vizaĝo de Safirov aspektis griza, lia rigardo - laca. Certe tutan nokton li ne dormis kaj frumatene li venis en la policejon.

-Sur la loko de la murdo ni ne trovis krimindicojn. Jam hieraŭ nokte ni estis tie kun polichundo, sed ĝi gvidis nin proksime al la aŭtobushaltejo. Tie la spuroj perdiĝis.

-Ni tuj iru en la domon de Paulina - diris Safirov.

La loĝejo de Paulina Mineva estis sur la sesa etaĝo. En la ĉambro sidis ŝiaj gepatroj, kiuj ploris. Safirov kaj Kolev silentis.

La patro de Paulina - viro kvindekkvinjara, iom kalva kun okulvitroj, bluokula, kun barbo, estis tute frakasita. La patrino, verŝajne kvindekjara, malalta kun nigraj okuloj, iom akra nazo kaj maldikaj lipoj, sidis kaj kvazaŭ nenion vidis kaj aŭdis. Safirov eksciis, ke la patro de Paulina estis konstruinĝeniero kaj la patrino - instruistino.

20장. 6월 1일 아침

아침 8시도 되기 전에 사피로브의 사무실에서 이미 몇 명의 경찰관과 루멘 콜레브가 있었다.

"무엇을 확인했지?" 사피로브가 물었다.

사피로브의 면도하지 않은 얼굴은 회색으로 얼굴빛은 피곤해 보였다.

확실히 밤새도록 잠을 이루지 못했고 이른 아침에 경찰서에 출근했다.

"살인 현장에서 증거를 찾지 못했습니다.

어젯밤 우리는 경찰견과 함께 버스 정류장 근처로 가서 수색했지만 남겨진 흔적이 없었습니다."

"즉시 폴리나의 집에 가자." 사피로브가 말했다.

폴리나 미네바의 아파트는 6층에 있었다.

방에는 부모가 울면서 앉아 있다.

사피로브와 콜레브는 조용했다.

폴리나의 아버지는 쉰다섯 살로, 약간 대머리에 안경을 썼으며 푸른 눈, 수염을 가졌고 완전히 낙심했다.

대략 쉰 살 정도로 보이는 폴리나의 어머니는, 검은 눈에 키가 작고, 약간 날카로운 코와 얇은 입술은 가졌는데 아무것도 보고 듣지 못한 듯 앉아 있었다.

사피로브는 폴리나의 아버지가 토목 기술자이고 어머니는 교사인 것을 알았다.

–Ne povas esti pli granda tragedio – plore flustris la patrino.

–Sinjoro komisaro, la murdo de Paulina mortigos nin – diris mallaŭte la patro. – Ŝi estis nia sola infano.

–Ĉu vi scias kie estis Paulina hieraŭ vespere? Ja, ŝi malfrue revenis hejmen.

–Ŝi diris, ke gastos al sia amikino Nevena. Paulina kaj Nevena estis bonaj amikinoj. Antaŭe ni loĝis en kvartalo "Laboristo" kaj la gepatroj de Nevena estis niaj najbaroj – klarigis la patro.

–Ĉu vi supozas kiu deziris la morton de Paulina? – demandis Safirov.

–Tute ne – respondis la patro. – Ja, Paulina estis dudekkvarjara, tre juna. Ĉiuj amis ŝin, amikinoj, konatoj, parencoj. Kun neniu ŝi konfliktis.

–Iu tamen murdis ŝin – diris Safirov.

–Hazarde··· Eble la murdisto devis murdi iun alian kaj erare murdis Paulinan – ekflustris la patrino.

–Povas esti, sed mi petas vin, bonvolu rememori kiuj estis la amikinoj, la amikoj de Paulina. Ni devas pridemandi ilin.

–Paulina estis sekretariino de Plamen Filov. Vi certe scias, ke antaŭ nelonge oni murdis lin – komencis malrapide la patro.

"더 큰 비극은 있을 수 없습니다." 울면서 어머니는 속삭였다.

"수사관님, 폴리나의 죽음은 우리를 죽일 것입니다." 아버지가 부드럽게 말했다. "우리의 외동딸이었습니다."

"어젯밤에 폴리나가 어디에 있었는지 아십니까? 정말, 집에 너무 늦게 돌아왔습니다."

"친구 네베나에게 간다고 말했습니다.
딸과 네베나는 좋은 친구였습니다.
전에 우리는 '노동자' 지역에 살았어요.
네베나의 부모는 우리 이웃이었습니다."
아버지가 설명했다.

"누가 따님의 죽음을 바랐을까요?" 사피로브가 물었다.

"전혀 아닙니다." 아버지가 대답했다. "정말로 딸은 스물네 살에 아주 젊어요. 친구, 지인 친척 모두 사랑했습니다. 누구와도 갈등이 없었습니다."

"하지만 누군가가 죽였어요." 사피로브가 말했다.

"우연히도 범인이 다른 사람을 죽여야 했는데 딸은 실수로 살해당했습니다." 어머니가 속삭였다.

"그럴 수도 있습니다. 하지만 누가 따님의 친구인지 기억하시기를 부탁드립니다. 우리는 그들에게 질문해야 합니다."

"딸은 플라멘 필로브 씨의 비서였습니다. 확실히 그 사람이 최근에 살해되었다는 것을 알고 있습니다." 아버지가 천천히 말을 시작했다.

– Filov ege estimis Paulinan. Ŝi estis diligenta, laborema, Filov bone pagis al ŝi.

–Pardonu min pro la demando, sed ĉu inter Paulina kaj Plamen Filov estis iu pli intima rilato? – demandis Safirov.

–Ho, komisaro, kion vi diras? Plamen Filov havis edzinon, familion. Paulina ne povis permesi al si mem havi intiman rilaton kun edzita viro! – diris la patrino ofendita.

–Paulina havis amikon – Asen Grozdanov. Preskaŭ unu jaron ili estis kune, sed antaŭ du monatoj ili disiĝis. Paulina ne diris al ni la kialon. Ŝi ne multe parolis kun ni pri siaj amikoj kaj amikinoj – aldonis la patro.

–Ŝi nur foje menciis, ke Asen estis tre ĵaluza kaj iom ĝenis ŝin –diris la patrino.

–Ĉu vi povas diri al ni la telefonnumeron aŭ la hejman adreson de tiu Asen Grozdanov? – demandis Safirov.

–Lian telefonnumeron ni ne konas, sed li loĝas en la najbara sesetaĝa domo. Vi facile trovos lin – klarigis la patrino.

–Dankon – diris Safirov. – Ni serĉos lin. Ankoraŭfoje akceptu niajn profundajn kondolencojn. Se ni havas aliajn demandojn, ni denove venos.

"필로브 씨는 딸을 크게 칭찬했습니다.
부지런하고 열심히 일했고 월급도 많이 받았습니다."
"질문에 대해 미안하지만, 따님이 플라멘 필로브 씨와
좀 더 친밀한 관계였나요?" 사피로브가 물었다.
"오, 수사관님, 뭐라고요? 플라멘 필로브 씨는 아내, 가
족이 있습니다. 폴리나는 유부남과 사적인 관계를 허락
할 수 없었습니다." 기분이 상한 어머니가 말했다.
"딸에게는 아센 그로즈다노브라는 남자 친구가 있었습니
다. 거의 1년 동안 함께 있었지만 두 달 전에 헤어졌습
니다. 폴리나는 이유를 알려주지 않았습니다.
친구들에 대해 우리와 많이 이야기하지 않았습니다."
아버지가 말을 덧붙였다.
"아센이 아주 질투심이 많고 조금 괴롭혔다."라고 어머
니가 말했다.
"아센 그로즈다노브의 전화번호나 집 주소를 알려주시겠
습니까?" 사피로브가 물었다.
"우리는 전화번호를 모르지만 인접한 6층 집에 살아요.
쉽게 찾을 수 있을 것입니다." 어머니가 설명했다.
"감사합니다." 사피로브가 말했다.
"우리는 찾을 것입니다.
다시 한번 우리의 깊은 애도를 받아 주십시오.
다른 질문이 있으면 다시 오겠습니다."

Safirov kaj Kolev tuj iris al la najbara domo kaj per la lifto supreniris al la kvina etaĝo. Safirov sonoris ĉe la pordo de familio Grozdanov. Ĉirkaŭ kvindekjara virino kun bluaj okuloj, kun longa hela hararo malfermis la pordon kaj demandis kiuj ili estas.

-Komisaro Safirov kaj serĝento Kolev – diris Safirov kaj montris sian polican legitimilon. – Ĉu ĉi tie loĝas Asen Grozdanov?

-Jes. Li estas mia filo – diris la virino embarasite.

-Ĉu li estas hejme?

-Ĵus li preparas sin iri al la laborejo.

-Ni devas paroli kun li – klarigis Safirov.

-Envenu – la virino invitis ilin enen.

Safirov kaj Kolev eniris. La loĝejo estis modesta, negranda. Eble ĝi konsistis el du aŭ el tri ĉambroj. La komisaro

kaj la serĝento eniris ĉambron, kie estis tablo, seĝoj, ŝrankoj – eble la manĝoĉambro.

-Asen tuj venos – diris la patrino.

Post minuto la ĉambron eniris Asen, dudekkvinjara, alta kun bruna hararo, grandaj brunaj okuloj, rekta nazo kaj lipharoj. Li scivole alrigardis Safirovon kaj Kolevon kaj salutis ilin:

-Bonan matenon.

사피로브와 콜레브는 즉시 이웃집으로 갔다.

엘리베이터가 6층까지 올라갔다. 사피로브는 그로즈다노브 가족의 문에서 초인종을 울렸다.

파란 눈에 길고 가벼운 머리카락을 가진 50세 정도의 여성이 문을 열고 누구인지 물었다.

"사피로브 수사관과 콜레브 경사입니다." 사피로브는 말하며 경찰 신분증을 보여 줬다

"아센 그로즈다노브가 여기 사나요?"

"예. 내 아들입니다." 여자는 당황해서 말했다.

"집에 있나요?"

"일하러 갈 준비를 하고 있습니다."

"우리는 함께 이야기해야 합니다."라고 사피로브는 설명했다.

"들어 오세요." 여자가 그들을 안으로 초대했다.

사피로브와 콜레브가 들어갔다. 주거지는 좁고 소박했다. 아마 2~3개의 방으로 이뤄졌을 것이다.

수사관과 경사는 탁자, 의자, 찬장이 있는 아마도 식당 같은 방에 들어갔다.

"아센이 올 것입니다." 여자가 말했다.

1분 뒤 키가 크고 갈색 머리, 큰 갈색 눈, 곧은 코, 콧수염을 가진 25살의 아센이 방에 들어왔다.

사피로브와 콜레브를 호기심으로 바라보며 인사했다.

"안녕하세요."

Safirov prezentis sin kaj Kolevon.

Kiam Asen aŭdis, ke ili estas policanoj, li ege maltrankviliĝis.

-Kio okazis? – balbutis li per tremanta voĉo.

-Kie vi estis hieraŭ nokte je la deka kaj duono? – demandis severe Safirov.

-Hejme – respondis Asen.

-Ĉu iu povus konfirmi tion?

-Jes, mia patrino. Ŝi estis hejme, kiam mi revenis je la sesa kaj duono el la laborejo kaj poste mi ne iris el la loĝejo.

-Pri kio kaj kie vi laboras? – demandis Safirov.

-Mi estas inĝeniero en la lokomotiva uzino.

-Ni scias, ke Paulina Minev estis via koramikino. Kiam lastfoje vi estis kun ŝi?

-Antaŭ du monatoj ni disiĝis. De tiam mi ne vidis Paulinan. Kelkfoje mi telefonis al ŝi kaj mi petis ŝin, ke ni renkontiĝu, sed ŝi ne deziris – klarigis Asen.

-Kial vi disiĝis?

-Mi ne scias, eble Paulina ekhavis alian amikon kaj ne deziris plu esti kun mi –respondis li hezite.

-Ĉu hieraŭ vi telefonis al ŝi?

-Ne, sed kio okazis? Kial vi demandas min pri Paulina? Ĉu ŝi deponis plendon pri mi en la policejo?

사피로브는 자신과 콜레브를 소개했다.

아셴은 그들이 경찰이라는 말을 들었을 때 몹시 불안했다.

"무슨 일이신가요?" 떨리는 목소리로 말을 더듬었다.

"어젯밤 10시 30분에 어디에 있었나요?" 사피로브는 엄하게 물었다.

"집에요." 아셴이 대답했다.

"누군가 확인할 수 있습니까?"

"예, 어머니죠.

제가 직장에서 6시 30분 집에 돌아왔을 때 어머니는 집에 계셨고 뒤에 집을 나가지 않았습니다."

"어디에서 무슨 일 하고 있습니까?" 사피로브가 물었다.

"저는 기관차 공장의 엔지니어입니다."

"우리는 폴리나 미네브가 여자 친구라는 것을 알고 있습니다. 언제 마지막으로 함께 있었나요?"

"두 달 전에 헤어졌어요.

그 이후 폴리나를 본 적이 없습니다.

때때로 전화를 걸어 만나자고 청했지만 원하지 않았습니다."라고 아셴은 설명했다.

"왜 헤어졌어요?"

"모르겠어요, 아마도 폴리나는 다른 친구가 있어 저와 더 함께하고 싶지 않았습니다." 머뭇거리며 대답했다.

"어제 전화했나요?"

"아니요, 하지만 무슨 일이 있나요? 왜 폴리나에 관해 물어보시죠? 경찰서에서 제게 불만을 제기했습니까?

Nenion malbonan mi faris al ŝi. Mi ne persekutis kaj ne ĝenis ŝin. Mi amis ŝin, sed kiam ŝi diris, ke ne deziras plu renkontiĝi kun mi, mi provis akcepti tion. Vere mi tre malbone fartis post nia disiĝo, ĉar mi ege amis ŝin – diris Asen.

–Hieraŭ nokte iu pafmurdis Paulinan – malrapide diris Safirov.

Asen ŝtoniĝis. Unue li opiniis, ke tio estas malbona ŝerco, sed tuj li konsciis, ke la komisaro ne ŝercas. Histerie Asen komencis krii:

–Ne eblas! Ne eblas! Kio okazis?

–Jes. Oni murdis ŝin – ripetis Safirov. – La gepatroj de Paulina diris, ke vi kaj Paulina estis amikoj. Vi bone konis ŝin. Kion vi opinias, kiu murdis ŝin?

–Mi ne scias! Mi ne scias! – kriis Asen.

–Ni certe denove venos al vi. Ĝis revido.

Safirov kaj Kolev adiaŭis Asenon kaj la patrinon kaj foriris.

아무 나쁜 일을 하지 않았습니다. 괴롭히거나 귀찮게 하지 않았습니다. 사랑했지만 다시는 나를 만나고 싶지 않다고 말했을 때 그것을 받아들였습니다. 매우 사랑했기 때문에, 헤어진 뒤 정말 기분이 안 좋았습니다."하고 아센이 말했다.

"어젯밤에 누군가가 폴리나를 총을 쏘아 살해했어요." 사피로브는 천천히 말했다.

아센은 돌처럼 굳었다. 처음에는 그것이 나쁜 농담이라고 생각했지만 즉시 수사관이 농담하지 않는다는 것을 깨달았다. 신경질 내며 아센은 소리치기 시작했다.

"불가능해! 불가능합니다! 어떻게 된 거예요?"

"예. 살해되었습니다." 사피로브는 반복했다.

"폴리나 부모는 당신과 폴리나가 연인이라고 말했습니다. 당신은 잘 알고 있습니다. 누가 죽였을까요?"

"모르겠어요! 모르겠어요!" 아센이 울었다.

"우리는 꼭 다시 올 것입니다. 안녕히 계세요."

사피로브와 콜레브는 아센과 그 어머니에게 작별 인사를 하고 집을 나왔다.

21. La 2-an de junio

Safirov kaj Kolev piediris al la oficejo de Plamen Filov, kiu estis proksime al la urba stacidomo, sur la strato "Montara Akvofalo" . Survoje iuj el la preterpasantoj afable salutis Safirovon, kiu tute ne ŝatis esti konata kaj populara. Kelkfoje la loka televido intervjuis lin kaj multaj el la loĝantoj de Burgo jam konis lin kaj sciis kiu li estas.

Proksime al la vendejo "Infana Mondo" haltigis ilin Lenko Gajev, iama samklasano de Safirov, nun konata poeto en la urbo.

–Kalojan, mi ĝojas vidi vin! Antaŭ tago mi intencis telefoni al vi, sed bonege, ke nun mi renkontas vin – preskaŭ kriis Lenko ekscitite.

Alta, kalva li havis iom longan nazon kaj okulojn, kun koloro, simila al aŭtuna nebulo. Lenko estis tute neglekte vestita, kun larĝa ĉifita pantalono kaj malnova ruĝkolora ĉemizo. Iom nevolonte Safirov haltis por aŭdi kion li deziras diri.

–Mi eldonis novan poemaron kun satiraj versaĵoj. Ĝia prezento estos vendrede je la dekoka horo en la Kulturdomo de la Fervojistoj. Mi afable invitas vin je la premiero.

21장. 6월 2일

사피로브와 콜레브는 '산맥의 폭포' 거리 위 기차역 가까이에 있는 플라멘 필로브의 사무실로 걸어갔다.
도중에 행인 중 일부가 알려지거나 인기를 전혀 원하지 않는 사피로브에게 친절하게 인사했다.
때때로 지역 텔레비전이 사피로브와 많은 부르고 주민들을 인터뷰했기에 이미 알아보고 어떤 사람인지 알고 있었다.
상점 '어린이 세상' 근처에서 사피로브의 전 급우이고 현재는 잘 알려진 시인인 렌코 가예브가 그들을 막았다.
"칼로얀, 만나서 반가워!
하루 전에 전화하려고 했는데 지금 만나서 잘 되었어."
렌코가 거의 흥분해서 소리쳤다.
키가 크고 대머리이며 가을 안개와 유사한 색상의 다소 긴 코와 눈을 가진 렌코는 옷에 무관심하여 넓은 구겨진 바지와 오래된 붉은 색 드레스 셔츠를 입었다.
다소 마지못해 사피로브는 말하고 싶은 것을 들으려고 멈췄다.
"나는 풍자적인 구절이 있는 새로운 시집을 출판했어.
금요일 18시에 철도원 문화의 집에서 출판기념회가 있을 거야.
출판기념회에 초대할게."

–Lenko, vi scias, ke mi estas ege okupata kaj verŝajne mi ne ĉeestos – provis ekskuzi sin Safirov.

–Ne! Vi devas veni – insistis Lenko kaj liaj okuletoj minace fiksrigardis Safirov. – Se vi ne venos, vi ne plu estos mia amiko kaj mi ne estimos vin!

–Bone, bone, ne estu tiel rigora – ridis Safirov. – Mia edzino certe venos. Ja, ŝi pli ŝatas poezion ol mi, despli kiam temas pri satiraj versaĵoj – diris Safirov.

–Ne forgesu, vendrede je la dekoka horo en la Kulturdomo de la Fervojistoj – ripetis Lenko. – Ĉu vi kaptis la murdiston de Plamen Filov? Ĉiuj en la urbo parolas nur pri tiu ĉi murdo – demandis li.

–Ankoraŭ ne – iom kolere respondis Safirov.

–Se vi kaptos lin, nepre telefonu al mi. Mi intervjuos vin por la ĵurnalo "Burgaj Novaĵoj" . Estos granda intervjuo kun via foto kaj titolo "La kuraĝa komisaro Kalojan Safirov kaptis la kruelan murdiston" .

–Lenko, tio ne estas ŝerco! – pli kolere diris Safirov.

–Mi ne ŝercas. Vi scias, ke mi estas kunlaboranto de "Burgaj Novaĵoj" kaj nepre mi intervjuos vin. Mi certas, ke vi baldaŭ kaptos la murdiston.

–Lenko, ni havas urĝan okupon kaj ni tre hastas – diris Safirov kaj provis pli rapide liberiĝi de la impertinenta poeto kaj ĵurnalisto.

"렌코, 내가 아주 바빠서 아마 참석하지 못할 거야." 사피로브는 사과하려고 했다.

"아니! 꼭 와야 해." 렌코는 주장하며 작은 눈으로 사피로브를 위협적으로 응시했다. "오지 않으면, 내 친구가 아니고 너를 좋아하지 않을 거야!"

"좋아, 좋아, 그렇게 심하게 굴지 마."라고 사피로브가 웃었다.

"아내가 반드시 갈 거야. 사실, 나보다 시를 더 좋아해. 특히 풍자적인 구절이라면 더욱." 이라고 사피로브는 말했다.

"잊지 마, 금요일 18시에 철도원 문화의 집." 렌코는 되풀이했다. "플라멘 필로브의 살인자는 잡았어? 마을의 모든 사람이 이 살인사건에 관심을 가지고 말하고 있어." 렌코가 물었다.

"아직은 아니야." 사피로브가 조금 화가 나서 대답했다.

"잡히면 꼭 전화해. 신문 '부르고 소식'에서 인터뷰할게. 사진과 함께 '용감한 수사관 칼로얀 사피로브가 잔인한 살인자를 잡다'라는 제목으로 멋진 인터뷰가 있을 거야."

"렌코, 농담하지 마!" 사피로브는 더 화가 나서 말했다.

"농담이 아니야. 내가 '부르고 소식'의 협력자라는 걸 알잖아. 꼭 인터뷰할게. 곧 범인을 잡으리라고 믿어."

"렌코, 우리는 급한 일이 있어 아주 많이 서둘러야 해."라고 사피로브는 말하고 무례한 시인이자 기자에게서 빨리 벗어나고자 했다.

Safirov kaj Kolev plu iris.

-Eble plej bone estas iĝi poeto – diris Safirov. - Jen, Lenko verkas poemojn kaj vivas en sia elpensita mondo. Por li plej gravas intervjui min.

-Ankaŭ li havas seriozajn zorgojn – rimarkis Kolev ridete. – Nun por li plej gravas, ke estu ĉeestantoj dum la premiero de lia nova libro kaj li invitas ĉiujn, kiujn li renkontas en la urbo.

-Kompreneble. Por tia grava urba kultura aranĝo estas tre malfacile plenigi per homoj la salonon de la Kulturdomo de la Fervojistoj – ironie aldonis Safirov.

La oficejo de Plamen Filov estis en kvinetaĝa konstruaĵo, en kiu troviĝis multaj diversaj oficejoj.

Safirov kaj Kolev diris al la pordisto, kien ili iras.

La lifto haltis sur la kvara etaĝo, ili trairis longan koridoron kaj haltis antaŭ pordo kun ŝildo "Plamen Filov". Safirov frapetis ĉe la pordo kaj kiam ili aŭdis virinan voĉon diri "Bonvolu", ili eniris.

En suna ĉambro kun grandaj fenestroj, kiuj rigardis al la fervoja stacidomo, ĉe masiva skribotablo, antaŭ komputilo, sidis ĉirkaŭ kvindekjara virino. Eleganta kun brunaj haroj ŝi havis kaŝtankolorajn okulojn, kies rigardo eligis afablecon. Ŝia vestaĵo estis tre modesta: malhelblua robo kun blanka kolumo.

사피로브와 콜레브는 계속 걸어갔다.

"아마 시인이 되는 것이 최선일 것"이라고 사피로브는 말했다. "여기, 렌코는 시를 쓰고 자신이 생각해낸 세계에서 살고 있어. 가장 중요한 것은 나를 인터뷰하는 것이야."

"그분도 꽤 심각한 걱정이 있습니다."라고 콜레브는 웃으며 말했다.

"지금 가장 중요한 건 새 책의 출판기념회고 어떻게 도시의 많은 사람을 초대할 것인가입니다."

"물론이야. 이러한 중요한 도시 문화 행사를 위해 철도원 문화의 집 홀을 사람들로 채우는 것은 매우 어려워." 비꼬듯이 사피로브가 덧붙였다.

플라멘 필로브의 사무실은 다양한 사무실이 있는 건물 5층에 있다. 사피로브와 콜레브는 수위에게 가는 곳을 말했다.

엘리베이터가 5층에 멈춰서 긴 복도를 걸어 '플라멘 필로브' 간판이 있는 문 앞에 멈췄다. 사피로브는 문을 두드렸고 '들어오세요' 하는 여자의 목소리를 듣고 그들은 들어갔다.

햇볕이 잘 드는 방에서 대형 창문을 통해 기차역이 보이고, 거대한 책상 옆, 컴퓨터 앞에 약 50세의 여자가 앉아 있다. 갈색 머리에 아름다운 여자는 밤나무 색 눈을 가졌는데 그 모습이 친절함을 발산했다. 옷차림은 매우 수수해서 하얀 깃에 진한 파란색 원피스였다.

-Bonan tagon – salutis Safirov.

-Kion vi bonvolas? – demandis la virino.

-Mi estas komisaro Kalojan Safirov kaj mia kolego – serĝento Rumen Kolev – klarigis li. – Ni venas rilate la murdojn de Plamen Filov kaj Paulina Mineva.

-Mi komprenas – diris la virino. – Mi estas Elena Krumova – ĉefkontistino de la firmao. Bedaŭrinde Paulina kaj sinjoro Filov ne plu vivas kaj mi estas ĉi tie, en la kabineto de sinjoro Filov, se hazarde iu telefonus.

-Vi certe bone konis Paulinan Minevan – la sekretariinon de sinjoro Filov – diris Safirov.

-Kompreneble. Tre bone. Ni estis koleginoj – respondis Krumova.

-Kion vi opinias? Kial oni murdis ŝin?

-Mi ne scias. – diris Krumova.

-Kia estis fraŭlino Mineva? – alrigardis ŝin Safirov.

-Perfekta sekretariino. Ŝi estis juna, sed ege ŝatis la laboron. Ŝi tre atentis pri la ĉiutaga programo de sinjoro Filov. Diligente ŝi notis la tagojn kaj la horojn de liaj oficaj renkontiĝoj, konversacioj, vojaĝoj. Kaj kompreneble ŝi estis tre diskreta. Vera sekretatriino. Certe ŝi sciis multe pri la agado kaj la vivo de sinjoro Filov. Paulina estis silentema.

"안녕하세요." 사피로브가 말했다.

"무슨 일이십니까?" 여자가 물었다.

"저는 칼로얀 사피로브 수사관이고 제 동료 루멘 콜레브 경사입니다."하고 설명했다.

"우리는 플라멘 필로브 씨와 폴리나 미네바의 살인과 관련해서 왔습니다."

"알겠습니다." 여자가 말했다.

"나는 이 회사의 회계사 **엘레나 크루모바**입니다. 불행히도 폴리나와 필로브 씨는 이제는 살아있지 않으며 우연히 누군가가 전화를 했다면 나만 여기 필로브 씨 사무실에 있습니다."

"회계사님은 필로브 씨의 비서 폴리나 미네바를 잘 알고 계시죠?"라고 사피로브가 말했다.

"물론입니다. 아주 잘 압니다. 우리는 동료였습니다."라고 크루모바가 대답했다.

"어떻게 생각하십니까? 왜 살해당했을까요?"

"모르겠어요." 크루모바가 말했다.

"미네바 양은 어땠습니까?" 사피로브는 바라보았다.

"완벽한 비서였죠. 젊지만 정말 일을 좋아했습니다. 사장님의 하루 일정에 세심한 주의를 기울였습니다. 공적인 회의, 대화, 여행의 날과 시간을 부지런히 기록했습니다. 그리고 물론 매우 신중합니다. 진짜 비서였죠. 확실히 사장님의 사업과 삶에 대해 많이 알고 있었고 폴리나는 입이 무거웠습니다.

Ŝi malmulte parolis, sed ĉiam ŝi estis kara kaj afabla. Neniam mi forgesos ŝin. Kvazaŭ nun mi vidas ŝiajn karajn migdalkolorajn okulojn kaj ŝian longan orkoloran hararon – preskaŭ plore diris Krumova.

–Ĉu ĉi tie estas la kalendara notlibreto, en kiu fraŭlino Mineva skribis la ĉiutagan programon de sinjoro Filov? – demandis Safirov.

–Jen ĝi – kaj Krumova donis al li la notlibreton.

–Kiel funkcias la telefonoj ĉi tie? – demandis Kolev.

–Estas du telefonaparatoj. Tiu ĉi – kaj Krumova montris la telefonaparaton, kiu estis sur la skribotablo – estas la aparato de la sekretariejo. Kiam iu telefonis Paulina levis la aŭskultilon, demandis kiu telefonas kaj nur poste direktis la telefonvokon al sinjoro Filov. En la kabineto de sinjoro Filov estas alia telefonaparato kun rekta linio.

–Kolev – diris Safirov al la serĝento – kontrolu en la urba telefoncentralo, kiuj telefonis al Plamen Filov la 22-an de majo, la tagon antaŭ la murdo.

–Bone – respondis Kolev.

–Dankon, poste ni detale trarigardos la kabineton de sinjoro Filov.

Safirov faris kelkajn paŝojn, rigardis tra la fenestro kaj diris:

말을 거의 안 했지만, 항상 사랑스럽고 친절했습니다.
나는 절대 잊지 않을 것입니다.
지금도 마치 사랑스러운 아몬드 색 눈, 긴 금빛 머리카락을 보는 듯합니다."
거의 눈물을 흘리며 크루모바는 말했다.
"여기에 미네바가 사장님의 하루 일정을 쓴 달력 업무수첩이 있습니까?" 사피로브가 물었다.
"여기 있습니다." 그리고 크루모바는 업무수첩을 건네주었다.
"여기서 전화는 어떻게 사용합니까?" 콜레브가 물었다.
"전화기가 두 개 있습니다. 이것은"
그리고 크루모바는 책상 위에 있던 전화기를 가리켰다.
"사무실 것입니다.
누가 전화를 걸면 폴리나가 전화를 받아 누구냐고 묻고 사장님에게 전화호출을 합니다.
사장실에는 직접 연결된 다른 전화기가 있습니다."
"콜레브" 사피로브가 경사에게 말했다.
"살해 전날 5월 22일 플라멘 필로브 씨에게 전화 한 사람이 누구인지 도시 전화국에 알아봐."
"알겠습니다." 콜레브가 대답했다.
"감사합니다. 나중에 필로브 씨 사무실을 자세히 살펴보겠습니다."
사피로브는 몇 걸음을 내디뎌 창밖을 내다보고 말했다.

-Nun mi deziras ekscii ion pli pri la firmaa agado de Plamen Filov.

-Jes – tuj diris la kontistino.

-Ĉu sinjoro Filov havis problemojn? Ĉu la firmao regule pagis la impostojn? – demandis Safirov.

-Mi estu sincera – komencis Krumova. – Sinjoro Filov havis seriozajn financajn problemojn. Ĉiuj opiniis, ke li estas riĉa, tamen tio tute ne estis tiel. Sinjoro Filov posedis vendejojn, vinfabrikon, hotelojn, sed li ne havis monon.

-Mi komprenas – diris Safirov.

-Sinjoro Filov, tamen ne deziris montri, ke li ne havas monon – klarigis Krumova. - Li kaŝis, ke ŝuldas monon al kelkaj firmaoj, kiuj konstante persekutis lin redoni la monon, kiun li prunteprenis de ili.

-Tio estas tute nova por mi – miris Safirov.

-Li ĉiam deziris, ke oni konsideru lin riĉulo. Tial li faris mondonacojn al malsanulejoj, internulejoj. Li entreprenis vastan agadon, sed ne ĉiam li havis monon realigi la projektojn, kiujn li komencis.

Safirov kapjesis.

-Tion mi povas diri pri la financaj problemoj de sinjoro Filov. Oni murdis lin kaj mi ne scias kiel lia familio solvos la problemojn.

"이제 플라멘 필로브 씨의 회사 실적에 대해 더 알고 싶습니다."

"예." 회계사가 즉시 말했다.

"필로브 씨에게 문제가 있었나요? 회사가 정기적으로 세금을 냈습니까?" 사피로브가 물었다.

"정직하게 말하겠습니다." 크루모바가 말을 시작했다. "사장님은 심각한 재정 문제가 있었습니다. 모두가 부자라고 했지만, 전혀 그렇지 않았습니다. 상점, 포도주 양조장, 호텔을 가지고 있지만, 돈이 없었습니다."

"이해합니다." 사피로브가 말했다.

"그러나 사장님은 돈이 없다는 것을 보여주고 싶지 않았습니다." 크루모바가 설명했다. "빌려준 돈을 돌려달라고 끊임없이 괴롭히는 몇몇 회사들에게 빚진 것을 숨겼습니다."

"그것은 저에게 아주 새로운 사실입니다."라고 사피로브는 말했다.

"항상 부자로 남들이 봐주기를 원했습니다. 그것이 병원, 기숙 학교에 돈을 보조한 이유입니다. 광범위한 사업을 하지만 항상 시작한 프로젝트를 수행할 돈을 가진 것은 아닙니다." 사피로브는 고개를 끄덕였다.

"저는 사장님의 재정 문제에 대해 말할 수 있습니다. 살해당했고 가족이 문제를 어떻게 해결할지 모르겠습니다.

Mi ege bedaŭras lian edzinon, kiu eĉ ne supozas en kia financa stato estas la firmao. -Mi dankas vin, sinjorino Krumova – diris Safirov. – Se ni havos pli konkretajn demandojn, ni denove kontaktos vin.

Safirov kaj Kolev eliris. Survoje Safirov diris al Kolev:

-Nun mi komprenas kial Plamen Filov urĝe ekveturis al la ĉefurbo. Li nepre devis peti monon de sia amiko Bojan Kalev – direktoro de banko "Sukceso". Filov ege bezonis ĉi monon.

-Eble iu el tiuj, al kiuj li ŝuldis monon, murdis lin – supozis Kolev.

-Povas esti, sed tio signifas, ke se iu el ili murdis Filovon, li neniam plu ricevos la monon, kiun li pruntedonis – rezonis Safirov. – Tamen ni petos Krumovan, ke ŝi donu al ni la nomojn de la firmaoj, al kiuj Plamen Filov ŝuldis monon.

Post kelkaj minutoj Safirov diris:

-Eble la murdoj de Plamen Filov kaj de Paulina Mineva estas ligitaj. Kolev, jam hodiaŭ ni devas konstati ĉu hazarde ili ne estas pafmurditaj per unu sama pistolo. Ni devas detale trarigardi la polican arkivon kaj vidi ĉu estas personoj, kiuj povus esti suspektindaj. -Eble inter Paulina kaj Filov estis pli intimaj rilatoj – diris Kolev.

회사의 재정 상태는 생각조차 하지 않는 부인에게 크게 유감입니다."

"감사합니다, 회계사님." 사피로브가 말했다. "더 구체적인 질문이 있다면 다시 연락 드리겠습니다."

사피로브와 콜레브가 나왔다. 길에서 사피로브가 콜레브에게 말했다. "이제 플라멘 필로브가 왜 수도에 가기를 서둘렀는지 이해가 돼. '성공'은행의 지점장인 친구 보얀 칼레브에게 돈을 요청해야 했어. 필로브 씨는 이 돈이 절실히 필요했지."

"아마도 돈을 빌려준 사람 중 한 명이 죽였을 것입니다." 콜레브가 가정했다.

"그럴지도 모르지만, 그들 중 누가 필로브 씨를 죽였다면 빌려준 돈을 다시는 받지 못한다는 것을 의미해." 사피로브는 추리했다.

"그러나 우리는 크루모바 씨에게 플라멘 필로브 씨가 돈을 빌린 회사의 명단을 주라고 요청해야 해."

몇 분 뒤 사피로브는 다음과 같이 말했다.

"아마도 플라멘 필로브 씨와 폴리나 미네바의 살인사건은 연결되어 있어. 콜레브, 오늘 그들이 우연스럽게 하나의 같은 권총에 맞았는지 아닌지를 확인해야 해. 우리는 자세히 경찰 기록 보관소를 살펴보고 의심스러운 사람이 있는지 살펴야 해."

"아마도 폴리나와 필로브 씨 사이에 더 친밀한 관계가 있었을 것입니다." 콜레브가 말했다.

22. la 3-an de junio

La ĉielo alloge bluis. De la maro blovis febla vento, kiu alportis odoron de fiŝoj kaj algoj. La junia mateno estis serena kaj trankvila. La ŝoseo al Sapfira Golfo pasis ĉe la mara bordo. Estis etaj ondoj kaj la maro similis al plisita bula ina jupo. La aŭto rapide veturis kaj proksimiĝis al la urbeto Mevo.

-Kiam mi estis junulo, mi ofte venis ĉi tien – diris Safirov. – Tiam Mevo estis tre bela urbo kun domoj en kortoj kun multaj fruktaj arboj. Mi havis motorciklon, amindumis Milan, mian edzinon, kaj ni venis ĉi tien. Tie, sur la bordo, – kaj Safirov montris al la maro – estas rokoj. Ĉu vi vidas ilin?

-Jes – diris Kolev.

-Mi kaj Mila ŝatis sidi sur ili kaj kontempladi la maron. Belaj tagoj. Nun Mevo jam ne plu estas tiel romantika. Oni konstruis ĉi tie multajn hotelojn, malaperis la etaj domoj kun la kortoj kaj somere en Mevo estas granda tumulto. Venas turistoj, ripozantoj. La urbo ne plu allogas kiel iam.

La aŭto traveturis la urbon kaj daŭrigis al la Sapfira Golfo. De malproksime videblis la altaj blankaj hoteloj. Sapfira Golfo estis moderna internacia mara ripozejo.

22장. 6월 3일

하늘은 매력적으로 푸르다. 바다에서 생선과 해초 냄새를 실어나르는 희미한 바람이 불었다.

6월의 아침은 고요하고 편안하다. 사파이어만으로 가는 길은 해안가를 지나갔다. 작은 파도가 있었고 바다는 주름진 여자 치마처럼 보였다.

차가 빨리 달려 '갈매기' 마을에 다가갔다.

"내가 젊었을 때 자주 여기에 왔어." 사피로브가 말했다. "그때 '갈매기' 마을은 안뜰에 많은 과일나무가 있는 집들 때문에 매우 아름다운 도시였지. 나는 오토바이가 있고 아내 밀라와 사랑에 빠졌어. 우리는 여기에 왔지. 저기 해안에." 그리고 사피로브는 바다를 가리켰다.

"바위가 있어. 보이지?"

"예" 콜레브가 말했다.

"아내와 나는 그 바위 위에 앉아서 바다를 생각하는 것을 좋아했지. 좋은 날이었어. 이제 '갈매기' 마을은 더 낭만적이지 않아. 많은 호텔이 여기에 지어졌으며 안뜰이 있는 작은 집들이 사라지고 여름에 마을은 큰 소동이 났어. 관광객과 휴가객이 왔지. 도시는 다시는 예전만큼 매력적이지 않아."

차는 도시를 지나 사파이어만까지 계속 갔다.

멀리서 보면 키가 큰 흰색 호텔이 보인다.

사파이어만은 현대적인 국제 해양 휴양지였다.

Somere ĉi tien venis multaj eksterlandanoj kaj oni aŭdis nur fremdlingvajn parolojn. Je la komenco de la monato junio, en la ripozejo ankoraŭ ne estis fremdlandanoj, nur iom da norvegoj, svedoj ···

La ŝoforo haltigis la aŭton antaŭ hotelo "Stelo", blanka, kun grandaj fenestroj kaj balkonoj.

Safirov kaj Kolev eniris la hotelon. Ĉe la akceptejo afabla junulino demandis kion ili bonvolos.

-Ni deziras paroli kun la estro de la hotelo – diris Safirov.

-Tuj mi telefonos al li – kaj la junulino levis la telefonaŭskultilon. – Sinjoro Vanev, pardonu min pro la ĝeno, sed du personoj deziras paroli kun vi – diris ŝi.

Preskaŭ dudekjara ŝi ne estis tre alta, kun milda blanka vizaĝo kaj okuloj, kiuj similis al du steletoj.

Post kelkaj minutoj venis viro, brunhara kun nigraj okuloj, vestita en sporta somera kostumo, blukolora.

-Bonan tagon, sinjoroj – salutis li. – Mi estas Emil Vanev, la estro de la hotelo.

-Sinjoro Vanev, mi estas komisaro Safirov kaj mia kolego – serĝento Kolev. Ni ŝatus konversacii kun vi.

-Pri kio temas, sinjoroj? – demandis Vanev iom embarasita.

여기에 여름에는 많은 외국인이 와서 외국 말소리만 들렸다. 6월 초 휴양지에 아직 외국인은 없었고 오직 약간의 노르웨이인, 스웨덴인이 있다.

운전자는 대형 창문과 난간이 있는 흰색 호텔 '별'앞에 차를 세웠다.

사피로브와 콜레브가 호텔에 들어갔다.

접수창구에서 친절한 젊은 아가씨가 무엇을 원하는지 물었다.

"호텔 매니저와 얘기하고 싶습니다."하고 사피로브는 말했다.

"즉시 전화하겠습니다." 그리고 아가씨가 전화기를 들었다. "매니저님, 불편하게 해서 죄송한데 두 사람이 오셔서 이야기를 나누고 싶어 합니다."라고 말했다.

아가씨는 거의 20살에 키가 그다지 크지는 않았고 부드러운 흰색 얼굴에 두 개의 작은 별을 닮은 눈을 가졌다.

몇 분 뒤 갈색 머리에 검은색 눈의 남자가 파란색 스포츠 여름 정장을 입고 왔다.

"안녕하십니까, 여러분." 인사했다.

"나는 호텔의 매니저 **에밀 바네브**입니다."

"바네브 씨, 나는 사피로브 수사관이며 동료 경사 콜레브입니다. 이야기하고 싶습니다."

"무슨 일입니까, 여러분?" 바네브가 조금 어리둥절하여 물었다.

–Ĉu ni povus iri en vian kabineton, la konversacio estos konfidenca – proponis Safirov.

–Envenu.

Vanev, Safirov kaj Kolev iris sur la duan etaĝon kaj Vanev invitis ilin en la kabineton, kiu estis vasta ĉambro kun granda skribotablo, kafotablo, libroŝranko, foteloj, fridujo.

–Bonvolu – diris li kaj montris al Safirov kaj Kolev la fotelojn. Ambaŭ sidiĝis ĉe la kafotablo.

–Ĉu viskion, konjakon, limonadon, mineralan akvon – proponis Vanev al ili kaj malfermis la fridujon.

–Tage ni ne trinkas alkoholaĵon – diris Safirov, – sed minerala akvo estos bone.

Vanev verŝis mineralan akvon en glasojn.

–Do, sinjoroj, pri kio temas? Ĉu estas plendoj, rilate la hotelon? – demandis li.

–Ni deziras paroli kun vi pri la posedanto de la hotelo – Plamen Filov – diris Safirov.

–Estas granda tragedio. Neniam mi supozis, ke iu pafmurdos lin.

–Ĉu vi bone konis lin?

–Jam de la infaneco – respondis Vanev.

–Kie vi loĝis?

"사무실에 가도 될까요? 대화는 비밀입니다." 사피로브가 제안했다.

"들어오세요."

바네브, 사피로브, 콜레브는 2층으로 갔고 바네브는 그들을 대형 책상, 커피 탁자, 책장, 안락의자, 냉장고가 있는 넓은 방으로 안내했다.

"이쪽으로." 사피로브와 콜레브에게 안락의자를 가리키며 말했다.

둘 다 커피 탁자 옆에 앉았다.

"위스키, 브랜디, 레모네이드, 생수" 바네브는 그들에게 제안하며 냉장고를 열었다.

"우리는 낮에 술을 마시지 않습니다."라고 사피로브는 말했다. "생수는 괜찮을 것입니다."

바네브는 생수를 잔에 부었다.

"그래서, 여러분, 무슨 일입니까? 호텔과 관련하여 불만이 있습니까?" 바네브가 물었다.

"호텔 주인 플라멘 필로브 씨에 관해 이야기하고 싶습니다." 사피로브가 말했다.

"대단한 비극입니다. 나는 결코 누가 쏘리라고 짐작도 못 했습니다."

"매니저님은 잘 아는 사이입니까?"

"어린 시절부터." 바네브가 대답했다.

"어디 살았나요?"

-Proksime al la greka kvartalo, ĉe la ĉefa urba bazaro de Burgo. Tiam mi kaj Plamen ludis, frekventis la bazan lernejon, kiu estis en la kvartalo. Poste niaj vojoj disiĝis. Mi finis gimnazion kaj iĝis studento en la ĉefurbo. -Kion vi studis? – demandis Safirov.

-Mi finstudis financojn. Mi revenis en Burgon kaj komencis labori en la komerca firmao "Interkomerco" , sed Plamen proponis al mi estri tiun ĉi lian hotelon kaj mi konsentis – klarigis Vanev.

-Ĉu Plamen Filov havis seriozajn problemojn? Ĉu li kverelis kun iu, ĉu iu enviis al li pro liaj sukcesoj? Ja, li estis riĉa persono···

-Se temas pri envio – certe. Vi scias, ke oni envias al homoj, kiuj prosperis, kiuj riĉiĝis. Tamen mi ne scias ĉu li kverelis kun iu.

-Ĉu estis problemoj, rilate la hotelon? Ĉu Plamen Filov ŝuldis monon al iu firmao? – demandis Safirov.

-Estis iaj monproblemoj. Ne ĉiam ni povis tuj pagi al la firmaoj kun kiuj ni kunlaboras, sed mi opinias, ke tio ne estis la kialo pri lia murdo.

-Ĉu vi regule pagas la salajrojn de la oficistoj?

-Pro iaj financaj malfacilaĵoj ni ne pagas regule la salajrojn. Ĉe ni la plej malfacila periodo estas la vintro.

"부르고 시의 주요 도시 시장 옆 그리스 지역 근처에. 그때 플라멘과 나는 같이 놀고 지역에 있는 초등학교에 다녔어요. 나중에 우리의 길은 갈라졌습니다. 나는 고등학교를 마치고 수도에서 대학생이 되었습니다."

"무엇을 공부했습니까?" 사피로브가 물었다.

"나는 금융을 공부했습니다. 부르고로 돌아왔고 무역 회사 '국제무역'에서 일하기 시작했지만, 플라멘이 호텔을 관리해달라고 제안해서 동의했습니다."

바네브가 설명했다.

"플라멘 필로브 씨에게 심각한 문제가 있었나요? 누군가와 다투었나요? 누가 성공을 부러워했습니까? 정말 부자였습니다."

"부러워하는 거라면 분명합니다. 번영하고 부자가 된 사람들 부러워하는 거 알잖아요. 그러나 나는 누군가와 다투었는지는 모릅니다."

"호텔에 문제가 있었나요? 플라멘 필로브 씨는 어떤 회사에 돈을 빚졌습니까?" 사피로브가 물었다.

"무언가 돈 문제가 있었습니다. 우리는 항상 우리가 함께 일하는 회사에 즉시 지급할 수 없었지만, 그것이 살인의 이유라고 생각하지 않습니다."

"종업원의 급여를 정기적으로 지급합니까?"

"어떤 재정적 어려움으로 인해 정기적으로 임금을 주지 않습니다. 우리에게 가장 어려운 시기는 겨울입니다.

Tiam en la hotelo ne estas multaj gastoj kaj ne estas sufiĉe da enspezoj. Pro tio iuj oficistoj forlasas la laboron.

–Ĉu estis oficistoj, kiujn Plamen Filov maldungis kaj ili koleris al li? – alrigardis lin Safirov.

–Eble estis iuj, sed mi ne certas, ke pro tio oni murdos iun.

–La homoj estas diversaj. Ofte eta kialo povas provoki krimagon.

–Eble vi pravas – kapjesis Vanev.

–Ĉu Plamen Filov ofte venis ĉi tien?

–Ne tre ofte. Estis, kiam li venis du-trifoje semajne, sed estis, kiam li venis nur foje monate.

–Lastfoje kiam li estis ĉi tie?

–Semajnon antaŭ la murdo – respondis Vanev.

–Mi deziras vidi la filmojn de la lastaj semajnoj, kiujn registris la kameraoj en la hotelo – diris Safirov.

–Bone. Mi petos, ke oni alportu la diskojn.

Vanev telefonis al iu kaj post dek minutoj en la kabineton venis sesdekjara viro, kiu alportis la petitajn diskojn.

–Tiu estas sinjoro Kralev – diris Vanev pri la alveninta viro. – Li respondecas pri la sekureco de la hotelo.

그때 호텔에는 손님이 많지 않고 수입이 충분하지 않습니다. 이 때문에 일부 직원이 퇴사합니다."

"플라멘 필로브 씨가 해고하여 화를 낸 직원이 있었나요?" 사피로브는 바라보았다.

"몇몇은 있었을지도 모르지만, 그 때문에 누구를 죽이지는 않습니다."

"사람들은 다양합니다. 종종 작은 이유가 범죄를 일으킵니다."

"아마 수사관님 말이 맞을 것입니다." 바네브가 고개를 끄덕였다.

"플라멘 필로브 씨가 여기에 자주 왔나요?"

"그다지 자주는 아닙니다. 일주일에 두세 번 왔을 때도 있고 한 달에 한 번만 왔을 때도 있었습니다."

"마지막으로 언제 여기 왔었나요?"

"살해당하기 1주일 전에." 바네브가 대답했다.

"지난 몇 주 동안 호텔에서 카메라로 녹화한 영상을 보고 싶습니다." 사피로브가 말했다.

"알겠습니다. 기록을 가져오게 시키겠습니다." 바네브는 누군가에게 전화를 걸었고 10분 후에 60세의 남자가 요청한 기록을 가지고 사무실에 왔다.

"이분은 크라레브 씨입니다." 도착한 남자에 대하여 바네브가 말했다.

"호텔의 보안을 책임지고 있습니다."

Kralev estis alta kun atleta korpo, malgraŭ ke li jam aĝis sesdek jarojn. Lia blanka hararo estis mallonga, la nazo - kurba kiel agla beko, la okuloj malhelbluaj kun akra rigardo. Safirov tuj rekonis lin. Penko Kralev estis ekspolicano, kolego de Safirov kaj Kolev, sed antaŭ kelkaj jaroj li pensiiĝis kaj verŝajne de tiam li laboris ĉi tie, en la hotelo de Plamen Filov.

-Saluton, komisaro Safirov – salutis Kralev.

-Saluton, Penko – diris Safirov.

-Sinjoroj, venu al la komputilo spekti la diskojn – diris Vanev.

Safirov, Kolev, Vanev iris al la skribotablo. Vanev ŝaltis la komputilon, enmetis diskon kaj ili komencis spekti. Sur la ekrano oni vidis, ke Plamen Filov haltigas sian aŭton antaŭ la hotelo. El la aŭto eliras li kaj virino. Ambaŭ eniras la hotelon.

-Bonvolu haltigi la projekcion kaj returni la filmon – petis Safirov.

Vanev returnis la projekciadon.

-Haltigu nun! – diris Safirov.

Vanev haltigis la projekciadon.

Nun Safirov kaj Kolev klare vidis la virinon, kun kiu Plamen eniras la hotelon. Ŝi estis Fani, la edzino de Stefan Lambov.

크라레브는 비록 이미 60세였음에도 운동선수 같은 몸매에 키가 컸다.

흰 머리카락은 짧았고 코는 독수리 부리처럼 구부러져 있고, 눈은 짙은 파란색으로 날카롭게 보였다.

사피로브는 즉시 알아보았다.

펜코 크라레브는 전직 경찰로, 사피로브와 콜레브의 동료였다.

몇 년 전 은퇴하고 그 이후로 플라멘 필로브의 호텔에서 일했다.

"안녕하세요, 사피로브 수사관." 크라레브가 말했다.

"안녕하십니까, 선배님." 사피로브가 말했다.

"여러분, 기록을 보러 컴퓨터 앞으로 오십시오." 바네브가 말했다.

사피로브, 콜레브, 바네브는 책상으로 갔다. 바네브는 컴퓨터를 켜고 디스크를 넣고 시청을 시작했다. 화면에서 플라멘 필로브가 차를 호텔 앞에 멈추는 것이 보였다. 여자와 함께 차에서 내렸다. 둘 다 호텔에 들어갔다.

"상영을 중지하고 영상을 뒤로 돌려주세요." 사피로브가 요청했다. 바네브는 화면을 뒤로 돌렸다.

"지금 멈춰요!" 사피로브가 말했다.

바네브는 상영을 멈추었다.

이제 사피로브와 콜레브는 분명히 플라멘이 데리고 호텔에 들어간 여자를 보았다. 스테판 람보브의 아내인 파니였다.

–Ĉu vi konas tiun ĉi virinon? – demandis Safirov.

–Ne – respondis Vanev.

–Ĉu Plamen Filov ofte venis kun ŝi en la hotelon?

–Jes. Ŝajnas al mi, ke ŝi estas lia amatino. Ofte ili venis en la hotelon kaj pasigis ĉi tie tutan tagon.

–Ĉu la edzino de Plamen Filov scias pri ŝi? – demandis Safirov.

–Verŝajne ne. Tio estas persona problemo kaj mi ne koncernas la privata vivo de Plamen – diris iom embarasite Vanev.

–Kiam lastfoje ili estis en la hotelo?

–Tri tagojn antaŭ la murdo de Plamen – respondis Vanev. – Tiam unue venis Plamen kaj post duonhoro venis ŝi per sia aŭto. En la hotelo Plamen havas ĉambron kaj ili pasigis kelkajn horojn en la ĉambro. Poste ili foriris unu post la alia – klarigis Vanev.

–Mi bezonas kopion de la disko – diris Safirov.

–Ni faros kopion kaj donos ĝin al vi – promesis Vanev. –Dankon. Se ni havas aliajn demandojn, ni denove venos – diris Safirov. Vanev kaj Kralev akompanis Safirov kaj Kolev al la pordo de la hotelo.

–Ĝis revido, sinjoroj –adiaŭis ili la policanojn.

En la aŭto Safirov diris al Kolev:

–Estas tre interesa fakto, kiun ni urĝe devas esplori.

"매니저님은 이 여자를 아십니까?" 사피로브가 물었다.

"아니요." 바네브가 대답했다.

"플라멘 필로브 씨가 종종 함께 호텔에 왔나요?"

"예. 여자 친구인 것 같습니다. 자주 그들은 호텔에 와서 온종일 여기에서 보냈습니다."

"플라멘 필로브 씨의 아내가 알고 있습니까?" 사피로브가 물었다.

"아마 아닐 겁니다. 그건 개인적인 문제고 플라멘의 사생활에 관여하지 않습니다." 조금 당황하며 바네브가 말했다.

"마지막으로 호텔에 있었던 게 언제였습니까?"

"플라멘이 살해되기 3일 전" 바네브가 대답했다.

"그때 플라멘이 먼저 왔고 30분 뒤에 여자가 자기 차로 왔습니다. 호텔에 플라멘은 방이 있고 그들은 방에서 몇 시간을 보냈습니다. 그런 다음 그들은 차례로 떠났습니다." 바네브는 설명했다.

"기록의 사본이 필요합니다." 사피로브가 말했다.

바네브는 "사본을 만들어 주겠습니다."라고 약속했다.

"감사합니다. 다른 질문이 있으면 다시 오겠습니다." 사피로브는 말했다. 바네브와 크라레브는 사피로브와 콜레브를 호텔 문 앞까지 배웅했다.

"안녕히 가십시오, 여러분." 그들이 경찰들에게 말했다.

차에서 사피로브는 콜레브에게 말했다.

"긴급히 조사가 필요한 매우 흥미로운 사실이군."

23. La 4-an de junio

En la kabineto Safirov paŝis de la pordo al la fenestro kaj reen. Hodiaŭ li surhavis grizkoloran kostumon, blankan ĉemizon kaj helbluan kravaton. Ĉe la pordo staris Rumen Kolev.

-Hieraŭ vespere vokis min la estro de la polico, kolonelo Prodanov, kaj riproĉis min, ke ni ankoraŭ ne trovis la murdiston de Plamen Filov kaj de Paulina Mineva, se li estas unu sama. Do, ni devas pridiskuti kion ni scias pri la du murdoj kaj kion ni ankoraŭ ne scias.

-De la telefoncentralo ni ricevis la informon pri la telefonkonversacioj de Plamen Filov en la tago antaŭ la murdo – diris Kolev.

-Kio estas la konstato?

-En tiu tago Plamen Filov parolis telefone kun kelkaj personoj.

-Kun kiuj?

-Je la naŭa horo matene telefonis al li Vasil Draganov, la ĉefo de la vinfabriko. Je la deka kaj duono telefonis Emil Vanev, la estro de hotelo "Stelo", post unu horo telefonis Stefan Lambov. Poste telefonis iu el strattelefono.

23장. 6월 4일

사무실에서 사피로브는 문에서 창문까지 앞뒤로 걸었다. 오늘 회색 양복에 흰색 셔츠, 하늘색 넥타이를 맺다.

문 앞에 루멘 콜레브가 서 있었다.

"어젯밤 프로다노브 경찰서장님이 내게 전화하셨어. 그리고 살인자가 같다면 플라멘 필로브 씨와 폴리나 미네바의 살인자를 아직 찾지 못했다고 꾸중하셨지. 그래서 우리는 두 살인에 대해 우리가 알고 있는 것과 아직 모르는 것을 검토해야 해."

"전화국에서 살인 전날 플라멘 필로브 씨의 전화 통화에 대한 정보를 받았습니다." 콜레브가 말했다.

"무엇을 확인했지?"

"그날 플라멘 필로브 씨는 몇몇 사람들과 전화로 이야기했습니다."

"누구랑?"

"아침 9시에 포도주 양조장의 대표 바실 드라가노브가 전화했습니다.

10시 30분에 '별'호텔의 매니저인 에밀 바네브가, 한 시간 뒤에 스테판 람보브가 전화했습니다.

그런 다음 공중전화로 누군가가 전화를 걸었습니다.

La konversacio estis tre mallonga kaj certe li estis Gibon. Je la dekunua kaj duono – telefonis Fani Lambova. Estas informoj pri la telefonkonversacioj de la telefono, kiu estas en la sekretariejo de la firmao. Kelkaj telefonkonversacioj estis kun Paulina Mineva. Strange Stefan Lambov telefonis el la hejma telefono al ŝi kaj eble li deziris paroli kun Plamen Filov.

–Ĉu vi trarigardis la diskojn de la kameraoj, kiuj estas en la urbo ĉe la ĉefvojo al la ĉefurbo? – demandis Safirov.

–Jes. Je la tago, kiam Plamen Filov ekveturis per la aŭto al la ĉefurbo, li ne estis sola en la aŭto. Ĉe li sidas viro, kies vizaĝo ne bone videblas.

–Inter la nomoj de tiuj, kiuj telefonis al Plamen Filov la 22-an de majo – diris malrapide Safirov – la nomo de Stefan Lambov ripetiĝas. Ĉu ni pridemandu lin, malgraŭ ke mi ne kredas, ke li estas ligita al la murdoj.

–Ni ne forgesu, ke la edzino de Stefan Lambov, Fani, kaj Plamen Filov verŝajne estis geamantoj. Ni ne devas ignori tiun ĉi fakton. Emil Vanev diris, ke ili ofte estis en la hotelo – aldonis Kolev.

–Tio tre gravas kaj sendube direktas nian atenton al Stefan kaj al Fani.

대화는 매우 짧았고 확실히 기본이 맞았습니다.

11시 30분에 파니 람보브가 전화했습니다.

회사 사무실에 있는 전화의 전화 통화에 대한 정보가 있습니다.

일부 전화 통화는 폴리나 미네바이고. 이상하게도 스테판 람보브 씨가 집에서 비서에게 전화를 걸었고 아마도 플라멘 필로브 씨와 이야기하고 싶었을 것입니다."

"수도로 가는 주요 도로에 있는 도시 카메라의 기록을 살펴보았나?" 사피로브가 물었다.

"예. 플라멘 필로브 씨가 수도에 운전하고 간 날 차에 혼자가 아니었습니다.

옆에 얼굴이 잘 보이지 않는 남자가 있었습니다."

"5월 22일 플라멘 필로브 씨에게 전화를 건 사람들의 이름 중" 사피로브가 천천히 말했다.

"스테판 람보브 씨의 이름이 중복된다.

살인과 관련이 있다고 믿지 않을지라도 질문해볼까?"

"스테판 람보브 씨의 아내 파니와 플라멘 필로브 씨는 아마도 연인임을 잊지 말아야 합니다.

그리고 에밀 바네브 매니저는 그들이 종종 호텔에 있었다고 말한 사실을 무시해서는 안 됩니다." 콜레브가 추가했다.

"그것은 매우 중요하며 확실히 우리의 관심을 스테판 부부에게 돌려주지."

Ĉu Fani Lambova oficas ie? – demandis Safirov.

–Nun ne. Antaŭe ŝi estis kontistino en iu el la vendejoj de Plamen.

–Klare – diris Safirov. – Ĉu Stefan Lambov scias pri la amrilatoj de Plamen kaj Fani? – kvazaŭ sin mem demandis Safirov.

–Al tiu ĉi demando ne estas facile respondi – diris Kolev. – Kutime la edzoj lastaj ekscias pri la sekretaj amrilatoj de siaj edzinoj.

–Vi pravas. Tamen pli malpli frue ili ekscias, ĉu ne kaj tiam komenciĝas la tragedioj – diris Safirov.

–Kiam ni estis en la domo de Stefan kaj Fani mi rimarkis nenion strangan en ilia konduto – aldonis Kolev.

–Mi tamen rimarkis – diris Safirov. – Fani parolis emocie pri Plamen kaj tio ne plaĉis al Stefan.

–Vere.

–Mi tamen opinias, ke ŝi parolas tiel pri Plamen, ĉar ŝi kaj Plamen estis samklasanoj, delonge konis unu la alian. Certe vi scias la proverbon, ke pri mortinto oni parolu nur bonon aŭ nenion. Do, kiam komenciĝis ilia amo? Verŝajne jam kiam ili estis gimnazianoj?

–Povas esti – diris Kolev.

"파니 람보브 씨는 어디에서 일하고 있나?" 사피로브가 물었다.

"이제는 아니지만, 예전에 플라멘 씨의 한 상점에서 회계사였습니다."

"분명히" 사피로브가 말했다. "스테판 람보브 씨는 플라멘 씨와 아내의 연애를 알고 있을까?" 자신에게 묻는 것처럼 사피로브가 물었다.

"이 질문에 대답하기는 쉽지 않습니다." 콜레브가 말했다. "보통 남편들은 아내의 비밀 연애에 대해 마지막으로 압니다."

"자네가 옳아. 그러나 가끔은 빨리 알게 되고 그때 비극이 시작되지."라고 사피로브가 말했다.

"우리가 스테판 씨 집에 있을 때 부부의 행동에서 이상한 점을 발견하지 못했습니다." 콜레브가 추가했다.

"하지만 알아차렸어." 사피로브가 말했다.

"부인은 플라멘 씨에 대해 감정적으로 말했고 남편은 기분이 안 좋았어."

"정말입니다."

"그런데 플라멘 씨는 동급생이었고 오랫동안 서로를 알고 있었기 때문에 그렇게 말한다고 알았지. 확실히 죽은 사람에 대해 선한 것이 아니면 아무것도 말하지 않는다는 속담을 알고 있지. 그렇다면 그들의 사랑은 언제 시작되었을까? 아마 이미 고등학생이었을 때일까?"

"그럴 수도 있습니다." 콜레브가 말했다.

– Poste, ĉu hazarde aŭ ne, ili estis najbaroj. La familioj de Plamen kaj Stefan loĝis en najbaraj loĝejoj en kvartalo "Laboristo". Povas esti, ke tiam komenciĝis ilia amo.

–Laŭ mi Stefan sciis aŭ supozis pri ilia amo, sed li kaŝis sian koleron – supozis Safirov.

–Nun verŝajne io provokis lin kaj li decidis venĝi al Plamen – diris Kolev.

–Estas logike. Stefan enviis al Plamen. Li kaj Plamen komencis komunan entreprenon, sed poste Plamen rapide riĉiĝis. Stefan mem diris, ke dum la lastaj du jaroj la restoracio "Mirakla Planedo" ne estas profitdona.

–Ĉiu vorto estas grava kaj ĉiu vorto helpas fari konkludojn – diris Kolev.

–Jes, Kolev. Ĉiu vorto tre gravas. Dum la konversacio kun Fani kaj Stefan mi rimarkis ankoraŭ ion. Kiam mi demandis Stefan ĉu li scias, ke iu postulis de Plamen 100 000 eŭrojn, li respondis, ke ne scias, sed dum la konversacio mi ne menciis "leteron". Stefan tamen diris, ke li ne aŭdis pri tia letero. De kie li sciis, ke Plamen ricevis minacan leteron? Do, Stefan bone sciis, ke iu postulis de Plamen 100 000 eŭrojn.

"뒤에 우연히든 아니든 이웃이었습니다. 플라멘 씨와 스테판 씨의 가족은 '노동자' 지역의 이웃 주택에 살았습니다. 그때 그들의 사랑이 시작되었을지도 모릅니다."

"내 생각에 스테판은 그들의 사랑에 대해 알고 있거나 생각했지만, 분노를 숨겼어." 사피로브는 생각했다.

"이제 뭔가가 자극하고 플라멘 씨에게 복수하기로 했습니다." 콜레브가 말했다.

"논리적이야. 스테판은 플라멘 씨를 부러워했어.

플라멘 씨와 동업을 시작했지만, 나중에 플라멘 씨는 빠르게 부자가 되었지.

스테판 자신은 지난 2년 동안 식당 '기적의 행성'이 수익성 없다고 말했어."

"모든 단어가 중요하고 모든 단어가 결론을 내는 데 도움이 됩니다." 콜레브가 말했다.

"맞아, 콜레브. 모든 단어는 매우 중요해. 파니와 스테판이 함께한 대화 중 이상한 것을 발견했어. 내가 스테판에게 누가 플라멘 씨한테 100,000유로를 요구했는지 아느냐고 물었지. 모른다고 대답했지만, 대화 중에 나는 '편지'를 언급하지 않았어.

그러나 스테판은 그런 편지를 들어 본 적이 없다고 말했어. 플라멘 씨가 협박 편지를 받았다는 것을 어떻게 알았을까?

스테판은 누군가가 플라멘 씨에게 100,000유로를 요구했다는 것을 이미 알고 있었어."

-Jes, la fadenoj gvidas al Stefan kaj ni devas kontroli ĉion. Ĉu ni vizitu Stefan kaj Fani por paroli kun ili - diris la serĝento.

Post duonhoro Safirov kaj Kolev estis antaŭ la loĝejo de Stefan kaj Fani. Safirov sonoris. La pordon malfermis Fani kiu iom surpriziĝis:

-Ho, sinjoro komisaro, vi denove estas ĉi tie. Kio okazis?

-Ni devas starigi al vi ankoraŭ kelkajn demandojn - diris Safirov.

-Bonvolu eniri.

Ili eniris la loĝejon kaj Fani invitis ilin en la ĉambron, kie ili estis antaŭ kelkaj tagoj.

-Bonvolu sidiĝi - diris ŝi kaj montris la seĝojn ĉirkaŭ la tablo.

Safirov kaj Kolev sidiĝis.

-Ĉu sinjoro Lambov estas hejme? - demandis Safirov.

-Ne. Li estas en la restoracio kun Kiril Hinkov, kiu aĉetis "Mirakla Planedo" - respondis Fani.

-Ni unue parolu kun vi - diris Safirov.

-Bone - ekridetis afable Fani. - Mi aŭskultas vin.

-Ĉu vi havis amrilaton kun Plamen Filov? - demandis li.

Fani fulme alrigardis lin.

"예, 단서는 스테판으로 연결되며 모든 것을 확인해야 합니다.

이야기를 나누기 위해 스테판 씨 부부를 찾아갈까요?" 경사가 말했다.

30분 뒤 사피로브와 콜레브가 스테판 부부 아파트 앞에 있었다. 사피로브가 초인종을 울렸다.

조금 놀란 파니가 문을 열었다.

"오, 수사관님, 또 왔군요. 무슨 일인가요?"

"몇 가지 질문을 더 해야 합니다." 사피로브가 말했다.

"들어 오세요."

그들은 아파트에 들어갔고 파니는 그들을 며칠 전에 있었던 방으로 안내했다.

"앉으세요." 주변의 의자를 가리키며 말했다.

사피로브와 콜레브는 앉았다.

"람보브 씨는 집에 있습니까?" 사피로브가 물었다.

"아니요. '기적의 행성'을 산 키릴 힌코브와 함께 식당에 있습니다." 파니가 대답했다.

"먼저 부인과 이야기하죠." 사피로브가 말했다.

"좋습니다." 파니가 친절하게 웃었다.

"말을 듣겠습니다."

"플라멘 필로브 씨와 연인관계였나요?"

사피로브가 물었다.

파니가 확실히 노려보았다.

Certe ŝi ne atendis tiun ĉi rektan demandon kaj ŝi tuj ofende diris:

-Kion vi diras, sinjoro komisaro? Ja, mi havas edzon. Kial vi supozas, ke mi havis amrilaton kun Plamen Filov? Ni delonge konis unu la alian, ja, ni estis samklasanoj, sed ni ne estis geamantoj.

-Tamen ni scias, ke vi kaj Plamen ofte estis en hotelo "Stelo" .

-Tio estas mensogo! Iu kalumniis min.

-Ni parolis kun la estro de la hotelo Emil Vanev. La estro de la pordistoj same konfirmis tion – diris Safirov.

-Fia kalumnio – insistis Fani.

-Ni montros al vi la filmon de la hotelaj kameraoj. Ni povos montri ĝin al via edzo.

Fani eksilentis kaj kelkajn minutojn ŝi sidis senmova. Poste ŝi mallaŭte ekparolis:

-Mi kaj Plamen amis unu la alian. Li estis mia unua amo. Post la fino de la gimnazio mi certis, ke ni geedziĝos, sed Plamen konatiĝis kun Flora kaj ili geedziĝis. Por mi tio estis granda frapo. Mi preskaŭ malsaniĝis kaj dum monatoj mi tre malbone fartis. Ege malfacile mi travivis tiun ĉi doloron. Post jaro mi konatiĝis kun Stefan kaj ni geedziĝis.

확실히 직접적인 질문을 기대하지 않았기에 즉시 공격적으로 말했다.

"수사관님, 무슨 말씀이신가요? 정말 저는 남편이 있습니다. 제가 플라멘 필로브와 연애를 했다고 생각하는 이유는 무엇입니까?

우리는 오랫동안 서로를 알고 있었습니다.

정말로 우리는 급우였지만 연인은 아닙니다."

"하지만 우리는 플라멘 씨와 함께 자주 '별' 호텔에 있었다는 것을 알고 있습니다."

"거짓말입니다! 누군가 나를 모함했습니다."

"우리는 호텔의 에밀 바네브 매니저와 이야기했습니다. 경호 책임자도 이것을 똑같이 확인했습니다."라고 사피로브는 말했다.

"나쁜 모함입니다." 파니가 주장했다.

"호텔 카메라의 영상을 보여 드리겠습니다. 우리는 남편에게도 보여줄 수 있습니다."

파니는 침묵하고 몇 분 동안 움직이지 않고 앉아 있었다. 그런 다음 부드럽게 말했다.

"플라멘과 나는 서로를 사랑했습니다. 내 첫사랑입니다. 고등학교가 끝나면 결혼할 거라고 확신했지만 플라멘은 플로라를 만나 결혼했습니다. 나에게는 큰 충격이었습니다. 나는 거의 아팠고 몇 달 동안 잘 못 지냈습니다. 이 고통을 경험하는 것은 매우 어려웠습니다. 몇 년 뒤 나는 스테판을 만났고 우리는 결혼했습니다.

Ni luis loĝejon en kvartalo "Laboristo", sed okazis, ke nia loĝejo kaj la loĝejo de Plamen estas najbaraj. Plamen kaj Stefan iĝis amikoj. La amo inter mi kaj Plamen denove ekflamis kaj ni komencis kaŝe renkontiĝi.

-Ĉu Stefan sciis aŭ supozis pri via amo? – demandis Safirov.

-Neniam li montris, ke li scias pri nia amo. Verŝajne iel li eksciis, sed li zorge kaŝis tion.

-Ĉu Stefan kaj Plamen ofte renkontiĝis?

-Ne. Kiam Plamen konstruis domon en kvartalo "Lazuro" kaj ni aĉetis tiun ĉi loĝejon, ili malofte renkontiĝis. Tamen de tempo al tempo ili telefonis unu al alia. Antaŭ du semajnoj Plamen festis sian kvardekjaran jubileon kaj invitis nin.

-Ĉu iliaj rilatoj estis bonaj? – diris Safirov.

-Ili estis amikoj, tre bone kunlaboris, helpis unu la alian, sed poste mi rimarkis, ke Stefan komencis envii al Plamen. Stefan diris, ke Plamen trompis lin, kiam Plamen vendis al li sian parton de la restoracio. Stefan ofte menciis, ke Plamen rapide riĉiĝis, ke Plamen estas spekulanto. Kompreneble tiuj ĉi eldiroj de Stefan ne plaĉis al mi, sed mi silentis.

우리는 '노동자' 지역에 아파트를 빌렸습니다.

하지만 우리 아파트와 플라멘의 아파트는 이웃입니다.

플라멘과 남편은 친구가 되었습니다.

나와 플라멘 사이에 사랑이 또 타오르고 몰래 만나기 시작했습니다."

"남편께서 당신의 사랑을 알거나 짐작했나요?" 사피로브가 물었다.

"우리의 사랑에 대해 안다는 것을 절대 보여주지 않았습니다. 아마 어떻게든 알아냈지만, 조심스럽게 숨겼습니다."

"스테판 씨와 플라멘 씨는 자주 만났나요?"

"아니요. 플라멘이 '라주로' 지역에 집을 지었을 때 우리는 이 아파트를 사고 거의 만난 적이 없습니다.

그러나 때때로 그들은 서로에게 전화했습니다.

2주 전 플라멘은 40주년 생일을 축하하면서 우리를 초대했습니다."

"둘의 관계는 좋았나요?" 사피로브가 말했다.

"그들은 친구였고, 아주 잘 협력하고, 서로를 도왔습니다. 하지만 나중에 남편이 플라멘을 부러워하기 시작한 것을 나는 알아차렸습니다.

남편은 플라멘이 식당의 자기 몫을 팔 때 속였다고 말했습니다. 남편은 종종 플라멘이 신속하게 부자가 되고 투기꾼이라고 언급했습니다. 물론 나는 남편의 말을 좋아하지 않았지만 입을 다물었습니다."

-Ĉu vi rimarkis ion en la konduto de Stefan post la murdo de Plamen?

-Ĉu vi aludas, ke Stefan murdis Plamen? Tio tute ne eblas! Stefan ne estas murdisto! Verŝajne li ĵaluzis, li enviis, sed li ne kapablas murdi! – Fani komencis preskaŭ krii.

-Mi nenion aludas. Mi ne deziris ofendi vin aŭ lin. Mi nur deziras demandi kiel reagis Stefan, kiam li eksciis, ke Plamen Filov estis murdita.

-Mi ne scias kiel Stefan reagis, sed mi estis frakasita. Kelkajn noktojn mi ne povis dormi kaj mi kaŝe ploris. Mi ne kredis, eĉ nun mi ne kredas, ke Plamen mortis. Tre forte mi amis lin. Ja, li estis mia unua amo.

-Ĉu Stefan havas pistolon? Ni scias, ke li estis oficiro-maristo en urbo Atlimano. Kutime la eksoficiroj havas pistolojn. – demandis Safirov.

-Jes – diris Fani. – Li estis maristo-oficiro en urbo Atlimano. Poste li venis loĝi en Burgo. Ni konatiĝis kaj geedziĝis.

-Ĉu la pistolo estas hejme?

-Jes. Ĝi ĉiam estas en la tirkesto de la komodo, en la dormoĉambro.

-Ni devas vidi ĝin – diris Safirov.

“플라멘 살해 뒤 남편의 행동에서 무언가를 눈치채셨나요?”

“남편이 플라멘을 죽였다는 말인가요? 그것은 전혀 불가능합니다! 남편은 살인자가 아닙니다! 정말로 질투하고 부러워했지만 죽이지 않았습니다!” 파니는 거의 비명을 지르기 시작했다.

“아무 소용 없어요. 부인이나 남편을 화나게 하고 싶지 않습니다. 플라멘 필로브 씨가 살해당했다는 사실을 남편이 알았을 때 어떻게 반응했는지 물어보고 싶습니다.”

“남편이 어떻게 반응했는지는 모르겠지만 난 황폐해졌습니다. 며칠 밤을 잠을 잘 수 없었고 몰래 울었습니다. 플라멘이 죽었다고 믿지 않았고 지금조차도 믿지 않습니다. 아주 많이 사랑했습니다. 사실 나의 첫사랑이었습니다.”

“남편이 총을 가지고 있습니까? 아틀리마노 시의 장교였다는 것을 압니다. 일반적으로 전직 무관은 권총을 가지고 있습니다.” 사피로브가 물었다.

“예” 파니가 말했다. “아틀리마노 시의 해군 장교였습니다. 그런 다음 부르고 시에 살려고 왔습니다. 우리는 알게 되어 결혼했습니다.”

“집에 총이 있습니까?”

“예. 항상 침실 옷장의 서랍에 있습니다.”

“그것을 봐야 합니다.”라고 사피로브가 말했다.

Fani ekstaris, iris en la dormoĉambron, sed post minuto ŝi revenis kaj diris:

-La pistolo ne estas tie. Mi ne scias kiam Stefan prenis ĝin.

-Bone. Ni parolos kun Stefan. Ne diru al li, ke ni estis ĉi tie kaj ni parolis kun vi.

Safirov kaj Kolev adiaŭis Fanion kaj rapide foriris.

-Ni havigu permeson por traserĉo de restoracio "Mirakla Planedo" - diris Safirov al Kolev.

La saman tagon posttagmeze Safirov, Kolev kaj du policanoj iris en restoracion "Mirakla Planedo". Ĉe unu el la tabloj sidis Stefan kaj Kiril Hinkov.

-Saluton, sinjoroj, - salutis ilin Stefan. - Ĉu vi venis manĝi?

-Ni venis konversacii kun vi - diris Safirov.

-Sinjoro komisaro, vi estas senlaca. Ĉiam oni povas vidi vin en la tuta urbo - diris moke Kiril Hinkov.

-Same kun vi mi konversacios, sed ne nun - turnis sin al li Safirov.

-Mi estas ĉiam ĉi tie, en "Mirakla Planedo" kaj kiam vi deziras, mi volonte konversacios kun vi - ridetis Hinkov.

Safirov eĉ ne rigardis lin. Stefan, Safirov kaj la policanoj eniris en la oficĉambron de la restoracio.

파니가 일어나 침실로 들어간 1분 뒤 돌아와서 말했다.
"권총이 거기 없습니다. 남편이 언제 그것을 가져갔는지
모르겠습니다."

"좋습니다. 남편과 이야기 하겠습니다. 우리가 여기 있었
고 같이 이야기했다고 말하지 마시기 바랍니다."

사피로브와 콜레브는 파니에게 작별 인사를 하고 서둘러
나왔다.

"식당 '기적의 행성' 수색 허가를 받자." 사피로브는 콜
레브에게 말했다.

같은 날 오후 사피로브, 콜레브와 두 명의 경찰관은 식
당 '기적의 행성'에 갔다. 탁자 중 하나에서 스테판과 키
릴 힌코브가 앉아 있다.

"안녕하세요, 여러분." 스테판이 말했다. "식사하러 오셨
어요?"

"우리는 사장님과 이야기하기 위해 왔습니다."라고 사피
로브가 말했다.

"수사관님, 지치지도 않습니다. 마을 곳곳에서 항상 뵐
수 있습니다." 키릴 힌코브가 조롱하듯 말했다.

"당신과도 얘기하겠지만 지금은 아닙니다."

사피로브가 등을 돌렸다.

"난 항상 여기 '기적의 행성'에 있으니 원한다면 기꺼이
대화할게요." 힌코브는 빙긋 웃었다.

사피로브는 쳐다보지도 않았다. 스테판, 사피로브와 두
경찰관이 식당의 사무실에 들어갔다.

-Kio okazis? – demandis Stefan.

-Ĉu vi havas pistolon? – alrigardis lin Safirov.

-Jes – respondis Stefan – sed ĝi estas hejme.

-Ni tamen vidos ĉu ĝi hazarde ne estas ĉi tie – diris Safirov. - Ni traserĉos la restoracion. Jen la prokurora permeso - kaj Safirov montris al Stefan la permeson pri la traserĉo de la restoracio.

La vizaĝo de Stefan iĝis blanka kiel kreto, sed li nur tramurmuris:

-Bone.

-Kolegoj, bonvolu komenci la traserĉadon de la tuta restoracio – diris Safirov.

La policanoj tuj ekagis. Ili malfermis tirkestojn, ŝrankojn, eniris la kuirejon···

Post unu horo unu el la policanoj venis kaj diris al Safirov:

-Sinjoro komisaro, mi trovis la pistolon.

-Kie ĝi estis?

-En la kuirejo sub malnova forno, kiun oni ne uzas – diris la policano.

-Tre bone. Ni prenos ĝin. Safirov alrigardis Stefan.

-Certe vi ne memoras kie vi kaŝas la pistolon. - Ne forlasu la urbon! –ordonis Safirov

La grupo de policanoj foriris.

"무슨 일이십니까?" 스테판이 물었다.

"총을 소지하고 있습니까?" 사피로브는 바라보았다.

스테판이 대답했다. "예, 하지만 집에 있습니다."

"혹시 여기에 있는지 확인하겠습니다."
사피로브가 말했다.

"식당을 수색하겠습니다. 수색영장입니다."

그리고 사피로브는 스테판에게 식당 수색영장을 보여주었다.

스테판의 얼굴은 분필처럼 하얗게 변했지만 조그맣게 중얼거리듯 말했다.

"좋아요."

"모두, 전체 식당을 수색해라."하고 사피로브가 말했다.

경찰은 즉시 조사를 시작했다.

그들은 서랍과 찬장을 열었고 부엌으로 들어갔다.

한 시간 뒤 경찰관 중 한 명이 와서 사피로브에게 말했다. "수사관님, 권총을 찾았습니다."

"어디 있었지?"

"주방에서 사용하지 않는 오래된 오븐 아래." 경찰관이 말했다.

"아주 좋아. 우리가 가져갈게." 사피로브는 스테판을 바라보았다. "물론 총을 어디에 숨겼는지 기억이 나지 않겠죠. 도시를 떠나지 마시오!" 사피로브가 명령했다.

경찰관의 무리가 떠났다.

24. la 5-an de junio

La tago estis malhela. Nuboj kovris la ĉielon kaj eble baldaŭ ekpluvos. En la kabineto de Safirov estis Kolev, policano, junulino en polica kostumo, sekretariino, kiu devis surpaperigi la konfesojn de Stefan Lambov.
-Ĉio klaras – diris Safirov antaŭ la mikrofono por surbendigi la pridemandadon. – La horo estas dekkvara kaj en la kabineto de komisaro Safirov komenciĝos la pridemando de Stefan Lambov. Ĉeestas: Kalojan Safirov – komisaro, Rumen Kolev – serĝento, Mito Kinov – policano kaj Svetla Videva – sekretariino.
La pistolo per kiu estis murditaj Plamen Filov kaj Paulina Mineva estas de Stefan Lambov. La fingroindicoj en la
aŭto de Plamen Filov same estas de Stefan Lambov. Lambov, vi scias, ke viaj memvolaj konfesoj influos la verdikton.
Stefan malrapide ekparolis:
-Mi murdis Plamen Filov! Li ruinigis mian tutan vivon! Li trompis min! Li malriĉigis min! Tio ne sufiĉis al li, sed li ŝtelis mian edzinon. Mi restis sen edzino, sen mono. Mi ne havis alian eblecon. Mi devis murdi lin. Delonge mi devis fari tion. Finfine mi decidis!

24장. 6월 5일

그날은 어두웠다. 구름이 하늘을 덮고 어쩌면 곧 비가 올 것이다.

사피로브의 사무실에는 콜레브, 경찰관, 경찰복을 입은 젊은 여성, 스테판 람보브의 자백을 적으려는 비서가 있었다.

"모든 것이 분명합니다." 사피로브가 심문을 녹음하기 위해 마이크 앞에서 말했다.

"시간은 14시이고 사피로브 수사관의 사무실에서 스테판 람보브의 심문을 시작합니다. 현재 칼로얀 사피로브 수사관, 루멘 콜레브 경사, 미토 키노브 경찰과 스베틀라 비데바 비서가 참여합니다. 플라멘 필로브와 폴리나 미네바를 쏘아 죽이는데 사용된 총은 스테판 람보브의 것입니다. 플라멘 필로브의 자동차 손가락지문도 똑같이 스테판 람보브의 것입니다. 람보브 씨, 자발적인 고백이 평결에 영향을 미친다는 것을 알고 있으시죠."

스테판은 천천히 말했다.

"내가 플라멘 필로브를 죽였습니다! 그 사람은 내 평생을 망쳤습니다! 나를 속였습니다! 나를 가난하게 만들었습니다! 그것도 모자라 내 아내를 훔쳤습니다. 나는 아내도 돈도 없이 남겨졌습니다. 나는 다른 가능성이 없었습니다. 죽여야만 했습니다. 오래전부터 해야만 했습니다. 마침내 결정했습니다!

Nun mi ne bedaŭras. Mi scias kion mi faris.

–Tamen vi kaj Plamen estis amikoj – diris Safirov.

–Iam ni estis amikoj, bonaj amikoj. Mi kredis lin. Li tamen vendis al mi sian parton de la restoracio "Mirakla Planedo", postulante de mi pli da mono ol la reala prezo. Mi ne havis la tutan monsumon. Mi donis al li nur parton de la mono. Li komencis premi min, sed "Mirakla Planedo" jam ne plu estis tiel profitdona kiel iam. Li minacis min.

–Kiel? – demandis Safirov.

–Li diris, ke havas konatojn, kiuj igos min doni la monon. Kiam li eksciis, ke mi deziras vendi la restoracion, li tuj telefonis al mi! Li diris, ke ne atendos plu!

–Ĉu vi sciis, ke inter Fani, via edzino, kaj Plamen estis amrilato?

–Komprenedle. Oni diris al mi, sed mi ŝajnigis, ke nenion mi scias. Por Plamen kaj Fani mi estis idioto, naivulo. Tamen mi sciis ĉion. Plurfoje mi postsekvis ilin en Sapfira Golfo. Mi deziris murdi Fani, sed mi amis ŝin. Mi forte amis ŝin! Mi ne havis fortojn murdi ŝin. Ĉiam mi esperis, ke ŝi ekamos min tiel, kiel ŝi amas Plamen. Mi faris ĉion por ke ŝi ekamu min. Tamen ŝi humiligis min.

이제 후회하지 않습니다. 내가 무엇을 했는지 압니다."

"하지만 사장님과 플라멘 씨는 친구였습니다."

사피로브가 말했다.

"언젠가 우리가 친구, 좋은 친구였을 때, 나는 믿었습니다. 그러나 플라멘은 나에게 식당'기적의 행성'의 자기 몫을 실제 가격보다 더 많은 돈을 요구하며 팔았습니다. 나는 돈 전부를 가지고 있지 않았습니다. 나는 돈 일부만을 주었습니다. 플라멘은 나를 압박하기 시작했지만 '기적의 행성'은 더는 전에처럼 수익을 내지 못했습니다. 플라멘은 나를 위협했습니다."

"어떻게요?" 사피로브가 물었다.

"내가 돈을 내도록 할 지인이 있다고 말했습니다. 내가 식당을 팔고 싶다는 걸 알았을 때 즉시 전화했습니다! 더 기다리지 않겠다고 말했습니다!"

"부인과 플라멘 씨가 연인 관계라는 걸 알고 계셨나요?"

"물론입니다. 사람들이 말했지만 나는 아무것도 모른 척 했습니다. 플라멘과 파니에게 나는 바보, 순진한 놈이었습니다. 그러나 나는 모든 것을 알고 있었습니다. 여러 번 나는 사파이어만에서 그들을 따라갔습니다. 나는 파니를 죽이고 싶었지만 사랑했습니다. 매우 사랑했습니다! 나는 아내를 죽일 힘이 없었습니다. 아내가 플라멘을 사랑하는 만큼 나를 사랑해 주기를 항상 희망했습니다. 나는 아내가 나를 사랑하도록 모든 것을 했습니다. 그러나 아내는 나를 모욕했습니다.

Por ŝi Plamen estis la plej bona viro. Plurfoje ŝi diris tion antaŭ mi, sed mi silentis. Mi ŝajnigis, ke ne komprenas kion ŝi diras.

-Kiam vi ekplanis murdi Plamen Filov?

-Post lia jubileo. Dum la jubilea festo li estis fiera, orgojla. Li kondutis kvazaŭ la tuta mondo estas lia. Li deziris montri al ĉiuj kiel saĝa li estas, kiel riĉa, kiel kapabla. Tamen

tagon post la jubileo li telefonis al mi kaj diris, ke urĝe bezonas monon. Li postulis, ke mi tuj donu la monon, kiun mi ŝuldas al li. Li diris, ke ricevis minacan leteron. Tiam mi jubilis. Iu montris al li, ke li ne estas ĉiopova. Iu postulis de li 100 000 eŭrojn! Tiam mi decidis liberigi min de li. Mi murdos lin kaj neniu supozos, ke mi murdis lin. Ja, oni opinios, ke tiu, kiu postulis la monon, murdis lin.

-Kiel vi agis? – demandis Safirov.

-La 22-an de majo li denove telefonis kaj denove postulis, ke mi tuj donu al li la monon, kiun mi ŝuldas al li. Li denove minacis min. Tiam mi promesis doni la antaŭpagon, kiun mi ricevis de Kiril Hinkov por la restoracio. Ni interkonsentis renkontiĝi matene. Li diris, ke veturos al la ĉefurbo. Li venis. Mi eniris la aŭton kaj pafmurdis lin.

아내에게 플라멘은 가장 좋은 사람이었습니다.

내 앞에서 여러 번 그것을 말했지만 나는 조용했습니다. 나는 아내가 무슨 말을 하는지 이해하지 못하는 척했습니다."

"언제 플라멘 필로브 씨를 죽일 계획을 세웠나요?"

"생일날 뒤입니다. 생일잔치 동안 플라멘은 자랑하며 거만했습니다. 온 세상이 자기 것처럼 행동했습니다. 얼마나 현명하고, 얼마나 부유하고, 얼마나 능력이 있는지 모두에게 보여주고 싶었습니다. 그러나 생일축하 뒤 하루가 지나자 내게 전화를 걸어 긴급히 돈이 필요하다고 말했습니다. 내가 빚진 돈을 즉시 줄 것을 요구했습니다. 협박 편지를 받았다고 말했습니다. 그때 나는 기뻤습니다. 어떤 사람이 플라멘이 전능하지 않다는 것을 보여주었습니다. 누군가 그 사람에게 100,000유로를 요구했습니다! 그때 제거하기로 했습니다. 죽여도 아무도 내가 죽였다고 생각하지 않을 것입니다. 실제로, 사람들은 누가 돈을 요구하고 살해했다고 생각할 것입니다."

"어떻게 실행했나요?" 사피로브가 물었다.

"5월 22일 플라멘은 몇 번이고 전화해서 빚진 돈을 즉시 주라고 계속 요구했습니다. 다시 나를 위협했습니다. 그때 키릴 힌코브로부터 식당 계약금으로 받은 돈을 주겠다고 약속했습니다. 우리는 아침에 만나기로 했습니다. 플라멘은 수도로 운전해서 갈 것이라고 말했습니다. 차로 내게 왔습니다. 나는 차에 타서 그에게 총을 쐈습니다.

Poste mi veturigis la aŭton al la vilaĝo Vetren.

Safirov aŭskultis. Stefan Lambov parolis malrapide per voĉo, en kiu estis malamo kaj profunda incito. Li rakontis ĉion detale. Estis klare, ke li precize planis la murdon kaj bone konsciis kion li faris.

Stefan Lambov murdis ne pro subita kolero kaj furiozeco. Dum longa tempo li pripensis ĉion, profunde en si mem li kaŝis la malamon al Plamen, al Fani kaj li atendis nur la oportunan momenton por murdi Plamen.

Plurfoje Stefan kaj Plamen renkontiĝis, konversaciis, sed Stefan ne montris la koleron, la malamon. Plamen eĉ ne supozis, ke Stefan estas lia malamiko. Plamen opiniis, ke Stefan ne scias pri la amrilatoj de li kaj Fani, pri iliaj sekretaj renkontiĝoj. Tamen Stefan sciis ĉion. Safirov nur ne komprenis kiel dum tiom da tempo Stefan rigardis Fanion, kiel li trankvile konversaciis kun ŝi, loĝis kun ŝi. Fani same eĉ por momento ne supozis, ke Stefan scias ĉion.

—Kaj kial vi murdis Paulinan Minevan? – demandis Safirov.

—Ŝi kutimas subaŭskulti la telefonkonversaciojn de Plamen en la firmao.

그런 다음 나는 차를 베트렌 마을로 운전했습니다."

사피로브가 들었다. 스테판 람보브는 천천히 증오와 깊은 선동이 있는 목소리로 말했다.

모든 것을 자세히 말했다. 살인을 정확히 잘 계획하고 무엇을 할 것인지 잘 알고 있다는 것이 분명했다.

스테판 람보브는 갑작스러운 분노와 격노로 살해하지 않았다. 오랫동안 모든 것에 대해 생각했고, 플라멘, 파니에 대한 증오를 자신 속에 깊이 숨겼고 플라멘을 죽일 적절한 순간을 기다렸다.

스테판과 플라멘은 여러 번 만났고 대화했지만, 스테판은 분노와 증오를 나타내지 않았다.

플라멘조차도 스테판이 적이라고 생각하지 않았다.

플라멘은 스테판이 파니 사이의 연애에 대해, 그들의 비밀 만남에 대해 모른다고 생각했다.

그러나 스테판은 모든 것을 알고 있었다.

사피로브는 스테판이 그 많은 시간 동안 파니를 어떻게 보았는지 어떻게 침착하게 대화하고 함께 살았는지 이해조차 하지 못했다. 파니도 똑같이 잠깐이라도 스테판이 모든 것을 알고 있다고 생각하지 못했다.

"그리고 왜 폴리나 미네바를 죽였습니까?"

사피로브가 물었다.

"그 여자는 회사에서 플라멘의 전화 통화를 엿듣는 버릇이 있습니다.

Kiam mi konversaciis kun Plamen, ŝi certe eksciis, ke ni renkontiĝos en la tago, kiam li estis murdita. Facile ŝi povis diveni kiu murdis lin.

-Kaj vi decidis murdi ŝin?

-Jes. En la nokto, kiam ŝi revenis pli malfrue hejmen, mi atendis ŝin antaŭ la domo.

Safirov alrigardis lin.

-Ĉu vi deziras diri ankoraŭ ion? – demandis Safirov.

-Ne! – respondis Stefan.

Safirov silentis. En sia longjara laboro en la polico li ne vidis similan murdiston.

-Forkonduku lin! – ordonis Safirov al la policano.

Kiam la policano kaj Stefan eliris, Safirov diris al Kolev kaj al la juna policanino:

-Jen ni fermis la paĝon pri la du murdoj. Bedaŭrinde la gefiloj de Plamen Filov restis orfoj kaj Paulina Mineva mortis tre juna.

내가 플라멘과 이야기했을 때 살해당하는 날 우리가 만나리라는 것을 확실히 알고 있었습니다. 누가 죽였는지 쉽게 추측할 수 있었습니다."

"죽이기로 했나요?"

"예. 밤에 집으로 늦게 돌아온 날 나는 집 앞에서 기다렸습니다." 사피로브는 바라보았다.

"아직도 다른 무슨 말 하고 싶나요?" 사피로브가 물었다.

"아니요!" 스테판이 대답했다.

사피로브는 조용했다.

경찰에서 오랜 일을 하면서 비슷한 살인자를 보지 못했다.

"데려가세요!" 경찰에게 사피로브가 명령했다.

경찰과 스테판이 떠났을 때 사피로브는 콜레브와 젊은 여경에게 말했다.

"두 살인사건에 대한 페이지를 닫았어. 불행히도 플라멘 필로브 씨의 아이들은 아버지를 잃었고, 폴리나 미네바는 아주 젊어 사망했어."

Pri la aŭtoro

Julian Modest naskiĝis en Sofio en 1952. Li estas unu el la plej aktivaj nuntempaj Esperanto-verkistoj. Liaj rakontoj, eseoj kaj artikoloj aperis en diversaj revuoj. Li estas aŭtoro de la Esperantaj libroj:
- Ni vivos! – dokumenta dramo pri Lidia Zamenhof
- La Ora Pozidono – romano
- Maja pluvo – romano
- D-ro Braun vivas en ni – dramo
- Mistera lumo – novelaro
- Beletraj eseoj – esearo
- Sonĝe vagi – novelaro
- Invento de l' jarcento – komedioj
- Literaturaj konfesoj – esearo
- La fermita konko – novelaro
- Bela sonĝo – novelaro
- Mara Stelo – novelaro
- La viro el la pasinteco – novelaro
- Murdo en la parko – krimromano
- Dancanta kun ŝarkoj – novelaro
- Averto pri murdo – krimromano
- La enigma trezoro – romano por adoleskantoj
- Serenaj matenoj – krimromano

저자에 대하여

율리안 모데스트는 1952년 소피아에서 태어났다.
가장 활동적인 현대 에스페란토 작가 중 한 명이다.
소설, 수필, 짧은 이야기는 다양한 잡지에 실렸다.
아래 에스페란토 책의 저자다.
-우리는 살 것이다!-리디아 자멘호프에 대한 기록드라마
-황금의 포세이돈-소설
-5월 비-소설
-브라운 박사는 우리 안에 산다-드라마
-신비한 빛-단편 소설
-문학 수필-수필
-꿈에서 방황-짧은 이야기
-세기의 발명-코미디
-문학 고백-수필
-닫힌 조개-단편 소설
-아름다운 꿈-짧은 이야기
-바다별-단편 소설
-과거로부터 온 남자-짧은 이야기
-공원에서의 살인-추리 소설
-상어와 춤추기-단편 소설
-살인 경고-추리 소설
-수수께끼의 보물-청소년을 위한 소설
-고요한 아침-추리 소설

Vortoj de tradukisto

Oh Tae-young(Mateno, Dumviva Membro)

Mi donis dankon al tiuj, kiuj legas ĉi tiun libron.
Mi deziras ke legantoj estas kontentaj je ĉi tiu renkontiĝo kun la libro.

Esperanto estis la espera voĉo, kiu venis al mi, kiam mi maltrankviliĝis pri paco, dum la 1980-aj jaroj. Tiam mi sentis pikan atmosferon de larmiga gaso en la universitato.

Mi lernis kun ĝojo pri la nova idealo.

Mi esperas, ke spertaj Esperantistoj povas ĝui la legadon de la originala teksto kaj komencantoj povas plibonigi siajn esperantajn kapablojn per referenco de la korea traduko.

Mi konstatas, ke traduko ne facilas, sed mi ne povas ĉesi, ĉar mi devas semi por produkti fruktojn.

Dum vi legis ĉi tiun libron, mi esperas, ke pli bonaj tradukistoj eliros kaj plivastigos niajn literaturajn horizontojn. Se vi donas ion akran korekton, ni kolektos ĉiujn opiniojn kaj korektos ilin la venontan fojon. Dankon al Julian Modest kaj Esperanta eldonejo 'Libera' pro ilia senkondiĉa permeso.

번역자의 말

오태영(Mateno, 평생 회원)

이 책을 손에 들고 읽는 분들에게 감사드립니다.

흡족하고 좋은 만족한 만남이 되길 바라는 마음입니다.

80년대 대학에서 최루탄을 맞으며 평화에 대해 고민한 제게 찾아온 희망의 소리는 에스페란토였습니다.

피부와 언어가 다른 사람 사이의 갈등을 풀고 서로 평등하게 의사소통하며 행복을 추구하는 새로운 이상에 기뻐하며 공부하였습니다.

세월이 흘러 직장을 은퇴하고 에스페란토 원작 소설을 읽으며 즐거움을 누리다가 초보자를 위해 한글 대역이 있으면 좋겠다는 마음으로 번역을 시작했습니다.

능숙한 에스페란토사용자라면 원문을 읽으며 소설의 즐거움을 누리고 초보자는 한글 번역을 참고해 읽으면서 에스페란토 실력을 향상했으면 하는 바람입니다.

번역이 절대 쉽지 않다는 사실을 절실하게 깨달으면서도 그만둘 수 없는 것은 씨를 뿌려야 열매가 나오기 때문입니다.

이 책을 읽으며 더 훌륭한 번역가가 나와 우리 문학의 지평을 확장해 주길 바랍니다. 무엇이든 날카로운 질정(叱正)을 해주시면 모든 의견을 수렴하여 다음에는 수정할 생각입니다. 출판을 흔쾌히 허락해주신 율리안 모데스트와 리베라 출판사에 감사드리며 꽤 긴 책이지만 읽으려고 구매하신 모든 분께 다시 한번 감사드립니다.